퇴마하는 톱스타 8

2023년 8월 7일 초판 1쇄 인쇄
2023년 8월 10일 초판 1쇄 발행

지은이 이상한하루
발행인 강준규

기획 이기헌 왕소현 임동관 박경무 강민구 조익현
책임편집 김홍식
마케팅지원 이원선

발행처 (주)로크미디어
출판등록 2003년 3월 24일
주소 서울시 마포구 마포대로 45 일진빌딩 6층
Tel (02)3273-5135 **Fax** (02)3273-5134
홈페이지 rokmedia.com **E-mail** rokmedia@empas.com

© 이상한하루, 2023

값 9,000원

ISBN 979-11-408-0872-4 (8권)
ISBN 979-11-408-0693-5 04810 (세트)

CONTENTS

＜흉가탐방＞ 귀신과 함께 사는 가족

　태수가 평상에서 온라인 반응을 살펴보는데 창호가 잠깐 할 얘기가 있다며 들렀다. 옥상에 올라온 창호가 자못 심각한 표정으로 뜸을 들이다가 입을 열었다.

"저기 있잖아……."

태수가 왠지 불안해져서 재촉을 했다.

"뭔데요? 괜히 뜸 들이지 말고 어서 말해요, 무슨 얘기든 괜찮으니까."

"음…… 하나는 좋은 소식. 다른 하나는……."

태수가 마음을 다잡으며 말했다.

"나쁜 소식부터 들을게요."

창호가 피식 웃으며 말했다.

"웬 나쁜 소식? 둘 다 좋은 소식인데, 흐흐흐."

"아이, 진짜. 괜히 긴장했잖아요."

평소 장난을 치지 않는 창호라서 정말로 긴장했던 것이다.

"좋은 하나는 영화 출연 제안이 들어왔어."

"예에? 영화 출연요?"

"그래. 나도 너무 빨라서 살짝 놀라긴 했는데…… 여기 시나리오."

창호가 태수의 앞으로 정말로 시나리오를 툭 던졌다.

"말도 안 돼."

"말도 안 되긴? 내가 요즘 너 때문에 얼마나 바쁜지 아냐? 너 네가 생각하는 것보다 훨씬 대단해. 너 요즘 혼자 밖에 안 나가 봤지? 아마 그냥 나갔다가는 무슨 일 일어날걸."

태수가 지금 창호가 자신을 놀리는 건지 파악하려는 듯 가만히 바라봤다.

물론 이전에도 태수를 알아보는 사람들은 많이 있었지만 마스크 정도만 해도 알아보지 못했다. 근데 드라마 2회 방송 됐다고 금방 그렇게 달라질까.

"일단 시나리오부터 한번 봐 봐."

"읽어 볼 필요도 없어요. 지금은 도저히 못 해요, 드라마 도 분량 늘어나서 정말 쌍코피 터질 것 같은데."

"지금 당장 하라는 게 아냐."

"예?"

"아직 투자도 못 받은 영화라서 언제 크랭크인할지 몰라."

창호의 말에 비로소 태수가 시나리오를 들고 봤다.

제목은 '내 여친은 흡혈귀'.

감독은 박한성.

"박한성 감독? 이름이 낯이 익은데?"

"기억 안 나? 지난번에 나하고 같이 본 독립 영화 있잖아. 〈개들의 반란〉이라고."

그제야 기억이 났다.

저예산 독립 영화였는데, 유기견들을 잡아 와서 보신탕집에 팔아먹는 직업을 가진 주인공의 이야기였다.

주인공은 평소 개들을 학대하면서 철창에 가둬 놨는데, 잘못해서 철창문이 열리고 주인공이 도리어 컨테이너 박스에 갇히는 신세가 된다.

개 사육장이 있는 곳은 민가에서 외따로 떨어진 산속이라 찾아올 사람도 없고, 설상가상으로 휴대폰을 밖에 떨어트린 것이다.

컨테이너 밖에서는 성난 개들이 으르렁거리는 상황에서 80분이라는 긴 러닝타임을 지루하지 않게 채우는 연출력이 돋보인 작품이었다.

그런 기발한 아이디어와 단단한 연출력을 가진 신인 감독이라면 한번 같이 일해 보고 싶은 마음이 들긴 했다. 게다가 영화의 제목도 도발적이다.

'내 여친은 흡혈귀'라니.

"당장 촬영하지 않아도 된다면 한번 만나 보고 싶네요. 일단 시나리오부터 읽어 보고요."

"그래, 그렇게 해. 이번 드라마 끝나고 또 드라마 하면 배우 이미지보다는 연예인 이미지가 강해져서 좀 걱정이 되거든. 〈오늘도 연애〉 끝나면 영화를 해 보는 것도 괜찮은 선택일 것 같아. 어차피 너도 영화감독 생각하고 있으니까 박한성 감독하고 만나면 꽤 즐거운 시간이 될 것 같아. 내가 조만간 약속 잡을게."

"그렇게 하세요."

태수는 다음 좋은 소식은 뭘까 내심 궁금해서 창호의 다음 얘기를 기다렸다.

"궁금하지? 흐흐, 다음 소식은 다음 주에 광고주 만나기로 했어."

"광고주라니요?"

"응. '맛난치킨'이라고 이번에 새롭게 사업을 론칭하는 프랜차이즈 업체야. 물론 아직 확답을 한 건 아닌데 다음 주에 너하고 같이 만나자고 해서, 일단 너하고 상의한 후에 대답을 주겠다고 했어."

"광고라면 CF죠?"

"그래, 잘나가는 연예인들만 찍는다는 CF. 장태수의 첫 CF 출연 제안이 들어왔다고."

태수는 자신에게 CF 제안이 들어왔다는 창호의 말이 도무지 믿어지지 않았다.

"저한테 그런 걸 제안하는 회사가 있다는 게 너무 신기하네요."

"대한민국에서 장태수 너만 아직 자신이 얼마나 잘나가는지 모르는 같아."

창호가 서류 봉투를 툭 던지며 말했다.

"자, 여기 CF 제안서야. 읽어 보고 다음 주에 같이 만나러 가 보자."

"치킨 CF 찍으면 치킨 엄청 많이 먹어야겠네요?"

칠흑 같은 어둠이 내린 산기슭에 자리한 허름한 모텔 건물이 보인다. 건물 입구에는 '산장모텔'이라는 팻말이 붙어 있었다.

올해 중학교 2학년 여학생인 진희의 집은 바로 그 산장모텔이고 그녀의 방은 산장모텔 102호다.

밤 9시가 되자 오늘도 어김없이 102호의 방문을 두드리는 소리가 들려왔다. 그것도 정확하게 다섯 번 노크를 했다.

똑똑똑똑똑.

진희는 책상 서랍에서 얼른 십자가와 작은 성경을 꺼내 양손에 들었다.

십자가와 성경은 진희가 다니는 읍내 교회 목사님한테 사정을 얘기했더니, 다시 그런 일이 생기면 사용하라고 준 물건이었다.

다시 들려오는 노크 소리.

똑똑똑똑똑.

"으흑."

진희가 겁에 질려 침대 이불 속으로 들어가 눈만 빠끔하게 내놓고 뚫어지게 방문을 노려봤다. 방문 밖의 누군가가 방문의 손잡이를 마구 돌리기 시작했다.

덜커덕…… 덜커덕…… 덜커덕.

하지만 진희가 이미 잠금장치를 잠가 놓았기 때문에 방문은 열리지가 않았다.

방문이 잠겨 있었지만 진희는 너무 무서워서 숨조차 제대로 쉴 수가 없었다. 왜냐하면 지금은 아빠도, 엄마도…… 아니 세상 그 누구도 자신을 도와줄 수 없다는 걸 알기 때문이다.

방문을 열려고 손잡이를 신경질적으로 돌리던 누군가가 방 밖에서 진희를 부르는 목소리가 들려왔다. 아주 나긋나긋하고 부드러운 목소리였다.

"진희야?"

"흐흑."

진희가 더더욱 이불 속으로 기어 들어가며 흐느꼈다.

"진희야…… 문 좀 열어 줄래?"

진희가 마구 고개를 저으며 낮은 소리로 울먹였다.

"싫어요."

이번엔 이전보다 좀 더 단호한 목소리가 들려왔다.

"진희야…… 엄마야, 어서 문 열어."

진희가 고개를 저으며 다시 혼잣말처럼 중얼거렸다.

"아, 아니야. 당신은 우리 엄마가 아니야."

그랬다.

목소리는 분명 엄마의 목소리지만 지금 방문 밖에서 자신을 부르는 사람은 엄마가 아니라는 걸 가엾은 진희는 본능으로 알고 있었다.

어릴 적 읽은 동화책 중에서 ≪늑대와 아기 양 일곱 마리≫라는 동화책이 있었다. 그 동화책에 보면 엄마 양이 외출을 하면서 집 안에 남겨 둔 아기 양들에게 당부를 한다.

'늑대를 조심해. 늑대한테 문을 열어 주면 너희들을 모두 잡아먹을 거야. 늑대는 거친 목소리와 시커먼 발을 보면 금방 알아차릴 수 있어.'

하지만 안타깝게도 아기 양들은 엄마의 목소리를 흉내 내고 시커먼 발에 빵가루를 바른 늑대를 알아보지 못하고 문을 열어 주고 만다.

아기 양들은 모두 늑대에게 잡아먹힌다. 나중에 엄마 양이

늑대의 배를 갈라 아기 양들을 모두 구하지만 그건 동화책에서나 가능한 얘기다.

현실에서 늑대에게 잡아먹힌 아기 양들은 결코 살아 돌아올 수가 없다.

지금 방문 밖에서 엄마 목소리로 진희를 부르고 있는 사람은 늑대보다 더 무서운 존재라는 걸 진희는 알고 있다

밖에서 진희를 부르던 누군가의 목소리 톤이 갑자기 높아졌다. 그리고 그 목소리는 문 밖이 아닌 방 안, 진희의 바로 근처 어딘가에서 들려오는 것 같은 느낌이 들었다.

"문 열지 않으면 엄마한테 혼날 줄 알아. 진희야, 문 열어, 어서 문 열라고! 문!"

결국 인내심이 바닥난 그것이 본색을 드러내며 분노에 찬 목소리로 부술 것처럼 방문을 마구 두들기기 시작했다.

쾅쾅쾅쾅쾅!

"그냥 두지 않을 거야, 그냥 두지 않을 거야. 넌 혼이 나야 돼! 으아아아아!"

"으흐흐흐흑."

이미 얼굴이 눈물로 흥건해진 진희는 양손으로 귀를 막고 있다가 교회 목사님이 알려 준 대로 십자가와 성경을 양손에 들고 부들부들 떨면서 주기도문을 외우기 시작했다.

"하늘에 계신 우리 아버지여…… 이름이 거룩히 여김을 받으시오며…… 나라가 임하시오며…… 뜻이 하늘에서 이루어

진 것 같이……."

진희는 십자가와 성경을 든 채 주기도문을 외우다가 울면서 잠이 들었다.

다행히 눈을 떴을 때 눈부신 빛이 창문으로 쏟아졌고 세상은 아무 일도 없었다는 듯 평온한 일상을 가장하고 있었다.

방문 밖에서 진희를 부르는 엄마의 목소리가 들려왔다.

"진희야, 얼른 일어나! 밥 먹고 학교 가야지!"

진희는 이불을 걷고 조심스럽게 방문을 열고 밖으로 나갔다.

진희네 식구는 아빠와 엄마 그리고 진희까지 세 식구다.

진희네 아빠가 이곳 산장모텔을 구입한 건 2주 전이다. 지상 2층의 작은 모텔인데, 1층과 2층을 합해서 모두 10개의 객실이 있다.

모텔은 주변 시세에 비해 터무니없이 싼 가격인 절반 가격에 매물이 나왔고, 전원생활을 하면서 돈도 벌 수 있다는 생각에 진희 아빠가 망설임 없이 구입했다.

진희도 전학을 해서 아빠가 매일 아침 읍내 중학교까지 차로 데려다주고 데려온다.

근데 학교에 간 진희는 친구들이 자신을 이상하게 보면서 슬금슬금 피하는 것 같은 기분을 느꼈다.

서울에서 왔다고 텃세를 부리는 건가 생각했지만 그것과는 좀 다른 느낌이었다.

아이들뿐만 아니라 읍내의 어른들도 진희와 아빠를 이상한 시선으로 바라봤기 때문이다.

학교를 마치고 돌아오는 길에 진희가 아빠에게 물어봤다.

"아빠, 애들하고 마을 사람들이 우릴 좀 이상하게 보는 것 같지 않아?"

아빠가 별일 아니라는 듯 태연하게 말했다.

"신경 쓸 것 없어, 며칠 지나면 괜찮아질 거야."

하지만 그렇게 대답하는 아빠는 뭔가를 알고 있는 것 같았지만 진희에게는 아무런 얘기도 해 주지 않았다.

진희에게 친구들과 마을 사람들이 자신을 경계하며 쳐다보는 이유를 진희의 짝궁인 혜리가 말해 줬다.

진희가 아빠의 차를 기다리며 혼자 운동장 벤치에 앉아 있을 때였다.

평소 가까이 오려고도 하지 않던 혜리가 웬일로 옆으로 다가와서 앉더니 이렇게 말하는 것이다.

"무슨 일 생기기 전에 너네 아빠한테 얘기해서 너네 식구들 빨리 그 모텔에서 나와."

"그게 무슨 소리야?"

혜리가 잠시 망설이다가 뜻밖의 소리를 했다.

"그 모텔에는…… 귀신이 살아."

너무 뜻밖의 얘기라서 진희가 눈을 동그랗게 떴다.

"귀신이 산다고?"

혜리는 그 모텔과 관련된 무서운 얘기를 진희에게 들려줬다. 그 모텔은 귀신이 들려서, 모텔에 들어오는 모든 사람들이 귀신한테 홀려서 모텔에 들어가고 얼마 후에 목을 매달고 자살한다는 것이다.

모텔이 싼 값에 나온 이유도 그 때문이라고 했다.

그러면서 모텔에 들어간 지 사흘째 되는 날부터 매일 밤 9시가 지나면 '똑똑똑똑똑' 방문을 다섯 번 두드리고 진희의 이름을 부르며 노크를 하는 사람이 있을 것이다. 그 사람은 가족이 아니니까 절대로 문을 열어 주지 말라고 했다.

진희는 처음엔 혜리의 말을 믿지 않았지만 마침 그날이 모텔에 들어간 지 사흘째 되는 날이라서 밤 9시가 되기를 기다렸다.

그랬더니 놀랍게도 밤 9시가 되자마자 정말로 누군가 진희의 방문을 두드렸다.

그것도 정확하게 다섯 번 노크를 하면서.

똑똑똑똑똑.

그러곤 혜리의 말대로 방문 밖에서 자신을 부르는 소리가 들려왔다. 게다가 그 목소리는 놀랍게도 엄마의 목소리였다.

모든 게 혜리가 말한 그대로였다.

'방문을 다섯 번 두드리고 네 이름을 부르며 노크를 하는 사람이 있으면 가족이 아니니까 절대로 문을 열어 주지 마.'

진희는 숨을 죽인 채 문을 열어 주지 않았고, 방문 밖에 있던 뭔가가 물러갔다.

다음 날 진희는 엄마한테 어젯밤에 자신 방문을 두드렸는지 물었지만 엄마는 그런 일이 없다고 했다.

진희는 엄마, 아빠한테 간밤의 일을 얘기하며 혜리의 얘기를 전했다.

엄마는 살짝 걱정하는 표정이었지만 아빠는 단호했다.

"세상에 귀신 따위는 없어. 우리가 이 모텔을 싸게 구입해서 다들 배가 아파서 그러는 거니까 그런 말에 현혹되지 마."

하지만 아빠 말과 달리 같은 일이 매일 밤 9시에 반복이 됐고, 날이 갈수록 방문 밖에서 진희를 부르는 누군가의 목소리가 점점 더 거칠어졌다.

진희가 너무 무서워서 그 순간에 엄마, 아빠한테 휴대폰으로 전화를 걸었지만 두 사람 다 받지 않았다. 한 번은 경찰에 신고를 해서 새벽에 경찰이 모텔까지 온 적이 있다.

근데 경찰을 맞이하는 엄마, 아빠는 신기할 정도로 멀쩡했고 왜 경찰에 신고를 했냐고 오히려 진희를 혼냈다.

이후 진희는 혜리 외에는 아무한테도 그 일을 얘기하지 못했다.

어느 날 혜리가 자신이 다니는 교회의 목사님이 진희를 데리고 오라고 했다며 같이 가 보자고 했다.

진희는 서울에서도 교회를 열심히 다녔기 때문에 주저 없이 혜리를 따라나섰다.

진희를 본 목사님은 이미 진희네가 모텔에 이사를 들어오던 날 진희 아빠를 만나 위험을 경고했는데 도무지 들을 생각을 하지 않았다고 했다.

그러면서 자신이 할 수 있는 일은 이것뿐이라며 십자가와 작은 성경을 진희의 손에 쥐여 주었다.

목사님은 악령이 밖에서 유혹하면 그 소리를 듣지 말고 주기도문을 외우라고 했다.

하지만 진희는 이제는 악령이 자신이 아무리 문을 잠가도 방문을 부수고 들어올 수 있을 정도로 힘이 커졌다는 걸 본능적으로 알 수가 있었다.

이제 조만간 그 악령이 방문을 부수고 방 안으로 들어오면 자신도 그 악령에게 잡혀갈 것이라는 것도.

하지만 더 절망적인 사실은 세상에 그녀를 도와줄 사람이 아무도 없다는 것이다. 그나마 위안이라면 짝꿍인 혜리에게 자신이 겪은 일들을 털어놓는 정도.

진희의 딱한 사정을 들은 혜리가 안타까운 표정으로 말했다.

"우리 엄마한테도 네 얘기했는데 너네 아빠가 결심을 하지 않으면 방법이 없대, 경찰도 어떻게 할 수가 없고."

그런 진희에게 어느 날 혜리가 도움을 받을 수 있는 곳이 있다며 방송 프로그램을 하나 알려 줬다. 요즘 엄청 인기가 있는 방송이라는데 진희는 처음 들어 보는 프로였다.

하긴, 모텔에 들어온 이후로 텔레비전도 보지 못했고 인터넷도 할 수가 없었으니 당연하다.

그런 데다가 모텔에는 인터넷 선도 들어오지 않아서 컴퓨터도 할 수가 없다.

혜리가 알려 준 방송은 〈영혼을 찾아서〉라는, 약간 이상한 이름의 프로그램이었다.

진희는 혜리와 함께 학교 컴퓨터로 〈영혼을 찾아서〉라는 프로그램을 시청했다. 장태수라고 하는 배우처럼 잘생긴 오빠가 나와서 악귀를 퇴마해 주는 그런 프로그램이었다.

혜리가 말했다.

"저 오빠 너무 잘생겼지?"

"응, 배우 같아."

"배우 맞아. 이번에 〈오늘도 연애〉라는 드라마에 주인공으로 나오는데 난 첫 회 보고 반했어. 저 오빠 팬 카페에도 가입할 거야."

"팬 카페도 있어?"

"응. 두 개인데 영혼을 보는 남자와 강혁바라기."

진희도 팬 카페에 가입하고 싶었지만 어차피 집에서는 인터넷을 할 수가 없기 때문에 엄두가 나지 않았다.

혜리가 말했다.

"방송국 게시판에 제보를 해 봐. 귀신한테 고통받는 사람은 게시판에 제보도 할 수 있어."

퇴마하는 톱스타

"정말?"

진희는 혜리의 말에 따라 방송국 홈페이지에 접속을 했고, 가서 보니 정말로 그런 게시판이 있었다.

진희는 너무 어려서 방송에 나오는 일들이 실제로 가능한지 어떤지는 판단하기 어려웠지만, 장태수라는 오빠를 만나 보고 싶어서라도 방송국에 제보를 해 보고 싶었다.

당연히 그 마음이 전부는 아니었다.

지금 진희는 누군가의 도움이 너무도 간절히 필요했으니까.

자신이 올린 글을 제작진에서 볼까 싶었지만, 지푸라기라도 잡는 심정으로 자신이 겪은 일에 대해 최대한 자세하게 적어서 게시판에 올렸다.

그리고 마지막에는 이렇게 썼다.

세상에 아무도 절 도와줄 사람이 없어요. 오직 장태수 오빠만 절 도와줄 수가 있어요. 제발 저희 모텔에 와서 악령들을 없애 주시고 저희 가족을 구해 주세요.

～～～

김영아와 전소민은 파인미디어 사무실 책상에 나란히 앉아 이번 주 〈흉가탐방〉 코너에서 방문할 흉가를 선정하기 위해 제보 게시판에 올라온 글들을 살펴보고 있었다.

그런 와중에도 두 사람의 화젯거리는 역시나 〈오늘도 연애〉였다.

김영아가 설레는 마음을 감추지 못한 채 눈을 반짝거리며 물었다.

"기자님, 어제 방송 보셨어요?"

"〈오늘도 연애〉?"

"네."

전소민이 물어 뭐 하냐는 듯 만면에 미소를 머금고 말했다.

"두말하면 잔소리지. 안 볼 리가 있겠어? 우리 태수의 배우 데뷔작인데."

지난주에 이화 편 촬영 마치고 제작진의 간단한 회식이 있었다.

그 자리에서 태수가 전소민과 김영아, 권 피디는 물론 한석후 아나운서한테까지 편하게 말을 놓으라고 해서 말을 튼 것이다.

그래서 앞으로는 다들 태수를 동생처럼 편하게 부르기로 했다.

그렇다고 정말로 편하게 대할 수 있는 건 아니었다. 세상에 어떤 여자가 지금의 장태수를 편하게 대할 수가 있단 말인가.

최고의 스타로 성장하는 중인 데다 그저 바라만 봐도 심장이 쿵쿵거리고 설레는데.

전소민이 사랑이 넘치는 표정으로 중얼거렸다.

"하아, 우리 태수는 날이 갈수록 점점 더 잘생겨지고 매력적으로 변해 가더라."

김영아의 반응 역시 더하면 더했지 부족하지 않았다. 게다가 그녀는 강혁바라기 카페의 회원이자 가장 열혈 회원에게 주어지는 '미친사랑' 등급을 보유하고 있었으니까.

"저는 2화에서 강혁하고 이초희가 자동차 타고 갈 때 강혁의 독백 들으면서 심장이 터지는 줄 알았어요. 제가 막 달려가서 이초희한테 저 사람이 강혁이라고, 네가 전생에 목숨까지 버리면서 사랑했던 사람이라고 막 알려 주고 싶더라고요."

전소민도 고개를 끄덕였다.

"나도 그랬어. 정말 너무 심하게 몰입이 되는 거 있지? 세상에. 2화 시청률이 28프로라니 이게 말이 돼?"

"28프로요?"

"박창희 때려눕히고 둘이 마주하는 그 장면 순간 시청률은 36프로였어."

김영아가 눈이 튀어나올 것 같은 표정으로 되물었다.

"진짜요?"

"지금 방송가는 물론이고 광고 쪽에서도 난리 났어. 우리

신문사 연예부 기자들 전부 태수 인터뷰하게 해 달라고 나한 테 막 매달린다니까."

김영아가 너무 좋아서 어쩔 줄을 몰라 했다.

"어떡해…… 어떡해……."

"광고 쪽에서는 우리 프로 시청률 터질 때만 해도 몸을 좀 사리더라고. 프로그램 자체가 예민할 수 있는 소재를 다뤄서 그런지 혹시라도 나중에 무슨 논란 생길까 봐. 근데 이번에 드라마에서 터지니까 다들 지금 태수 잡으려고 난리 났다는 거 아냐."

김영아가 자신의 일인 것처럼 두 손을 모으고 두 눈에 하 트를 켰다.

"어떡해, 내가 왜 이렇게 설레지? 그럼 조만간 태수가 광 고에 나오는 모습도 볼 수 있겠네요?"

"당연하지. 아마 이창호 대표님 요즘 엄청 바쁘실걸?"

"너무너무 잘됐다."

두 사람이 그렇게 태수에 대한 예찬을 늘어놓고 있을 때 권창훈 피디가 사무실로 들어왔다.

"무슨 얘기를 그렇게 재미있게들 해?"

둘이 동시에 대답했다.

"태수 얘기요."

"아…… 하긴 요즘 어딜 가나 태수 얘기밖에 없더라. 난 아직 드라마 못 봤는데 엄청 재밌었나 봐?"

김영아가 인상을 쓰면서 말했다.

"아니, 어떻게 그럴 수가 있어요, 피디님? 제일 먼저 보셨어야지."

"알았어. 당연히 볼 거야. 그것보다 전 기자하고 이 글 한번 읽어 봐요."

권 피디가 김영아의 노트북 컴퓨터화면에 떠있는 제보 게시판에서 글 하나를 클릭해서 보여 줬다.

권 피디의 말에 전소민이 김영아의 옆으로 의자를 주르륵 끌고 와서는 노트북 화면을 바라봤다.

"무슨 글인데요?"

"여기. 자신이 중학교 2학년 여학생이라면서 올린 글인데 밤 9시만 넘으면 자기 엄마 아빠가 다른 사람으로 변해서 자기를 불러낸대."

김영아가 순간 어깨를 움츠리며 말했다.

"으으, 무셔."

글을 다 읽고 난 전소미의 표정도 금방 심각해졌다.

"이 글이 사실이라면 진희라는 아이가 지금 위험하다는 얘기잖아요?"

권 피디가 고개를 끄덕이며 말했다.

"그러니까, 방송을 떠나서 이건 태수한테 빨리 연락을 해야 할 것 같은데. 오늘 드라마 촬영 없으려나?"

김영아가 얼른 대답했다.

"오늘 금요일은 다른 스케줄 없을 거예요. 드라마 촬영은 월, 화요일 이틀로 알고 있거든요."

권 피디가 물었다.

"김 작가는 태수 매니저야? 어떻게 스케줄까지 줄줄 꿰고 있어?"

"저희 강혁바라기 카페에 미친사랑 등급이 되면 태수 스케줄 다 볼 수 있어요."

김영아가 바로 태수한테 전화를 걸었다.

전화를 걸면서 가슴에 손을 얹고는 중얼거렸다.

"나 갑자기 왜 이렇게 떨리지? 엄청 유명한 연예인한테 전화하는 것처럼."

-네, 김 작가님.

"어, 태수야. 지금 통화 괜찮니?"

-네, 괜찮아요. 왜요?

파인미디어 회의실.

권 피디와 김영아, 전소민과 태수가 둘러앉아 게시판 진희의 글을 프린트해서 다 함께 읽었다.

김영아는 심각한 표정으로 글을 읽는 태수의 얼굴에서 도무지 눈을 뗄 수가 없었다. 기분 탓인지 모르지만 태수의 눈빛에서 왕실 근위대장 강혁의 눈빛이 자꾸만 오버랩됐기 때문이다.

'미쳤어, 내가 왜 이러지? 안 돼, 정신 차려야지.'

김영아가 머리를 부르르 흔드는데 태수가 고개를 들었다. 얼굴에는 걱정과 초조함이 가득 묻어났다. 마치 드라마 속 강혁처럼.

김영아가 태수에게 느낀 감정은 착각이 아니었다.

태수 역시 강혁의 캐릭터를 연기하면서 요즘 강혁의 성격이나 심성에 빠르게 몰입되는 느낌을 받고 있었던 것이다. 덕분에 목소리도 좀 더 진중해지고 행동이나 말투도 그러했다.

"진희한테 연락을 해 봐야겠어요. 제가 볼 때 위험할 수도 있는 상황으로 보여요. 이제 중학교 2학년이니까 많이 무섭고 힘들었을 거예요. 지금 당장이라도 내려가서 진희를 만나 봐야겠어요."

사연을 읽는데 문득 〈모텔 파라다이스〉의 민수네가 생각났다. 진희는 영화에 나오는 영신과 오버랩이 돼서 마음이 더 조급했다.

태수의 적극적인 의사 표현에 권 피디가 살짝 당황하며 말했다.

"물론 그렇긴 한데, 진희 부모가 방송을 허락할지가 가장 걱정이야. 지금 이 글을 읽어 보면 진희네 부모도 좀 이상한 것 같거든."

지금까지는 코너 이름에 어울리게 사람이 없는 흉가만 찾아가서 촬영했지만, 이번엔 흉가가 아니라 사람이 살고 있는 집을 찾아가는 것이다.

　상황의 심각성을 알고 있다면 모르지만 진희 부모님이 좋아할 리가 없다는 생각이 들었다.

　게다가 진희네 부모님이 그곳의 악귀에게 어떤 식으로든 영향을 받고 있다면 촬영은 더더욱 어려워질 것이다.

　"네, 제 생각에도 그 부분이 가장 문제일 것 같아요. 진희네 부모님이 촬영 허락을 하지 않을 가능성이 월등히 높을 테니까요."

　실제로 악귀한테 시달림을 받는 사람이 치료를 받지 못하는 이유 중에서 부모의 반대가 가장 많고, 부모가 반대하면 퇴마 의식조차 행할 수가 없다.

　"그렇다고 해서 모른 척할 수는 없잖아요. 만약 방송이 어렵다면 제가 개인적으로라도 돕고 싶습니다. 일단 저는 지금 진희를 만나 보고, 그 모텔에서 무슨 일이 있었는지 주위 사람들을 만나 봐야겠어요."

　전소민이 물었다.

　"마을 사람들한테 물어본 다음에는 어떡하려고? 무슨 방법이 있어?"

　"오늘 하루 그 모텔에 투숙해서 잠을 자려고요."

　태수의 말에 다들 놀라서 되물었다.

퇴마하는
톱스타

"모텔에서 잠을 잔다고?"

"네. 그 부분은 방송 촬영할 건 아니고 그곳에서 무슨 일이 벌어지는지 제가 먼저 확인을 할 필요가 있어서요. 현재로선 우리가 알고 있는 모든 얘기가 진희가 한 얘기밖에 없잖아요. 더구나 진희는 9시 이후에는 방 안에만 있어서 밖에서 무슨 일이 벌어지는지 전혀 알지도 못하고. 아, 그리고 방송 시간 30분만 당길 수 없을까요?"

권 피디가 물었다.

"그건 또 왜?"

"여기 제보 글에 보면 밤 9시가 돼야만 악귀가 나타난다고 되어 있잖아요. 그럼 최소한 저희는 8시 30분쯤엔 방송을 시작해야 전후 상황을 설명할 수가 있죠."

권 피디가 미치겠다는 표정으로 말했다.

"이건 뭐 방송 시간이 맨날 바뀌어? 만약 다른 프로였다면 나 진작 잘렸다."

전소민이 웃으면서 말했다.

"넉넉하게 방송 시간 한 3시간으로 늘려 달라고 해요."

❧

제작진은 회의를 통해 오늘 금요일은 태수가 모텔에서 하룻밤을 자고 회의를 한 후에 토요일 진희의 부모를 설득해서 일요일 생방송을 하는 걸로 최종 계획을 잡았다.

진희 부모를 설득하는 건 태수가 맡기로 했지만, 만약의 경우를 대비해 또 다른 흉가 한 곳을 제작진이 답사해 놓기로 했다.

김영아가 사연을 보낸 진희와 통화했고 오후에 학교에서 만나기로 했다.

진희가 다니는 중학교 앞에 촬영 차량이 멈춰 섰고 태수가 내렸다.

읍내에 있는 중학교답게 학교가 아담했다. 김영아의 말로는 각 학년별로 반이 두 개씩밖에 없다고 했다.

마침 중학교가 끝나는 시간이라 학생들이 우르르 교문을 나서는 중이었다.

아무 생각 없이 태수가 교문 앞에서 진희를 기다리는데 중학생들이 꺅꺅거리며 비명을 지르기 시작했다.

"끼약! 강혁이다!"

"꺄악! 영혼남 오빠다!"

중학교 학생들이 순식간에 태수를 에워싸고 환호성을 질렀다. 요즘엔 외출할 때 마스크를 하고 창호의 차를 타고 다녀서 인기가 이 정도일 줄은 몰랐다.

"사인해 주세요."

"사진 찍어 주세요."

서울 아이들과 달리 까무잡잡하고 순진해 보이는 아이들

이 귀여워서 태수는 열심히 사인을 하고 사진을 찍어 줬다.

아이들의 소동에 교무실에 있던 선생님들도 창문 밖으로 고개를 내밀고 신기한 표정으로 태수를 구경하는 모습이 보였다.

대충 사인과 사진을 찍었을 때쯤 한 아이가 조금 떨어진 곳에서 수줍게 서 있는 모습이 보였다.

태수는 그 아이가 진희라는 걸 단박에 알아봤다.

아이한테서 귀기의 서늘함이 살짝 느껴졌던 것이다. 악귀의 영향을 받는 공간에 오랫동안 머물면 필연적으로 영혼이 귀기에 조금씩 오염되기 마련이다.

아마도 아이의 부모는 진희보다 훨씬 많은 귀기에 노출이 되어 있을 테고.

"네가 진희니?"

태수가 다가가서 물어보자 진희가 수줍게 고개를 끄덕였다. 말도 잘 못하면서 수줍어하는 모습이 아무래도 태수가 나오는 〈영혼을 찾아서〉와 〈오늘도 연애〉를 찾아본 모양이었다.

"오빠하고 같이 너네 집으로 같이 가 볼까?"

진희가 고개를 흔들며 말했다.

"그건 안 돼요. 조금 있으면 저희 아빠가 절 데리러 오실 거예요. 절대로 낯선 사람을 따라가면 안 된다고 했거든요."

"그래, 그건 아빠 말이 맞아. 그럼 이렇게 할까? 오빠가 아무것도 모르는 사람처럼 너희 모텔에 투숙해서 오늘 밤 무슨 일이 벌어지는지 살펴보는 거야. 만약 정말로 네가 말한 것처럼 모텔에 악귀가 있다면 오빠가 네 부모님을 만나서 설득해 볼게.”

진희의 얼굴에 처음으로 그늘이 걷혔다.

“네, 좋아요.”

태수는 진희한테는 아빠와 함께 모텔로 오라고 하고 자신은 제작진과 먼저 모텔로 출발했다. 원래는 진희한테 십자가와 성경을 줬다는 읍내 교회의 목사님을 먼저 만날까 생각도 해 봤지만 순서를 바꿨다.

아무래도 목사님한테 어떤 얘기를 먼저 들으면 괜히 선입견이 생길 것 같았던 것이다.

문제는 방송이다.

방송을 흥미롭게 만들고 분량을 채우려면 비하인드 스토리가 많이 필요했다.

그렇다고 VJ들과 우르르 들어가서 투숙을 할 수도 없었고 VJ들이 카메라를 들고 촬영할 수 있는 상황도 아니었다.

고심 끝에 태수는 자신이 직접 카메라를 들고 촬영하기로 했다.

모텔 투숙객으로 모텔과 모텔에서 일어나는 이상한 현상을 찍는 건 아무런 문제가 없다. 그걸 방송으로 내보낼 때는 진희 부모님의 허락을 받아야겠지만.

일단 촬영을 먼저 한 후에 허락은 나중에 받을 작정이었다.

모텔에는 태수와 작가인 김영아 둘만 투숙하기로 했다. 물론 방은 따로 잡을 예정이고.

앞쪽에 모텔이 보이는데 자꾸만 파라다이스 모텔이 오버랩되어 나타났다.

촬영 차에서 태수와 김영아가 내리자 권 피디가 말했다.

"우린 읍내에서 머물며 대기하고 있을 테니까 무슨 일 생기면 바로 연락해."

태수가 음산한 모텔을 살펴보다가 주문을 읊었다.

'귀기탐색.'

화르르르륵.

허공이 흔들리며 지도가 나타났다.

지도를 바라보던 태수가 고개를 갸웃했다.

지도상에 붉은 점들이 보이질 않았던 것이다. 만약 진희의 말이 맞다면 호텔 위쪽 하늘에도 검은 귀기들이 꿈틀대는 모습을 볼 수 있어야만 한다.

대신 모텔 안쪽에 정체를 알 수 없는 이상한 기운들이 꿈틀대는 곳곳에서 모습이 보였다.

"이상하네."

김영아가 가만히 태수를 보다가 물었다.

"왜 그래?"

"귀기가 보이질 않아요."

김영아가 깜짝 놀라서 되물었다.

"뭐? 그럼 여기 귀신이 없다는 얘기야? 진희가 제보한 내용이 거짓이란 건가?"

"아뇨, 그건 아닌 것 같아요. 귀기는 보이지 않지만 뭔가 이상한 기운이 떠돌고 있어요. 그리고 눈으로는 볼 수 없지만 저는 지금 강한 귀기를 느낄 수가 있거든요. 일단 안으로 들어가 보죠."

태수가 앞장을 섰고 김영아가 뒤를 따라 들어갔다.

모텔에 들어서는 순간 태수는 바깥하고는 비교도 할 수 없는 강한 귀기를 온몸으로 느꼈다. 그럼에도 불구하고 허공에 떠 있는 지도에는 붉은 점이 보이질 않았다.

'대체 어떻게 된 거지?'

안쪽에서 30대 여자가 걸어 나왔다. 이목구비가 진희와 닮은 걸 보니 진희 엄마인 듯했다. 여자한테서 서늘한 기운이 느껴지는 걸 보니 이미 귀기에 많이 오염이 된 것 같았다.

여자가 표정의 변화가 거의 없이 물었다.

"방 필요하세요?"

"네."

"두 분이 같이 쓰실 거죠?"

"아뇨, 따로 쓸 겁니다."

여자가 의아하게 둘을 보다가 앞장서며 말했다.

"따라오세요."

여자가 2층으로 올라가는 계단을 향하자 김영아가 말했다.

"저는 1층에 묵고 싶은데요."

처음 제작진 회의를 할 때 그렇게 작전을 짰던 것이다. 김영아는 1층에 머물면서 1층의 분위기를 살피고 태수는 2층을 살펴보기로.

김영아가 바로 옆에 있는 103호의 방문을 가리키며 말했다.

"이왕이면 여기 103호로 주세요. 제가 겁이 많은데 2층은 좀 무서울 것 같아서요."

103호는 102호인 진희의 옆방이다. 여자가 가만히 김영아를 바라보더니 안쪽으로 가서 103호의 키를 가지고 와서 103호의 방문을 열었다.

김영아가 마치 연인처럼 손을 흔들며 태수에게 말했다.

"이따 봐."

태수는 여자와 함께 2층으로 올라갔다. 2층에도 지도상에 붉은 점의 귀기는 보이지 않았다.

물론 안명부를 사용하면 영을 보는 데는 문제가 없다.

하지만 귀기가 보이지 않으면 그 영들이 어느 정도의 귀기를 가지고 있는지 알 수가 없다. 다시 말해서 어느 영이 어느 정도의 힘을 지니고 있는지 알 수가 없다는 말이다.

게다가 눈으로 직접 확인하기 전에 영이 어느 위치가 어디에 있는지 미리 알 수가 없다는 문제도 생긴다.

여태까지 이런 일이 없었는데 왜 이런 현상이 생기는지 알수가 없었다.

"이 방을 쓰세요."

여자가 201호의 열쇠 구멍에 키를 넣어 돌린 뒤 문을 열고는 말했다.

"필요한 게 있으면 룸에 있는 전화를 들고 부르면 됩니다."

"혹시 식사 같은 건 제공이 되나요?"

어떻게든 진희 가족과 접촉할 수 있는 구실을 만들어야만했다.

여자가 퉁명스럽게 물었다.

"저녁 말인가요?"

"네, 아래층 여자분과 2인분요."

가만히 태수를 바라보는 여자의 동공에 검은 귀기가 살짝지나가는 게 보였다. 여자는 단순히 악귀에게 오염된 정도가아니라 이미 상당히 지배를 받고 있는 모양.

"우리 식구들이 먹을 때 같이 먹어도 괜찮다면 내려와서드세요. 식사 시간은 저녁 7시입니다."

"아, 네. 감사합니다."

여자가 돌아서서 내려가자 태수가 카메라를 꺼내 촬영을 시작했다.

"이곳은 산장모텔 2층입니다. 2층에는 모두 다섯 개의 방이 있고 제 방은 201호입니다. 그럼 이 방에서 무슨 일이 있었는지 제가 한번 알아보도록 하겠습니다."

태수가 눈을 감고 자신이 묵고 있는 201호의 귀기를 느껴보려 했지만 잘되지 않았다. 귀기가 없는 건 아닌데 그렇다고 분명하게 느껴지는 것도 아닌 그런 애매한 느낌.

뭔가에 의해 영능력이 끊임없이 방해를 받고 있는 것 같았다.

태수가 바닥에 한쪽 무릎을 꿇고 201호의 바닥에 손바닥을 댄 후 주문을 읊었다.

'사이코메트리.'

화르르르륵.

공기가 흔들리며 눈앞으로 흐릿하게 어떤 형체가 나타나고 있었다.

형체는 네 개의 발이었다. 하얀 맨발 네 개가 한쪽 무릎을 꿇고 있는 태수의 눈앞에서 천천히 흔들리고 있었다.

태수가 고개를 들자 천장에 설치된 커다란 선풍기에 목을 매달고 있는 남녀 한 쌍의 모습이 시야에 들어왔다. 20대의 젊은 남녀인 것 같았다.

남녀의 주위를 검은 귀기가 떠돌고 있는 모습이 사념 속에 또렷하게 남아 있었다.

아마 정상적으로 귀기탐색이 작동을 했다면 저 두 영혼이 이 방 안 어딘가에 머물고 있는 모습이 지금 보였을 텐데.

그렇다고 지금 안명부를 사용해 귀기를 소모하며 굳이 그들을 보고 싶진 않았다.

태수는 촬영을 포기하고 카메라를 껐다. 영혼들이 방 안에 남아 있다면 태수가 영을 볼 수 있다는 사실을 알게 될 테고, 그렇게 되면 예상치 못한 상황이 벌어질 수도 있었다.

어쨌든 오늘 밤은 저 두 영혼과 함께 방을 같이 써야만 할 것 같았다.

사람들이 나중에 혹시라도 방송을 통해 이런 사실을 알면 태수가 이상하다고 생각할지 모르지만 그건 그들의 착각이다.

사람들 또한 일상에서 늘 영들과 함께 살고 있으니까.

극장에서는 자신이 앉아 있는 의자에 귀신이 먼저 앉아 있을 수도 있고.

단지 눈에 보이지 않아서 모를 뿐.

다행히 영능력을 얻은 후로 태수는 영에 대해서는 두려움이나 공포를 느끼지 않았다. 오히려 무서운 건 영이 아닌 사람이다.

태수는 방 밖으로 나와 다시 카메라를 켜고 촬영을 시작했다. 카메라로 천천히 2층을 비추며 말했다.

"이곳이 산장모텔 2층 복도입니다. 2층에 있는 다섯 개의 방은……."

태수가 방문을 열어 보면 모두 문이 잠겨 있다.

"방문이 모두 잠겨 있네요. 방금 제가 나왔던 201호에서는 젊은 남녀 두 명이 목을 매달고 자살을 한 것 같습니다. 다른 방에서도 사람이 죽었는지 확인을 해 보도록 하겠습니다."

태수는 각 방문마다 손바닥을 대고 잔류사념을 읽었다. 사람이 죽은 방은 아무리 시간이 흘러도 잔류사념이 쉽게 사라지지 않는다.

2층의 방들에서는 201호 외에 202호와 204호에서 사람이 죽었다.

202호에서는 40대로 보이는 남자가 혼자 목을 매달았고, 204호에서는 부부와 초등학생으로 보이는 여자아이까지 일가족이 역시 목을 매달고 죽었다.

신기한 건 방 안 선풍기에 목을 매달고 자살한 방식이 다들 판박이처럼 똑같다는 것이다.

태수는 그런 사실을 모두 카메라에 목소리로 남겼다.

"추후 제작진을 통해 이 모텔에서 사망한 사망자들의 명단을 확보한 후, 제가 방금 말한 내용과 한번 비교를 해 보도록 하겠습니다."

태수는 곧바로 전소민에게 산장모텔에서 자살한 사람들의 명단과 생년월일을 알아봐 달라고 카톡을 보냈다. 어차피 나중에 천도를 하려면 생년월일을 알아야만 하니까.

문득 김영아의 방은 괜찮은지 걱정이 됐다.

태수가 카톡을 보냈다.

태수 : 누나, 잠깐 방에 들어가 봐도 돼요?

영아 : 얼마든지.

태수가 1층 김영아의 방 앞으로 가서 방문을 두드렸다.
김영아가 반가운 표정으로 문을 열었고 태수가 안으로 들어
갔다.

태수가 방 안 한가운데서 한쪽 무릎을 꿇고 잔류사념을 읽
었다. 물론 방문에 대고 사념을 읽어도 되지만 방 안 바닥이
더욱 확실하게 사념을 읽을 수가 있었다.

태수가 방 안에 들어설 때만 해도 얼굴이 환하게 피어나던
김영아가 물었다.

"뭐 하는 거야?"

사념을 읽은 태수가 눈을 뜨고 대답했다.

"다행히 이 방에서는 아무도 죽은 사람이 없네요."

순간 김영아의 표정이 굳어졌다.

"그럼 다른 방은?"

태수가 지금까지 잔류사념을 읽었던 방들에 대해 얘기를
들려주자 김영아가 표정이 하얗게 변하며 매달리듯 말했다.

"나 그냥 오늘 밤 네 방에 가서 자면 안 될까? 다른 뜻이 있어서 그런 게 아니라 넌 침대에서 자, 난 아래 바닥에서 잘 테니까. 그렇게 하자, 응?"

"제 방에서는 영혼 두 명과 함께 지내야만 해요. 그래도 괜찮아요?"

"후우, 아냐, 됐어."

태수는 김영아에게 영을 볼 수 있는 안명부를 붙여 주려다가 그만뒀다. 겁이 많은 사람이 영을 보면 오히려 부작용이 더 심할 것 같았던 것이다.

태수는 1층도 방마다 잔류사념을 확인했다. 1층에서는 104호와 105호에서 모두 다섯 명이 자살을 했고, 그들 역시 똑같은 방식으로 목을 매달았다.

진희네가 식사를 한다는 저녁 7시가 되자 사방이 금방 컴컴해졌다. 역시 산중이라 해가 금방 떨어졌다. 해가 졌으니 영들이 본격적으로 활동을 시작할 시간이다.

이제부턴 영들을 직접 눈으로 확인해야만 한다.

'안명부.'

화르르르륵.

공기가 흔들리며 허공에 노란 부적이 떠올랐다.

손으로 부적을 집어서 눈에 문지르자 시야가 푸른색으로 변했다. 그제야 창가에 서서 태수를 보고 있는 두 남녀의 영혼이 시야에 들어왔다.

두 영혼이 어느 정도의 귀기를 지니고 있는지 알 수가 없어서 함부로 마음을 놓을 수가 없었다.

'그나마 침대에 누워 있지 않은 게 다행이네.'

1층 주방으로 내려가자 진희네 식구가 테이블에 앉아서 두 사람을 기다리고 있었다.

태수가 진희에게 눈짓을 하자 진희가 조심스럽게 웃었다.

김영아가 인사를 하며 자리에 앉았다.

"실례하겠습니다."

하지만 진희 부모는 아무런 대답도 없이 묵묵히 식사를 시작했다. 진희가 민망한 듯 태수의 눈치를 살폈고, 태수가 괜찮다며 웃어 줬다.

놀랍게도 주방 안에는 귀기가 가득했다. 검은 귀기가 진희의 엄마와 아빠의 전신을 휘감고 있는 모습이 또렷하게 보였다. 두 사람의 동공이 귀기로 까맣게 물들어 있는 모습도 또렷하게 보였다.

이제 이 모텔에서 벌어지고 있는 일을 대충 알 것 같았다.

모텔에 살고 있는 강력한 악귀가 사람들을 귀기로 서서히 오염시켜서 자살에 이르게 하는 것이다. 이런 환경에서 아직까지 진희가 무사하다는 게 오히려 놀라울 지경이었다.

하지만 그런 의문은 금방 풀어졌다. 가만 보니 진희의 한 손에 작은 성경과 십자가가 들려 있었던 것이다.

단 한마디의 말도 없이 식사가 이어졌고, 식사가 거의 끝날 무렵에 진희 엄마가 진희를 돌아보고 말했다.

"진희야…… 오늘은 방문 잠그지 말고 자. 알았지?"

진희 엄마가 그 말을 하는 순간 김영아가 물을 마시다가 캑캑거렸다.

진희가 제보한 글에 적혀 있던 엄마의 대사와 똑같았던 것이다.

저희 집은 저녁 식사를 할 때 한마디도 말을 하지 않아요. 그리고 식사가 끝날 때쯤 항상 똑같은 시간에 엄마가 이렇게 말을 해요. 진희야…… 오늘은 방문 잠그지 말고 자. 알았지?

저녁 식사를 마친 후 밖으로 나온 김영아가 호들갑을 떨었다.

"나, 소름 돋아 죽는 줄 알았어. 진희 엄마, 아빠 표정 봤어? 완전 무슨 인조인간 같았다고. 그 눈빛도 절대로 딸을 보는 눈빛이 아니었어, 사람하고 같이 식사하는 것 같지가 않았다고."

태수가 펄쩍펄쩍 뛰는 김영아를 간신히 방으로 들여보낸 후 각자의 방에서 밤 9시가 되기를 기다렸다.

김영아는 구성안을 쓰기 위해 미리 분위기 파악을 하려고 따라온 이유도 있지만 혹시라도 무슨 일이 생기면 진희를 보호하는 책임을 맡았다.

물론 그리 미덥지는 않았지만.

태수는 201호 자신의 방에 있는 두 영혼이 뭘 하는지 가만히 지켜보고 있었다.

밤 9시가 가까워지자 어디선가 아득하게 방울 소리가 들려왔다. 두 영혼이 방울 소리에 반응하듯 스윽 하고 움직이더니 방문을 그대로 통과해서 방을 빠져나갔다.

태수가 김영아에게 카톡을 보냈다.

> 태수 : 거긴 어때요?
> 영아 : 아직까지는 아무 일도 일어나지 않았어. 진희 방도 조
> 용하고. 나 너무 무서워.
> 태수 : 제가 1층에서 무슨 일이 일어나는지 밖을 좀 살펴볼
> 게요.

태수가 일어나서 방문을 열고 밖으로 나갔다. 놀랍게도 각 방에 있던 영들이 복도로 나와서 어슬렁거리며 1층으로 향하는 계단을 내려가고 있었다.

어디선가 계속 방울 소리가 들려왔고 영들이 그 소리를 따라 움직이고 있었다.

태수도 소리를 따라 영들과 함께 계단을 내려갔다.

그리고 괴이한 광경을 봤다.

102호 진희의 방문 앞에 모든 영들이 모여 있었고 그 맨

앞에 진희 엄마가 서 있던 것이다. 엄청난 양의 검은 귀기가 진희 엄마의 온몸을 휘감고 있었고, 그 뒤쪽으로는 진희 아빠가 넋이 나간 사람처럼 서 있었다.

마치 공포 영화의 한 장면을 보는 것 같았다.

9시 정각이 되자 계속해서 울리던 방울 소리가 멎었고 진희 엄마가 정확하게 다섯 번 방문을 노크했다.

똑똑똑똑똑.

진희 엄마가 방 안의 반응을 기다리다가 다시 노크를 했다.

똑똑똑똑똑.

이내 진희 엄마가 진희 방문의 손잡이를 잡고 마구 돌리기 시작했다.

덜커덕…… 덜커덕…… 덜커덕.

계속 방문을 열려고 하던 진희 엄마가 나긋나긋하고 부드러운 목소리로 속삭였다.

"진희야? 진희야…… 문 좀 열어 줄래?"

방 안에서 울먹이는 진희의 목소리가 가늘게 들려왔다.

"싫어요."

그러자 진희 엄마가 이전보다 더욱 단호한 목소리로 말했다.

"진희야…… 엄마야. 어서 문 열어."

다시 방 안에서 진희 목소리가 들려왔다.

"아니야, 당신은 우리 엄마가 아니야."

그러자 갑자기 진희 엄마를 에워싸고 있는 영들의 무리에서 엄청난 양의 검은 귀기가 뿜어져 나오기 시작했다.

화아아아악.

진희 엄마가 마치 신들린 사람처럼 펄쩍펄쩍 뛰면서 주먹으로 문을 두들기기 시작했다.

"문 열지 않으면 엄마한테 혼날 줄 알아. 진희야, 문 열어, 어서 문 열라고! 문!"

쾅쾅쾅쾅쾅!

"그냥 두지 않을 거야, 그냥 두지 않을 거야. 넌 혼이 나야 돼! 으아아아아!"

진희 엄마가 정말로 문을 부술 것 같은 엄청난 힘으로 계속 문을 두드렸다.

모든 게 진희가 제보 게시판에 쓴 내용과 완벽하게 일치했다.

태수는 혹시 몰라서 설호검을 불렀다.

화르르르륵.

손안에 설호검이 잡혔고 방 안에서 진희가 흐느끼며 중얼거리는 소리가 들려왔다.

"하늘에 계신 우리 아버지여…… 이름이 거룩히 여김을 받으시오며…… 나라가 임하시오며…… 뜻이 하늘에서 이루어진 것 같이……."

너무도 괴이한 광경이었다.

진희의 방문 앞으로 모든 영들이 모여들고 진희 엄마가 마치 무녀처럼 제자리에서 펄쩍펄쩍 뛰며 엄청난 귀기를 발산하는 모습은 흡사 어떤 중요한 의식을 치르는 것 같기도 했다.

만약 방에 들어가고자 한다면 언제든 열쇠로 열고 들어가면 될 텐데 저렇게 번거로운 행동을 하는 건 분명 나름의 이유가 있는 것이다.

펄쩍펄쩍 뛰면서 주기도문이 흘러나오는 진희의 방문을 두드리던 진희 엄마가, 갑자기 고개를 휙 돌려 태수를 바라봤다. 아마도 설호검에서 흘러나오는 항마의 기운을 느낀 모양.

당황하거나 이상한 행동을 하면 오히려 영들과 악귀를 자극할 우려가 있다. 아직은 뭐가 뭔지 모르는 데다 귀기탐색도 작동이 되지 않아 직접 부딪치는 건 피하고 싶었다.

아무리 악귀라도 무작정 사람을 공격하는 일은 없으니까.

계단 중간에 있던 태수는 설호검을 집어넣은 후, 촬영하던 카메라도 끄고 태연하게 계단을 내려갔다. 마치 영들이 보이지 않는 사람처럼.

태수가 다가가자 주위의 영들이 좌우로 흩어졌다.

진희 엄마와 아빠만 진희의 방문 앞에 서서 가만히 태수를 노려봤다.

두 사람의 동공이 검게 물들어 있었다. 귀기탐색이 작동되지 않아 악귀가 보유한 귀기의 양을 정확히 알 수는 없었지만, 몸으로 감지되는 양만 해도 어마어마한 수준이었다.

"왜 그러세요? 따님이 문을 열지 않나요?"

진희 엄마가 어떤 반응을 보이는지 보려고 태수가 먼저 말을 툭 던졌다. 동공에서 검은 귀기가 사라지며 진희 엄마가 부자연스러운 표정으로 대답했다.

"네, 애가 버릇이 없는지 말을 듣지 않네요."

"그럼 열쇠로 열고 들어가면 되지 않나요?"

그러자 진희 엄마가 마치 오류가 생긴 로봇처럼 머리를 툭툭 흔들며 대답을 하지 않았다. 빙의를 당했을 때 생기는 전형적인 증상 중 하나다.

악귀가 진희 엄마의 몸속에 들어가 있다는 확신이 들었다.

그러자 옆에 있던 진희 아빠가 험상궂은 표정으로 말했다. 역시 감정이라곤 전혀 느껴지지 않는 딱딱한 표정과 목소리였지만, 진희 엄마에 비하면 감지되는 귀기의 양이 비교가 되지 않았다.

"쓸데없는 참견하지 말고 당신 할 일이나 해."

"참견하려는 게 아니라 저는 진희 옆방에 볼일이 있어서요."

태수가 김영아가 묵고 있는 103호의 방문을 두드렸다.

똑똑똑.

안에서 부들부들 떠는 김영아의 목소리가 들려왔다.

"누, 누구세요?"

"누나, 나예요. 문 열어 줘요."

"태수니? 정말 태수 맞니?"

"그렇다니까요."

김영아가 조심스럽게 문을 열다가 바로 옆에 서 있는 진희 엄마와 아빠를 보고 짧게 비명을 질렀다. 태수가 눈짓을 하자 김영아가 얼른 말했다.

"난 또 너 혼자 있는 줄 알고. 몰랐잖아."

김영아가 무표정하게 노려보는 진희 엄마, 아빠를 향해 인사하며 말했다.

"죄송해요, 소리 질러서. 태수야, 얼른 들어와."

태수가 안으로 들어갔고 김영아가 얼른 방문을 닫았다. 김영아가 가슴에 손을 얹고 무서워 죽겠다는 표정으로 발을 동동 굴렀다.

"저 사람들 뭐야, 미쳤어. 진희 엄마 목소리 들었는데 완전 소름이야. 여기 팔뚝 좀 봐 봐."

그러면서 김영아가 정말 닭살이 돋은 팔뚝을 보여 줬다.

"진희는 괜찮아요?"

김영아가 진희와의 카톡 메시지를 보여 주며 말했다.

"저 사람들 밖에서 난리 치는 동안 내가 진희랑 계속 카톡하며 안심시켰어."

태수가 김영아의 카톡을 봤다.

> 영아 : 진희야, 걱정하지 마. 언니가 바로 옆에 있으니까 무
> 슨 일 있으면 언제든 달려 나갈게. 그리고 태수 오빠
> 가 퇴마하는 거 봤지? 그런 오빠가 네 곁을 지키고 있
> 어. 넌 지금 세상에서 가장 안전하다고.
>
> 진희 : 네, 언니랑 오빠가 옆에 있어서 너무 다행이에요. 제
> 말을 믿어 주고 옆에서 지켜 주시니까. 어서 이런 무
> 서운 밤이 끝나고 엄마, 아빠가 예전의 모습으로 돌아
> 왔으면 좋겠어요.
>
> 영아 : 분명히 그렇게 될 거야. 태수 오빠가 그렇게 해 줄 테
> 니까 조금만 참아. 헉, 너 괜찮아? 지금 문밖에서 말
> 하는 사람 너네 엄마지?
>
> 진희 : 맞아요. 오늘 밤은 언니랑 오빠가 있어서 잘 견딜 수
> 있어요. 저 이제 주기도문 외울게요.
>
> 영아 : 그래, 그렇게 해.

언뜻 봐서는 김영아가 진희를 안심시키는 게 아니라 진희
가 김영아를 안심시키는 분위기.

"제가 밖을 좀 살펴볼게요. 진희도 괜찮은지 확인해 보
고."

"그래. 조심해, 태수야."

태수가 방문을 열고 복도를 내다봤다. 복도에는 진희 엄마, 아빠는 물론이고 영들도 보이지 않았다.

태수가 진희 방문에 손을 대고 잔류사념을 읽었다. 방금 진희 엄마가 방문을 잡고 흔들었으니 분명 빙의한 영의 잔류사념으로 남아 있을 것이다.

'사이코메트리.'

화르르르륵.

역시나 사념 속에서 진희 엄마가 아닌 50대 정도로 보이는 낯선 여자의 얼굴이 나타났다.

'너로구나, 악귀의 정체가.'

얼굴에 짙은 화장을 했는데 그 모습이 영락없는 무녀의 얼굴이었다.

만약 악귀가 무녀라면 아까 방문 앞에서 진희 엄마가 펄쩍펄쩍 뛰던 모습도 이해가 되고 영들을 부르던 방울 소리도 이해가 된다.

방울은 무녀의 영력이 깃들어 있는 대표적인 무구인 무령이다.

태수가 김영아한테도 나오라고 한 다음에 102호 진희 방의 방문을 두드렸다.

"진희야, 태수 오빠야. 문 좀 열어 줄래?"

진희가 문을 열어 주지 않으면 어쩌나 걱정했는데 금방 문이 열렸다. 얼굴에 눈물 자국이 흥건한 진희가 태수를 보고는 활짝 웃었다.

"괜찮니?"

진희가 고개를 끄덕였다.

"너도 알다시피 우리 방송이 일요일이야. 그러니까 무서워도 내일 하루를 더 참아야 해. 참을 수 있겠어?"

진희가 미소를 머금고 고개를 끄덕였다.

진희는 태수의 얼굴을 보는 순간 신기하게도 방금 전의 무서웠던 기억이 한순간에 사라지는 것 같은 기분을 느꼈다.

진희가 불쑥 말했다.

"하나만 물어봐도 돼요?"

"어, 뭐든."

"오빠는 옥현옹주 정말 사랑하세요?"

뜻밖의 질문에 김영아가 웃음을 보였고 태수도 살짝 당황해서 대답했다.

"음…… 옥현옹주님은 웹툰 속에 나오는 분이야. 강혁이 사모하는 분이지."

"드라마 보면 정말 오빠가 그 언니 사랑하는 것 같던데."

태수가 당황해하자 김영아가 대신 나서서 대답했다.

"그건 태수 오빠가 연기를 워낙 잘해서 그렇게 보이는 거야. 뭐 모르지, 마음으로는 드라마 속 옥현옹주님을 좋아하는지. 왜, 드라마 속에서 오빠랑 옥현옹주님이랑 잘됐으면 좋겠어?"

그러자 진희가 고개를 흔들며 단호하게 대답했다.

"아니요."

진희의 대답에 태수가 어이없다는 표정으로 바라봤고 김영아는 결국 웃음을 터뜨렸다.

김영아가 진희의 귀에 대고 속삭였다.

'진희야, 사실은 나도 그래.'

진희가 수줍게 미소를 지었다.

태수가 둘이 무슨 얘기를 주고받는지 수상하게 보다가 물었다.

"진희 너한테 십자가하고 성경 준 목사님 연락처나 교회 좀 알려 줄래?"

진희가 얼른 방으로 들어가서 휴대폰을 가져와 보더니 한민수 목사의 휴대폰 번호를 태수에게 알려 줬다.

다행히 그날 밤은 더 이상 우려할 일이 일어나지 않았다.

태수 방의 두 커플도 별다른 움직임 없이 나란히 창가에 서서 잠든 것처럼 하루를 보냈다.

영들이 지켜보는 가운데 잠을 잔다는 게 보통 사람들은 납득이 가지 않겠지만 칠성의 기운이 보호해 주기에 태수는 별문제 없이 편안하게 잠이 들었다.

다음 날 태수는 제작진의 차를 타고 진희에게 십자가와 성경을 줬다는 한민수 목사의 교회를 찾아갔다. 시골이라 그런지 교회도 가정집처럼 아담했다.

미리 연락을 하고 갔기 때문에 한 목사가 이미 마당에 나와서 기다리고 있었고, 신도 몇몇이 태수를 보고 교회 안에서 펄쩍펄쩍 뛰며 좋아하는 모습이 보였다.

물론 영혼남일 때도 알아보는 사람이 많았고 사인 공세를 받았지만 이 정도는 아니었는데, 확실히 드라마의 인기가 높다는 걸 실감할 수가 있었다.

한 목사가 태수와 인사를 나눈 후에 조심스럽게 말했다.

"부탁 한 가지만 드려도 되겠습니까?"

"예, 얼마든지."

사실 태수 입장에서도 한 목사한테 부탁을 하는 입장이라서 뭐든 자신이 도움이 되는 일이 있다면 들어주고 싶은 마음이었다.

한 목사가 예배당 쪽을 돌아보며 말했다.

"저기 그게…… 신도들과 아이들이 장태수 씨를 무척 좋아하는 모양이에요. 그렇잖아도 〈오늘도 연애〉라는 드라마 보고 나서 재미있다고 하루 종일 그 얘기만 하던데, 마침 장태수 씨가 온다니까 다들 들떠서는……. 저한테 사인하고 사진 좀 찍게 해 달라고 얼마나 졸라 대는지…… 혹시 괜찮다면……."

그런 부탁이라면 백번 천 번도 들어줄 용의가 있었다. 아니, 자신이 더 즐겁고 흥겨운 일이었다.

태수가 흔쾌히 대답했다.

"그럼요, 괜찮으니까 다들 오시라고 하세요."

한 목사가 예배당 안쪽을 향해 손짓을 하자 아이들과 신도들 10여 명이 함박웃음을 지으며 달려왔다.

모두들 이렇게 가까이에서 왕실 근위대장 강혁을 본다는 게 믿어지지 않는다는 듯 태수한테서 눈을 뗄 줄을 몰랐다.

태수는 그들에게 사인도 해 주고 일일이 사진도 찍어 줬다. 한 목사도 체면이 서서 기분이 좋은지 연신 싱글거리며 웃었다.

사진 촬영을 모두 마친 후 김영아 작가와 함께 거실에서 한 목사와 차를 마시며 얘기를 나눴다.

한 목사가 태수에게 한 번 더 고마움을 표시했다.

"여기가 시골이라서, 사람들이 장태수 씨 같은 스타를 볼 일이 없어서 많이 신기했던 모양이에요. 아무튼 감사드립니다."

"아니에요. 전 아직 스타라고 하기엔……."

옆에 있던 김영아가 말했다.

"제발 좀 내 말을 믿어, 너 스타 맞다고. 요즘 인기가 하늘을 찌른다니까."

한 목사도 웃으며 거들었다.

"네, 내가 보기에도 아주 대단한 스타가 맞습니다. 여기 있는 신도들이 그렇게 난리 치는 걸 처음 봤거든요."

왠지 민망하면서도 기분이 좋았다.

태수가 쑥스럽게 웃으며 말했다.

"감사합니다."

"그래, 저한테 묻고 싶은 일이란 게 뭔가요?"

"아, 예. 제가 알기로 목사님은 이 마을에서 오랫동안 설교를 하셔서 마을에 대해서 아주 잘 아신다고 들었습니다. 그래서 몇 가지 좀 여쭤보려고요."

"예. 진희를 도울 수 있는 일이라면 뭐든 대답해 드리겠습니다."

"혹시 이 마을에 영력이 뛰어난 무녀가 있었나요?"

한 목사의 표정이 변했다.

"그걸 어떻게? 예, 있었습니다. 혜월이라고 하는 무녀였는데 영력이 대단히 높은 무녀였어요. 그런데 혜월이 영력이 높은 무녀라는 걸 아는 사람은 거의 없었는데."

"제가 진희 엄마의 몸 안에서 그 무녀의 얼굴을 본 것 같거든요."

한 목사의 입에서 탄식이 흘러나왔다.

"세상에."

태수는 어젯밤 진희 방 앞에서 벌어진 일들을 자세하게 한 목사에게 설명했다.

"제 생각에는 무슨 의식을 치르는 것처럼 보였어요. 혹시 혜월이라는 무녀가 생전에 간절히 원하던 일이 있었나요?"

어제 진희 엄마가 한 행동이 주술이나 어떤 의식처럼 보였기 때문이다.

태수의 얘기를 들은 한 목사의 표정이 변했다. 얘기를 듣자마자 한 목사도 짚이는 일이 있었던 것이다.

"6년 전 처음 산장모텔을 지을 때 그 자리에 성황당이 있었어요."

"성황당요?"

성황당은 마을 어귀에 마을의 수호신으로 서낭을 모셔 놓은 신당을 말한다.

한 목사는 예전부터 이 마을에 전염병이 돌고 안 좋은 일이 많아서 마을 입구에 성황당을 만들고 당목을 심었다는 얘기를 들은 기억이 났다.

"혜월에게는 딸이 하나 있었는데 이름 모를 희귀병에 걸려서 사망했어요. 혜월은 그 딸의 시신을 성황당 앞 당목 아래 묻었습니다."

"당목이라면 신을 모시는 나무로, 마을 어귀에 하얀 천 같은 걸 걸어 두는 큰 나무 말씀이죠?"

한 목사는 태수가 성황당과 당목을 알고 있어서 살짝 놀랐다.

"예, 맞습니다."

"근데 당목 아래 왜 딸의 시신을?"

"혜월은 자신의 영력과 자신이 모시던 신의 힘으로 자신의 딸을 부활시키겠다고 했답니다. 근데 6년 전 한 업자가 모텔을 짓겠다고 땅을 사서 성황당을 무너뜨렸어요. 또한 성황당 앞의 커다란 당목도 베어 버릴 예정이라고 했죠."

"당목을 베면 그동안 딸을 부활시키려고 들였던 정성이 물거품이 되었겠네요. 물론 삐뚤어진 욕망이긴 하지만."

"그렇죠. 혜월이 아무리 애원을 해도 소용이 없었습니다. 결국 업자가 말을 들어주지 않자 혜월은 죽어서 저주를 하겠다며 당목에 목을 매달고 죽었어요. 그 이후 모텔이 지어졌고, 모텔을 지은 업자는 물론 모텔에 장기 투숙한 손님들도 목을 매달고 자살하는 사건이 끊이지 않았죠. 그래서 저는 그 모든 사건들이 혜월의 저주 때문이라고 생각했는데, 지금 얘기를 듣고 보니 다른 의도가 있었던 모양이네요."

태수도 이제야 밤마다 벌어지는 괴이한 일의 의미를 어렴풋이 알 것 같았다.

"저주가 아니라, 혜월이 죽어서도 자신의 딸을 부활시키기 위해 진희 엄마의 몸을 빌려서 어떤 의식을 치른 거였군요. 자신의 딸을 진희의 몸을 빌려 부활시키려고."

한 목사가 무겁게 고개를 끄덕이며 말했다.

"그런 것 같습니다. 단지 해칠 생각이라면 그냥 문을 열고 안으로 들어가면 됐겠죠. 하지만 자신의 딸의 혼을 진희가 받아들이게 하려면 진희의 마음을 약하게 만들어서 진희 스스로 그들을 맞이하도록 하는 게 가장 자연스럽고 안전할 테니까요. 사실 그런 의식은 기독교 악령들도 자주 사용하는 방식입니다."

한 목사와 얘기를 나누는 동안 태수는 살짝 소름이 돋는 기분을 느꼈다. 이걸 단순히 우연의 일치라고 할 수가 있을까. 〈모텔 파라다이스〉의 스토리와 닮아도 너무 닮았던 것이다.

태수가 한 목사와 얘기를 마치고 모텔로 돌아가는데 노인의 음성이 들려왔다.

─혜월이란 무녀가 결계를 친 모양이네.

"결계요?"

노인이 말을 이어 나갔다.

─결계라는 건 수행자의 영력만으로도 칠 수가 있지만 수행자가 섬기던 신의 상징물이나 물건이 있으면 훨씬 강력한 결계를 칠 수가 있네. 혜월이라는 무녀는 아마도 베어진 그 당목을 이용해서 모텔 근처에 결계를 쳤을 것이야. 결계를 치면 그 안에서 자신의 영력을 극대화시킬 수가 있으니까. 자네가 귀기를 탐색하지 못하고 영능력이 방해를 받은 이유도 아마 그 결계 때

문일 걸세.

"아…….."

생각지도 못한 말이라서 새삼 눈이 번쩍 뜨였다. 만약 그 사실을 몰랐다면 내일 방송할 때 아주 낭패를 보는 상황이 생길 수도 있었다.

"그럼 그 결계를 없애면 귀기탐색을 정상적으로 할 수 있다는 말씀인가요?"

─귀기를 탐색하는 것도 중요하지만, 결계 안에서 자네의 영능력은 제한이 되고 무녀의 영력은 올라가서 위험한 상황이 생길 수도 있어. 그러니 촬영 전에 반드시 그 결계를 찾아서 없애든가, 모르는 척 행동하다가 혜월을 속여서 결정적인 순간에 결계를 파괴하는 방법도 있네. 미리 결계를 파괴하면 혜월이 아예 모습을 드러내지 않을 수도 있으니까.

태수가 가만히 생각에 잠겨 있다가 물었다.

"그럼 결계는 어떻게 찾아서 없애나요?"

─귀기탐색을 해야지, 결계도 결국은 귀기로 쳤을 테니까.

태수가 고개를 갸웃하면서 물었다.

"결계 때문에 귀기탐색이 작동을 하지 않는데 어떻게?"

─그건 혜월이 결계를 쳐 놓은 지역 안에서 귀기탐색을 했기 때문일세.

"아…….."

태수는 곧바로 무슨 얘기인지 알아들었다.

태수는 한 목사에게 전화를 걸어서 예전에 당목이 있던 위치를 물었다. 위치를 확인한 태수가 제작진에게 상황을 알린 후 곧바로 당목이 있는 곳으로 이동했다.

한 목사가 알려 준 당목의 위치는 모텔 뒤쪽으로, 모텔과 약 10여 미터 떨어진 숲 안쪽이었다. 노인이 일러 준 대로 주문을 읊었다.

'귀기탐색.'

화르르르륵.

공기가 흔들리며 눈앞에 지도가 나타났다.

작동을 하지 않던 귀기탐색이 노인의 말처럼 결계 밖에서는 정상적으로 작동을 했다.

지도를 바라보던 태수의 입에서 탄성이 흘러나왔다.

'세상에, 이게 결계구나.'

안개처럼 생긴 검은 기운이 모텔을 에워싸고 있는 모습이 보였던 것이다.

혜월이 펼쳐 놓은 결계였다.

결계 안은 외부의 기운과 단절이 되고 혜월의 힘에 의해 지배를 받는 공간이다.

'당목이 어디 있다는 거지? 이미 베였으니까 밑동만 남았을 텐데.'

주위를 둘러보는 태수의 바로 옆 땅 밑에서 엄청난 귀기가 솟구쳐 오르는 걸 볼 수가 있었다. 우거진 수풀을 헤치자 바닥에 밑동만 남은 거대한 당목의 흔적이 나타났다.

폭이 족히 3~4미터는 될 것 같은 큰 당목이었고, 그 밑동
에 의미를 알 수 없는 글과 그림이 붉은색으로 적혀 있었다.

무녀 혜월이 적어 놓은 주술이었다.

이 당목 아래쪽 어딘가에 혜월이 부활시키려는 딸이 묻혀
있을 것이다. 딸의 영혼은 부활하기 위해 영혼이 깃들 수 있
는 육신의 부름을 기다리며 지금쯤 숲을 떠돌고 있을 것이고.

이제 남은 건 진희의 부모에게 촬영에 대한 허락을 받는
일이다. 만에 하나 방송 허락을 못 받는다고 해도 태수는 무
녀 혜월을 제령할 작정이었다.

반드시 구해 주겠다고 진희한테 약속을 했으니까.

진희가 학교에 간 사이 태수는 김영아, 권 피디와 함께 모
텔을 찾았다.

진희 엄마와 아빠에게 신분을 밝히고 촬영 허가를 부탁했
다.

두 사람은 낮 시간에는 비교적 귀기의 지배를 덜 받기 때
문에 의식이 정상으로 돌아와 있었다.

그렇다고 완전히 귀기에서 자유로운 건 아니었다. 두 사람
의 동공에는 여전히 검은 기운이 약하게 남아 있었다.

예상대로 처음엔 촬영에 대해 완강하게 거부감을 보이던
두 사람이 태수가 촬영한 동영상을 보여 주자 마음이 흔들

렸다.

바로 어젯밤에 진희 엄마가 진희 방문 앞에서 펄쩍펄쩍 뛰면서 문을 열라고 악을 쓰던 그 영상이었다.

진희 엄마가 영상이 믿기지 않는다는 듯 중얼거렸다.

"말도 안 돼, 정말 내가 이랬다고? 난 아무것도 기억이 나지 않는데?"

"두 분이 지금 무녀 혜월의 원혼에게 영적으로 사로잡혀 있어서 그렇습니다. 밤이 다가오면 두 분의 몸속에 있는 귀기가 다시 강해지고, 그렇게 되면 혜월의 힘이 강해질 거예요. 그럼 혜월의 원혼이 어머님의 정신과 육체를 다시 지배하게 될 거예요."

그제야 진희 엄마가 흐느끼면서 말했다.

"미안해, 진희야. 엄마가 미안해, 으흐흐흑."

흐느끼던 진희 엄마가 눈물이 홍건한 얼굴을 번쩍 들고는 간절한 목소리로 말했다.

"촬영하겠어요, 태수 군이 진희를 지켜 주세요. 저희를 대신해서 우리 진희를 꼭 좀 지켜 주세요, 부탁드릴게요. 절대로 그 악귀가 우리 진희의 육신을 빼앗지 못하도록 지켜 주세요. 그 어린 것이 얼마나 무서웠을까."

진희 아빠도 충격을 받은 듯 연신 눈물을 훔치며 말했다.

"부모라는 사람들이 이렇게 무력하다니."

태수가 두 사람을 진정시키며 말했다.

"네, 걱정하지 마세요. 제가 무슨 일이 있어도 진희는 반드시 지킬 거예요. 진희하고도 그렇게 약속을 했거든요."

태수의 대답에 두 사람은 취재진에게 촬영을 허가했고 즉시 촬영이 시작됐다.

진희 엄마가 여전히 걱정이 되는지 물었다.

"만약 밤이 돼서 제가 또 악귀에게 홀려서 마음이 변하면 어떡하죠? 방송 안 하겠다고 행패를 부리면 어쩌죠?"

제작진도 그 부분에 대한 우려가 있었다.

결국 상의 끝에 변호사와 정신과 전문의까지 불러서 두 부모의 자유의지에 의한 계약 취소가 아닌 경우는 번복을 하지 못하도록 하는 계약 조항을 만들어서 넣었다.

그 모든 게 진희와 진희 가족을 위한 조치였다.

방송에서 진희와 두 사람의 모습은 당연히 모자이크로 처리될 예정이었다.

물론 모자이크 처리를 해도 마을 사람들은 당연히 가족을 알아볼 수 있다는 점도 미리 알려 줬다.

진희 아빠가 말했다.

"상관없습니다. 어차피 마을 사람들은 우리가 악귀에 씌었다는 걸 다들 알고 있어요. 차라리 이번 기회에 방송을 통해 우리 가족이 악귀의 지배에서 완전히 벗어났다는 걸 알릴 수 있다면 저는 무조건 촬영을 하고 싶습니다."

처음으로 흉가가 아닌 실제로 사람이 살고 있는 집과 가족을 대상으로 제령을 행하는 방송이었다. 따라서 제작진은 물론 태수도 신경이 곤두설 수밖에 없었다.

노인의 목소리가 들려왔다.

―너무 긴장을 하고 있군. 마음을 편하게 가지게. 자네가 아니면 그 가족을 도와줄 수 있는 사람은 세상에 아무도 없네.

'제가 잘할 수 있을지 걱정이 돼서요. 한 가족의 미래가 걸려 있고 자칫하면 큰 사고가 생길 수도 있잖아요. 그리고…… 부모님 품에서 진희가 활짝 웃는 모습을 정말로 보고 싶거든요.'

모텔을 배경으로 오픈 스튜디오가 꾸며지기 시작했다.

수많은 스태프와 각종 장비, 중계차가 속속 도착했다. 권창훈 피디는 오프닝에 내보내기 위해 태수가 어제까지 촬영한 영상을 밤새 편집했다.

이제 〈영혼을 찾아서〉는 방송이 시작되기도 전에 벌써 '장태수'와 '영혼을 찾아서' 등의 관련 검색어가 실검 상위권에 오를 정도로 동 시간대 프로그램들 중에서 압도적인 인기를 얻었다.

영화 〈모텔 파라다이스〉는 어제 2주 차 주말 스코어가 25만을 넘어서 관객 150만을 넘어섰다.

압도적인 성적은 아니지만 〈오래된 기억〉을 완전히 밀어내고 사람들의 예상을 훌쩍 뛰어넘는 선전이었다.

창호의 말로는 드라마 〈오늘도 연애〉의 인기까지 폭발하며, 태수가 출연하거나 관여한 모든 영화나 방송이 성공하면서 인터뷰가 쇄도하고 있다며, 거절하는 것도 힘들 정도라고 했다.

태수의 팬 카페이기도 한 온라인 카페 '영혼을 보는 남자' 역시 불과 2~3주 사이에 회원 수가 4만을 넘어섰고 '강혁바라기' 카페와 서로 동맹을 맺었다는 소식도 들려왔다.

흰색 스타크래프트 밴이 막 도착했고 박보윤이 차에서 내렸다.

박보윤이 모습을 드러내자 촬영장에 활기가 돌았고 곳곳에서 옥현옹주가 도착했다는 소리가 들려왔다.

태수는 드라마 촬영장과 달리 청바지에 티셔츠 하나 걸친 풋풋한 박보윤을 보니 연예인이 아닌 가까운 친구를 만난 것 같은 기분이 들었다.

박보윤이 태수를 보자 반갑게 인사를 했다.

"여기서 보니까 태수 씨 분위기가 드라마 촬영장에서 보는 것하고 완전 다른 것 같아요. 강혁 말고 전혀 다른 사람 같아. 분장을 안 해서 그런가?"

박보윤이 헷갈리는 건 이곳에서는 생기탐랑의 능이 작동을 하지 않기 때문이다.

권 피디와 김영아 작가가 다가와서 박보윤에게 반갑게 인사를 했다.

특히 권 피디는 박보윤과 얘기를 나누는 내내 입이 헤벌죽하게 벌어져서 다물어질 줄을 몰랐다. 평소 박보윤의 팬이라고 입버릇처럼 말하고 다녔으니까.

"태수야?"

돌아보니 언제 왔는지 창호가 와 있었다.

"어, 형! 언제 왔어요?"

"조금 아까."

"엄청 바쁘다고 엄살이더니 여긴 어떻게 온 거예요?"

"엄살 아냐, 나 요즘 너 때문에 몸이 열 개라도 모자라. 하지만 유일한 소속사 연예인이 중요한 촬영을 하는데 안 와볼 수가 있어야지. 게다가 이 방송 엄청 위험해 보이던데 내가 제작진에 항의라도 해야 하는 거 아닌가."

"제작진은 아무 죄 없어요. 전부 제가 기획하고 구성도 제가 짜는 거니까."

"아무튼 몸조심해. 너 잘못되면 내 전 재산 날아가는 거야."

"참 나."

말은 그렇게 해도 창호가 자신을 얼마나 아끼고 좋아하는지 너무도 잘 알고 있다.

그저께 창호가 다이어리를 보여 줬는데 정말 하루에도 엄청나게 약속이 잡혀 있었다.

만약 연예인을 이용해서 돈 벌 생각만 하는 소속사라면 태수도 창호만큼 바빴을 것이다, 하루에 스케줄을 몇 개씩 소화하면서.

하지만 창호는 투정처럼 한 번씩 툭툭 던지듯 사정을 얘기할 뿐 절대로 태수에게 부담을 주지 않았다.

스태프들이 모텔 곳곳에 카메라를 설치했고 학교에서 돌아온 진희한테도 별도의 와이어리스 마이크를 달아 줬다.

진희는 방송을 준비하는 모습이 신기한지 오픈 스튜디오 이곳저것을 기웃거리며 돌아다녔다. 진희가 박보윤을 보더니 배시시 웃으면서 인사를 했다.

"언니 정말 예쁘세요, 정말로 공주 같아요."

박보윤이 활짝 웃으며 말했다.

"네가 진희구나. 너도 너무 예뻐."

박보윤이 진희와 함께 사진을 찍는 동안 길재중이 도착했고 한석후 아나운서도 도착했다. 다들 박보윤과 태수를 보자마자 약속이나 한 듯 드라마 얘기부터 꺼냈다.

한석후 아나운서가 박보윤과 먼저 사진을 찍은 후에 태수를 보고 말했다.

"태수 씨, 나랑 사진 한 장 찍어 줘요. SNS에 올리게."

한석후 아나운서가 마치 팬이 연예인 대하듯 먼저 사진을

퇴마하는
톱스타

찍자고 하니 기분이 이상했다.

길재중도 마찬가지로 박보윤과 사진을 찍고는 태수에게도 다가왔다.

"태수 군, 나하고 인증 샷 하나만 찍지. 못 보는 일주일 사이에 무슨 일이 벌어진 거야? 내 주위에 있는 사람들이 온통 자네하고 친하냐, 얼마나 친하냐? 그리고 연락처 아냐고 물어봐서 아주 혼났어."

길재중이 휴대폰을 꺼내더니 태수에게 어깨동무를 하며 말했다.

"이런 포즈 괜찮지?"

"네, 괜찮습니다."

길재중이 촬영을 할 때는 더욱 친근감 있게 보이도록 태수를 바싹 끌어안으며 셔터를 눌렀다.

찰칵.

사진만 봐서는 그야말로 조카와 삼촌처럼 더없이 가까운 사이처럼 보였다.

길재중이 만족한 듯 자신의 SNS에 사진을 올린 후 '생사고락을 함께하는 내 퇴마 파트너, 왕실 근위대장 강혁^^'이라는 글까지 즉석에서 올렸다.

"도사님, 저하고 가 볼 데가 있어요."

"어딘데?"

태수가 길재중을 데리고 당목이 있는 모텔 뒤로 이동했다.

어둠이 밀려든 숲은 칠흑같이 캄캄해서 손전등만 가지고 밑동을 찾는 게 쉽지가 않았다.

"어디였더라? 아, 저기 있다."

길재중에게 당목의 밑동을 보여 줬다.

혜월이 이 밑동을 이용해서 모텔 주위에 결계를 쳐 놓았다는 얘기를 들려주자 길재중의 눈이 커졌다.

"이런 식으로 결계를 친다는 얘기는 들었는데, 보는 건 처음이라서."

태수는 낮에 제작진에게 부탁해서 단검 한 자루를 샀다. 들고 있던 가방에서 검집에 싸인 단검을 꺼내자 길재중의 눈이 휘둥그레졌다.

"광명멸귀부."

화르르르륵.

주문을 읊자 허공에 부적이 나타났다. 부적을 집어서 단검의 검날에 입히자 부적의 기운이 검에 스며들었다.

부적의 기운을 입힌 단검을 길재중에게 건네며 당부했다.

"제가 신호를 하면 이 단검을 당목의 한가운데에 꽂아 주세요. 그럼 모텔을 둘러싸고 있는 혜월의 결계가 파괴될 거예요."

"음…… 알았어, 언제든 연락만 해. 내가 바로 달려와서 파괴할 테니까."

그렇게 얘기를 하고도 왠지 마음이 놓이지 않았다.

아마도 자신이 신호를 할 때는 꽤나 다급한 상황일 텐데 그때 신호를 듣고 달려와서 파괴하려면 타이밍이 맞지 않을 수도 있다.

"죄송한데 도사님, 도사님은 제가 신호할 때까지 여기서 계속 대기하고 있으시면 안 될까요?"

"그건 또 왜?"

"그냥 그게 더 확실할 것 같아서요."

길재중이 단호하게 고개를 흔들었다.

"무슨 소리야? 방송은 해야지. 걱정하지 마, 내가 방송 하다가 자네가 신호만 주면 얼른 달려와서 단검을 꽂을 테니까. 자네 정도 퇴마 실력을 가진 사람이 뭐가 걱정이야. 악귀가 결계를 쳐 놨든 뭔 짓을 했든 어차피 자네한테는 안 된다고."

걱정스럽긴 했지만 길재중이 방송에 대한 욕심이 얼마나 많은지 누구보다 잘 알기에 자신도 일방적으로 강요할 수는 없었다.

"그럼 제가 신호하면 바로 달려와서 결계를 파괴하셔야 해요?"

"걱정 말라니까, 그게 뭐 어려운 일이라고. 악귀하고 싸우는 것도 아닌데."

그사이 방송 시간이 빠르게 다가왔다.

모텔 안에 들어가서 진희 부모를 촬영하던 VJ들한테서 긴

급한 연락이 왔다. 진희의 부모가 촬영을 거부하며 밖으로 나가라고 한다는 것이다.

어둠이 찾아오면서 혜월의 원혼이 힘을 발휘하기 시작한 모양이었다.

이미 예상했던 일이기에 권 피디가 VJ들에게 알렸다.

"괜히 자극하지 말고 그분들 안 볼 때 모텔에 카메라 설치하고 철수해 주세요."

김영아가 〈영혼을 찾아서〉 단톡방을 열자마자 기다렸다는 듯 네티즌들이 쏟아져 들어왔다.

최대 인원을 2천 명으로 늘린 단톡방이 10분도 되지 않아서 금방 제한이 걸렸다.

단톡방에서도 단연 화제는 〈오늘도 연애〉에 대한 이야기였다. 게다가 오늘 게스트가 박보윤이라는 점이 기름을 부었다.

　-대박, 오늘 게스트 박보윤임.

　-강혁과 옥현옹주가 〈흉가탐방〉에서 만남. ㅋㅋㅋ

　-어서 둘이 방송하는 모습 보고 싶다. 왜 이렇게 설레지?

　-태수 님 연기 짱! 항상 응원할게요!

　-드라마에서 못 이룬 사랑 〈흉가탐방〉에서 이루시길.^_^

　-두 사람 운명의 저주는 어떻게 풀지? 웹툰에선 비극으로 끝나지 않음?

−웹툰에선 저주를 풀어 주지 않아서 웹툰 팬들이 김보미 작가 안티가 됐음. ㅋ

이후로도 대부분의 게시물들이 태수의 놀라운 연기력과 앞으로 강혁이 옥현옹주하고 어떻게 될지, 유한성하고는 어떻게 될지에 대한 얘기들로 화면을 도배하다시피 했다.

결국 〈흉가탐방〉 애청자들이 불만을 터뜨렸다.

−여기 〈흉가탐방〉 단톡방이거든요? 드라마 얘기는 다른 곳에 가서 하시죠.

−오늘은 흉가가 아니고 모텔에 사는 일가족한테 붙은 악귀를 퇴마한다는데. 영혼남도 위험할 수 있고 사람 목숨이 왔다 갔다 하는데 드라마 얘기하면서 웃고 떠드는 건 좀 아니지 않나? 팬이라면 자제하세요, 태수 님한테 민폐예요.

−어? 이번 화 이야기가 태수 님이 시나리오 쓴 〈모텔 파라다이스〉랑 비슷한 거 같은데.

−오오오~ 그러네요. 저도 〈모텔 파라다이스〉 봤어요. 〈모텔 파라다이스〉도 모텔 운영하는 가족한테 악귀 달라붙는 이야기였는데.

−헐~ 그 영화에 태수 님 나와요?

−태수 님은 시나리오만 썼음.

−다운 어디서 받아요?

−오~ 이제 방송 시간 다 됐음.

단톡방 관리와 온라인 반응을 살피던 김영아가 방송 시작하기도 전에 장태수가 실검 1위에 올랐다고 활짝 웃었고, 다들 놀라움을 금치 못했다.

전소민과 길재중이 자리에 앉았고 오늘의 게스트인 박보윤이 태수의 바로 옆자리에 앉았다.

한석후 아나운서가 정 위치에 자리를 잡았고 방송 시간이 평소보다 30분 당겨진 8시 30분에 시작됐다.

태수는 평소와 달리 살짝 긴장된 기분으로 카메라를 응시했다.

중계차에서 한재성 피디가 큐 사인을 주자, 뒤쪽 벽면에 달려 있는 '영혼을 찾아서 흉가탐방'이라고 적힌 패널을 비추고 있던 카메라에 녹화 불이 들어왔다.

카메라가 줌아웃으로 뒤로 빠지더니 한석후 아나운서가 화면에 등장했다.

조연출이 사인을 주자 한석후가 멘트를 시작했다.

"오늘도 저희 〈영혼을 찾아서〉 〈흉가탐방〉 코너를 찾아주신 시청자 여러분, 안녕하십니까? 저는 한석후입니다. 오늘은 평소보다 30분 일찍 생방송으로 여러분을 찾아뵙게 됐습니다."

중계차에서 커트를 시켰고 프로그램 타이틀 음악과 화면이 브릿지 영상으로 나갔다. 그사이에 한석후 아나운서는 대본 카드를 보며 멘트를 확인했고 게스트들도 각자의 대본 카드를 확인했다.

카메라에 녹화 불이 들어오자 한석후가 활짝 웃는 얼굴로 멘트를 시작했다.

"그럼 오늘도 변함없이 저와 함께 프로그램을 이끌어 갈 진행자와 게스트 분들을 소개해 드리겠습니다. 이젠 저희 프로그램 하면 이분이 가장 먼저 떠오르죠. 요즘 인기가 너무 뜨거워서 용광로처럼 활활 타오르는 분입니다. 영혼남에서 별명이 하나 더 생겼죠? 최근 지고지순한 사랑의 대명사로 여성분들의 인기를 독차지하고 있는 남자, 왕실 근위대장 강혁 역할로 사랑받고 있는 영혼남 장태수 군 나오셨습니다."

"안녕하세요, 장태수입니다."

기다렸다는 듯 단톡방에 태수를 응원하고 사랑한다는 글들이 폭주하며 올라왔다. 이어서 박보윤이 소개되자 역시나 글들이 쏟아졌다.

　–옥현옹주님, 너무 예뻐요.

　–두 분 나란히 앉아 있으니까 너무 보기 좋네요.

　–드라마에서도 강혁 님과 옥현옹주가 사랑을 이뤘으면 좋겠습니다. 응원합니다.

이어서 나머지 게스트들이 소개된 후 한석후가 태수와 박보윤에게 드라마와 관련해서 질문을 던졌다.

"아직까지 드라마가 2화밖에 방영되지 않았는데 인기가 정말 뜨겁습니다. 벌써부터 제 주위에서 올해 연기대상에서 베스트커플상은 강혁과 옥현옹주가 받을 것이라는 얘기가 돌고 있는데, 두 분은 인기를 실감하시나요?"

먼저 박보윤이 태수를 슬쩍 보고는 웃으며 대답했다.

"정말로 많이 실감하고 있고요. 음…… 장태수 씨하고 호흡도 너무 잘 맞아서 정말로 제가 옥현옹주가 된 것 같은 기분을 느낄 때가 있어요. 그만큼 몰입해서 촬영을 하고 있고요. 정말 주위에서 그렇게 봐 주신다면 저는 연기상보다 베스트커플상이 더 욕심나는데요?"

한석후가 장단을 맞춰서 오버하며 말했다.

"잠깐만, 이거 뭔가 달달한 감정이 드라마 밖에서도 이어지는 분위기인데, 우리 태수 군은 어떠세요? 만약 연기상과 박보윤 씨하고 베스트커플상 중에 한 가지만 선택하라고 하면 어떡하실래요? 우리 보윤 양은 베스트커플상을 선택하겠다고 했는데."

이런 질문을 받으면 은근히 대답하기가 까다롭다.

그래서 더 흥미롭기도 하고.

다들 숨을 죽인 채 태수의 대답을 기다렸다.

창호는 연예인 경험이 별로 없는 태수가 저런 질문에 실수할까 봐 살짝 걱정이 됐다.

하지만 누구보다 흥미롭게 태수의 대답을 기다리는 사람

은 박보윤이었다.

하지만 정작 태수는 별로 주저하지 않고 대답했다.

생기탐랑의 기운은 사람들이 어떤 대답을 기다리는지 무슨 얘기를 좋아하는지도 본능적으로 깨달을 수 있도록 도와주기 때문이다.

"강혁이 지고지순한 사랑의 대명사인데 당연히 옥현옹주를 따라야죠. 저도 무조건 베스트커플상 선택하겠습니다."

베스트커플상을 선택하겠다는 태수의 대답에 창호가 안도했고 살짝 긴장된 표정으로 지켜보던 박보윤 얼굴에도 환한 미소가 떠올랐다.

단톡방에도 다양한 글들이 쏟아졌다.

-역시 지고지순 강혁.

-베스트커플상 가즈아~~~

-여기 〈흉가탐방〉 코너 아님? 왜 저런 걸 물어봄?

한석후가 분위기를 바꾸며 말했다.

"자, 그럼 이제 오늘 저희가 탐방할 장소에 대한 소개를 드리겠습니다. 오늘은 저희가 흉가가 아닌 악귀로 인해 위험에 처한 한 가족을 찾아갈 예정입니다. 먼저 오프닝 영상 보시겠습니다."

한재성 피디가 태수와 VJ들이 어제와 그제 촬영한 영상을 편집해서 오프닝으로 내보냈다.

영상 속에는 산장모텔에 대한 소개와 그동안 있었던 일들. 진희의 인터뷰, 진희 부모의 심경 그리고 현재 벌어지고 있는 일들에 대한 간략한 소개가 방송으로 나갔다.

중계차의 한재성 피디는 잔뜩 긴장한 채 눈앞 수십 개의 모니터를 지켜보고 있었다.

스튜디오는 물론 모텔 안에 설치해 둔 수십 대의 카메라들에서 보내온 영상들이었다. 모텔 1층 복도와 2층 복도 그리고 진희의 방에도 카메라가 설치되어 있었다.

진희는 자신의 방에서 살짝 긴장된 모습으로 혼자 성경을 읽고 있었다.

진희 엄마와 아빠는 1층 안쪽 내실에서 아직 모습을 드러내지 않았고 그곳엔 카메라를 설치하지 못했다.

모니터를 봐서는 아직까지 별다른 이상은 보이지 않았다.

영상이 흘러나가는 동안 다른 모니터 화면에는 태수의 얼굴이 하나 가득 잡혀 있었다.

한 피디가 말했다.

"석후 씨, 영상 커트하고 스튜디오로 넘어갑니다. 멘트 후 장태수 단독이에요. 커트."

화면에 다시 한석후 아나운서가 나타났다.

"네. 영상으로 보신 것처럼 이렇게 오늘은 평소와 다르게 우리 태수 군이 흉가가 아닌 악귀에게 고통받는 진희네 가족을 구하기 위해 모텔로 직접 들어가서 퇴마를 행할 예정입니다. 장태수 군, 시청자들께 한 말씀 해 주시죠."

이번 퇴마행은 그동안 행한 퇴마행보다 훨씬 신경이 쓰이고 조심스러웠다.

퇴마 자체보다 진희와 그 가족의 안전이 최우선이기 때문이다. 게다가 혜월이 결계를 쳐 놓아서 영능력도 제약을 받는 상태라 긴장이 될 수밖에 없었다.

평소와 달리 태수가 살짝 굳은 표정으로 말했다.

"오늘 제가 가장 걱정하는 부분은 퇴마를 하는 과정에서 발생할 수 있는 사고입니다. 그래서 오늘은 저 혼자 모텔로 진입할 예정입니다. 지금 진희 부모님들의 정신이 온전한 상태가 아니라서 촬영 팀하고 불상사가 생길 수가 있기 때문입니다. 저는 모텔에 진입하기 전에 모텔의 영들이 제 모습을 보지 못하도록 할 예정입니다."

도교 계열의 술법 중에 은형법(隱形法)이라고 있다.

불교의 진언종에서는 마리지천법이라고 알려진 술법이다.

일정한 수인을 맺고 주문을 외우면 모습을 감출 수 있는 술법인데, 그 술법을 영들을 상대로 사용할 생각이다. 평소엔 태수가 영들을 볼 수 없지만 오늘은 그 반대로 영들이 태수를 보지 못할 것이다.

은형법은 태수도 지금까지 사용해 보지 않은 술법으로, 예전에 노인이 자주 썼던 경험의 의식만 남아 있을 뿐이다.

태수가 은형법의 주문을 낮게 읊었다.

"자봉승천거 자난강지도 자생남녀귀 축생남녀귀……."

서늘한 기운이 전신을 휘감더니 주변의 공기가 흔들리며 시야가 푸르스름하게 변했다. 안명부를 사용했을 때와 비슷한 느낌.

태수가 자신을 촬영하는 VJ 카메라를 보고는 말했다.

"지금 여러분은 제 모습이 보이겠지만 영가들, 즉 귀신들은 절 볼 수가 없습니다."

오늘 은형법을 사용한다는 얘기를 김영아에게 미리 해 두었기 때문에 지금쯤 자막으로 은형법에 대한 설명이 화면 하단으로 흘러 나가고 있을 것이다.

게스트들이 신기하다는 듯 다들 한마디씩 했다. 자신들이 보기엔 태수가 평소와 다를 바가 없는데 영들은 태수를 보지 못한다고 하니 신기했던 것이다.

태수는 이어서 안명부를 사용해 영안을 뜨고 모텔 안으로 진입했다. 모텔로 들어서자 곳곳에 설치되어 있는 카메라들이 보였다.

지금쯤 진희네 엄마, 아빠는 귀기에 영혼이 잠식당해서 본인들의 의식으로 사물을 볼 수 없을 테니 카메라가 설치되어 있다는 사실을 모를 것이다. 당연히 은형법으로 모습을 가린 태수도 볼 수 없을 테고.

비록 귀기탐색은 할 수 없지만, 시간이 9시를 향해 달려가면서 모텔 내부에서 귀기의 양이 증폭되고 있다는 걸 온몸으로 느낄 수가 있었다.

진희의 부모가 있는 내실에서는 아직 어떠한 움직임도 보이지 않았다. 조심스럽게 진희 방의 방문을 두드렸다.

"진희야, 태수 오빠야."

이내 방문이 열렸고 진희가 반가운 표정으로 태수를 맞이했다. 진희 방에 설치된 다섯 대의 카메라가 다양한 각도로 방 안과 두 사람을 비췄다.

다행한 건 진희가 겁먹지 않고 씩씩한 표정으로 두려움에 잘 맞서고 있다는 점이었다. 어른들도 이런 상황에서 침착하기가 쉽지 않을 텐데.

진희의 손에는 오늘도 십자가와 성경이 들려 있었다.

진희의 긴장도 풀어 줄 겸 웃으면서 물었다.

"넌 무섭지 않아?"

"무서운데 오늘은 잘 참을 수 있어요. 태수 오빠가 옆에 있으니까요."

단톡방에 글들이 쏟아졌다.

-악귀가 자기 몸을 빼앗으러 온다는데 진희가 용감하네.

-진희야. 힘내. 태수 님이 지켜 주실 거야.

-무서운데 진희 부러움. ㅠ.ㅠ

-아…… 두 사람과 진희 가족이 무사해야만 할 텐데.

8시 58분이 되자 게스트들은 물론이고 한석후 아나운서까지 말수가 줄어들었다. 다들 숨을 죽인 채 모텔 안에서 전송되는 화면에만 시선을 집중했다.

전소민이 침묵을 깨고 말했다.

"이제 2분 후인 9시가 되면 진희가 말한 그 시간이 됩니다. 진희는 악귀에게 사로잡힌 진희 부모님이 나타나서 정확히 9시에 방문을 두드린다고 했습니다. 태수 군의 말을 빌리면 모텔 안에 방울 소리가 울리고 모텔에서 자살한 모든 영들이 그 방울 소리를 따라서 진희의 방문 앞으로 몰려든다고 했습니다. 말을 하는 동안에도 제가 괜히 무섭네요. 지금쯤이면 슬슬 어떤 움직임이 보일 것 같은데, 다 함께 지켜보시죠."

단톡방에 글들이 올라왔다.

–으으…… 개무서움.

–방금 전에 화장실 갔다 왔는데 또 가고 싶네.

–태수 님과 진희는 얼마나 긴장될까?

–헉. 방금 화면 속에서 뭐가 움직인 것 같은데?

–오늘은 제발 장난치거나 오버하지 맙시다. 진희네 가족을 생각한다면.

태수는 휴대폰을 통해서 외부에서 전송되는 방송 화면을 보고 있었다.

"진희야, 잠시 후 방문 밖에 모여드는 영들은 오빠를 볼 수가 없을 거야. 그러니까 너도 오빠가 보이지 않는 것처럼 행동해."

이젠 진희도 긴장이 되는지 굳은 표정으로 고개만 끄덕였다.

마침내 모텔 어딘가에서 방울 소리가 들려왔다.

물론 소리는 태수의 귀에만 들리는 영적인 에너지를 품은 초저주파의 성질을 가졌고, 소리가 울리자 모텔 전체에 귀기가 치솟는 게 느껴졌다.

어제 이 시간에 느꼈던 귀기보다도 훨씬 강력한 느낌이었다.

딸랑…… 딸랑…… 딸랑.

바로 그 순간 복도 안쪽 내실에서 사람의 움직임이 포착됐다. 복도의 불빛이 살짝 어두워졌고 긴 그림자와 함께 진희의 엄마와 아빠가 무표정하게 내실에서 걸어 나왔다.

동시에 복도에 설치해 놓은 카메라에서 전송되는 화면들에 왜곡 현상이 발생하기 시작했다. 1층뿐만 아니라 2층에 설치해 놓은 카메라들도 마찬가지였다.

화면을 지켜보던 길재중이 재빨리 설명했다.

"저희 방송을 계속해서 보셨던 분들은, 화면에 지금과 같은 노이즈 현상이 생기는 건 지금 모텔 안에 강력한 귀기가 발생하고 있다는 징표라는 걸 알 수가 있을 겁니다. 귀기라는 게 자기장하고 비슷한 성질을 가졌기 때문에 그런 현상이 발생하는 것이죠. 다시 말해서 지금 저희들 눈에는 보이지 않지만 지금 모텔 안에는 강한 귀기를 가진 영들이 여럿 나타났다는 얘기입니다."

태수는 휴대폰을 통해 진희의 엄마와 아빠가 102호 방문 앞에 멈춰 서는 걸 화면으로 확인했고 그 주위로 몰려드는 검은 형체들도 볼 수가 있었다.

방문을 마주 보며 서 있는 진희의 몸이 가늘게 떨렸다.

태수는 진희의 바로 뒤쪽에 서서 방문을 노려보고 있었다. 아마 방문이 열리면 혜월이 어떤 식으로든 모습을 드러내고 진희의 영혼을 제압하려고 할 것이다.

진희가 의식을 잃고 자기 육신에 대한 방어력을 잃게 되면 딸의 영혼을 부를 것이고.

단톡방의 시청자들이 지금이 어떤 상황인지 몰라서 답답해하는 글들이 줄줄이 올라왔다.

평소 같으면 전소민이 지금이 어떤 상황인지 질문하고 태수가 대답하면서 시청자 중심으로 방송이 흘러갔을 텐데 오늘은 전혀 그렇지가 않았다.

태수는 이번만큼은 방송을 잊고 오직 진희와 그 가족의 안전에만 모든 신경을 집중시켰다.

태수가 말했다.

"전 기자님, 길재중 도사님한테 지금 당장 당목이 있는 곳으로 이동하시라고 전해 주세요."

하지만 태수의 목소리가 치직거리는 노이즈에 왜곡이 되며 제대로 전달이 되지 않았다.

ㅡ치지지지직…… 기자…… 치지지직…… 재중…… 곳으로…… 치지지지직…….

전소민이 다시 무슨 소리냐고 되물으려는 순간 마침 9시가 됐고 진희 엄마가 방문을 다섯 번 두들겼다.

똑똑똑똑똑.

전소민은 숨을 죽였고 태수도 바싹 긴장한 채 방문을 노려봤다.

단톡방에서는 진희 엄마가 시간을 보지도 않았는데 정확히 9시에 방문을 두드렸다며 소름 돋는다는 글들이 이어졌다.

진희가 선뜻 문을 열 용기가 생기지 않는지 자리에서 움직이질 않았다.

이어서 다시 방문을 두드리는 소리가 들려왔고 방문을 돌리며 덜거덕거리더니 진희 엄마의 속삭이는 것 같은 부드러운 목소리가 들려왔다.

"진희야? 진희야…… 문 좀 열어 줄래?"

진희가 겁먹은 표정으로 뒤를 돌아봤고 태수가 괜찮으니 문을 열라든 듯 고개를 끄덕였다.

진희가 손에 들고 있던 십자가와 성경을 내려놓고 문을 향해 천천히 걸어갔다.

그 모습을 지켜보던 단톡방에서 문을 열지 말라는 비명이 쏟아졌다.

딸가닥.

진희가 문을 열고 얼른 뒷걸음질을 쳤다. 엄청난 귀기가 방 안으로 휘몰아치며 들어왔다.

태수가 한 번 더 목소리를 낮춰서 말했다.

"도사님, 당목으로 갔나요?"

전소민의 목소리가 들려왔다.

―태수…… 치지지직…… 방금 뭐…… 치지지직……

방문 앞에 있던 검은 눈의 진희 엄마와 아빠가 천천히 방 안으로 걸어 들어왔다. 그 뒤쪽으로 어제와 달리 무시무시한 몰골을 드러낸 영들이 역시 우르르 방 안으로 들어왔다.

그들한테서 엄청난 귀기가 피어오르는 게 느껴졌다.

태수가 생각했던 것보다 훨씬 강한 귀기였고, 혜월의 영력이 자신의 예상보다 강력할 것 같은 불길한 예감이 들었다.

'도사님은 지금 당목으로 가고 있는 건가?'

진희 부모를 비롯한 끔찍한 몰골의 영들이 우르르 진희의 앞으로 몰려들었다.

'진희가 저들의 모습을 보지 못해서 정말 다행이야. 그나저나 지금쯤 도사님이 당목에 가서 대기하고 있어야만 하는

데 어떻게 됐는지 알 수가 없네.'

다행이라면 은형법 덕분에 진희 부모를 비롯한 영들이 진희 바로 뒤에 서 있는 자신을 보지 못한다는 것이다.

그렇다고 제작진에게 길재중이 당목으로 갔는지 물어볼 수도 없다. 은형법은 모습은 감춰 주지만 소리까지 감춰 주지는 않으니까.

진희 엄마가 진희의 바로 코앞까지 다가왔고 진희가 몸을 바들바들 떨었다. 소리는 낼 수가 없지만 마음으로 간절하게 진희한테 속삭였다.

'괜찮아, 진희야. 오빠가 뒤에 있어.'

혜월을 퇴마하려면 진희 엄마의 몸에서 혜월이 나와야만 한다. 만약 혜월이 나오지 않은 상태에서 퇴마를 하면 진희 엄마는 돌이킬 수 없는 정신적 충격을 받을 수가 있다.

예전 〈모텔 파라다이스〉 촬영 현장에서 소영희도 악귀에게 정신을 잠식당하고 육신을 빼앗겼지만 지금은 그때하고 상황이 또 다르다.

당시 소영희가 악귀에게 육신을 빼앗긴 건 불과 1시간 남짓이었지만, 지금 진희 엄마는 적어도 일주일 이상의 시간에 걸쳐 서서히 귀기에 영혼이 오염이 된 상태다.

따라서 진희 엄마의 육신에 기생하는 혜월을 퇴마하는 순간 진희 엄마가 받을 충격은 가늠하기 어렵다. 당시 1시간 정도 육신을 빼앗긴 소영희가 거의 한 달 동안 정신과 치료를 받았던 사실을 떠올리면 더더욱.

'진희의 영혼을 제압하기 위해서 혜월의 영은 진희 엄마의 몸에서 빠져나오겠지. 그럼 그 순간이 악귀를 퇴마할 수 있는 절호의 기회가 될 테고.'

태수는 뒤에서 생기탐랑의 기운을 진희에게 몰래 불어 넣었지만 앞에서 꿈틀대는 혜월의 귀기가 워낙 강해서 감당이 되지 않았다.

태수가 진희에게 마음으로 속삭였다.

'진희야, 엄마의 몸에서 악귀의 귀기가 빠져나올 때까지만 참아. 근데 이상하네. 왜 혜월의 영이 육신에서 빠져나올 생각을 하지 않는 것일까?'

혜월은 육신을 빠져나오기는커녕 오히려 오싹한 느낌이 드는 엷은 웃음을 머금고 진희를 가만히 주시했고, 주변에서 귀기가 솟구치기 시작했다.

'뭔가 잘못됐어. 이게 아닌데?'

그때 주위에서 소리가 들려오기 시작했다.

무당이 굿을 할 때 들리는 방울 소리와 장구 소리, 피리 소리 따위가 점점 크게 환청처럼 들려오기 시작했다.

엄청난 초저주파가 실린 소리였다.

'이게 뭐지?'

초저주파의 영향으로 진희의 몸이 격렬하게 떨리기 시작했고, 진희 엄마도 제자리에서 몸을 들썩이며 펄쩍펄쩍 뛰기 시작했다.

그 순간 노인의 긴장된 음성으로 말했다.

－이건 초혼굿이다!

'예? 초혼굿요?'

순간 아차 하는 마음과 함께 정신이 번쩍 들었다.

초혼굿.

다른 말로 혼을 부르는 굿이다.

혜월이 무녀 출신이라는 걸 염두에 뒀어야 하는데 거기까지 생각이 미치지 못했던 것이다.

놀랍게도 혜월은 자신이 직접 진희의 육신으로 들어가는 대신 초혼굿을 통해 진희의 혼을 밖으로 불러내려 하고 있었다.

노인이 말했다.

－이 초혼굿은 진희의 영혼만 불러내는 게 아니네. 당목 아래 묻혀 있는 자신의 딸의 영혼까지 불러내는 굿일세.

'세상에, 그럴 수가.'

이제야 혜월이 뭘 노리는지 명확하게 알 것 같았다.

혜월은 초혼굿으로 진희의 육신에서 진희의 영혼을 빼낸 후, 당목 아래 묻힌 자신의 딸의 영혼을 불러내서 영혼이 없는 진희의 육신에 집어넣으려는 계획이었다.

하나의 육신에 두 개의 영혼이 기생하는 방식이 아니라 육신의 원래 주인인 진희의 영혼을 강제로 끄집어내고 자신의 딸에게 육신을 주는 완벽한 부활의 방법을 택한 것이다.

노인이 말했다.

―혜월이 결계까지 치고 수많은 귀기를 모은 이유를 이제야 알겠네. 한꺼번에 두 명의 영혼을 바꿔치기하는 저런 초혼굿은 엄청난 양의 귀기를 필요로 하거든.

태수도 현기증이 일었다.

귀기가 폭풍처럼 쏟아져 나오면서 초저주파의 환청이 귀가 따가울 정도의 맹렬한 기세로 들려오기 시작했다.

바로 눈앞에서 굿판을 벌이고 있는 것처럼 환청으로 장구와 해금, 피리, 북소리가 어우러져서 사람의 혼을 빼놓고 있었다.

진희 엄마가 신이 들어온 무당처럼 제자리에서 펄쩍펄쩍 뛰며 춤을 추며 이름을 부르기 시작했다. 마치 피를 토하는 것 같은 소름 끼치는 음성이었다.

"전주 이씨, 진희! 전주 이씨, 진희! 전주 이씨, 진희! 2003년 6월 3일생, 이진희! 2003년 6월 3일생, 이진희! 2003년 6월 3일생, 이진희!"

혜월이 진희의 영혼을 빼내기 위해 본관과 이름, 생년월일까지 세 번씩 부르며 혼을 불러냈다. 진희를 돌아보니 벌써 눈이 가물거리고 몸이 앞뒤로 흔들리고 있었다.

아마 생기탐랑의 기운이 없었다면 진즉 버티지 못하고 영혼이 빨려 나갔을 것이다.

이어서 진희 엄마의 입에서 다른 이름이 흘러나왔다.

"의성 김씨, 혜령!, 의성 김씨, 혜령! 의성 김씨, 혜령! 1996년 10월 12일생, 김혜령! 1996년 10월 12일생, 김혜령! 1996년 10월 12일생, 김혜령!"

노인의 말처럼 혜월이 자신의 딸의 영혼을 불러냈다.

방 안 한가운데 회오리 같은 검은 귀기가 뭉치기 시작했다.

이런 상황이라면 진희 엄마를 다치게 하지 않고 진희를 구하는 건 불가능에 가까웠다. 무엇보다 결계를 파괴해야만 한다.

길재중이 당목에 가 있는지 없는지 알 길이 없으니 입이 마르면서 마음이 초조하고 급해졌다. 악기 소리가 시끄러운 틈을 타서 태수가 말했다.

"도사님한테 어서 당목으로 달려가서 결계를 파괴하라고 하세요, 어서요!"

바깥에 마련된 오픈 스튜디오에서는 치직거리는 화면을 바라보며 지금 방 안에서 무슨 일이 벌어지고 있는지 짐작조차하기가 어려웠다.

노이즈 중간중간에 잠깐씩 보이는 화면에서는 진희 엄마가 마치 춤을 추는 것처럼 진희의 주변을 맴돌며 이해할 수 없는 행동을 하고 있었다.

진희에게 생기탐랑의 기운을 보내고 있는 태수는 화면으로 보면 아무것도 하지 못한 채 가만히 진희의 뒤에 서 있는 것처럼 보였고.

굿을 하는 음악 소리는 태수한테만 들리는 소리였기에 설마 혜월이 진희 엄마의 육신으로 초혼굿을 하고 있으리라고는 상상조차 할 수가 없었다.

그때 마이크를 통해 다급한 태수의 목소리가 들려왔다.

이번에도 노이즈 때문에 제대로 된 소리가 전달되지 않았다. 여태까지 전자 기기에 이상은 있었지만 오디오 쪽은 큰 문제가 없었기에 다들 당황스러울 수밖에 없었다.

전소민이 방송 화면을 몰입해서 보고 있는 길재중에게 말했다.

"도사님, 태수가 아까부터 뭐라고 하는데 오디오에 문제가 생겨서 무슨 소린지 모르겠어요."

길재중이 화들짝 놀라서 돌아봤다.

태수가 뭐라고 말을 하면 스태프들이 알려 줄 것으로 생각한 데다 화면만 봐서는 특별히 문제가 생겼다는 걸 알 수가 없었기 때문이다.

길재중이 오디오에 집중을 하자 태수의 목소리가 들려왔다.

ㅡ도사님…… 치지직…… 당목…… 치지직…… 결계…… 치지직.

다른 건 몰라도 당목이란 소리는 확실하게 들을 수가 있었다.

"어쩐지 이상하다 했어. 뭔 일이 벌어지고 있는 거였구먼,
이런 젠장맞을!"

길재중은 마음이 너무 급해서 정신이 하나도 없었다. 자신
도 모르게 방송에 너무 빠져 있어서 태수의 당부를 까맣게
잊고 있었던 것이다.

어쩔 줄 몰라 하며 허둥대는 길재중을 보며 전소민이 걱정
스럽게 물었다.

"대체 무슨 일이에요?"

길재중이 손을 흔들며 말했다.

"아니야, 말 시키지 마. 침착…… 침착…… 그러니까 가
만…… 모텔 뒤쪽에 당목이 있었지?"

길재중이 후다닥 모텔 뒤쪽으로 달려가다가 다시 돌아왔
다. 가방 속에 놓아둔 단검을 놓고 갔던 것이다.

'늦지 않아야 할 텐데. 아무 일도 없어야 할 텐데.'

그냥 흉가도 아니고 진희네 가족의 안전까지 걸린 일이라
서 더 마음이 급했다. 손전등을 들고 모텔 뒤쪽으로 달려간
길재중이 손전등을 이리저리 비췄다.

분명히 아까 태수와 함께 왔을 때는 확실하게 위치를 기억
했다고 생각했는데, 칠흑 같은 어둠에 잡초들이 무성하게 자
라 있으니 어디가 어딘지 알 수가 없었다.

"하아…… 내가 미친다. 아까 태수가 여기서 기다리라는

말을 들을걸.”

길재중이 허겁지겁 주위의 잡초들을 마구 헤집기 시작했
다.

방 안에 검은 회오리 같은 기운이 뭉치기 시작하더니 혜월
의 딸 김혜령의 혼이 서서히 형체를 드러내기 시작했다. 언
뜻 봐도 진희와 비슷한 또래의 창백한 영이었다.

굿하는 소리가 커질수록 진희의 몸은 더욱 격렬하게 흔들
렸고 점점 동공이 사라지며 눈이 뒤집히고 있었다. 진희의
영혼이 육신에서 조금씩 분리되는 느낌이 전해졌다.

‘더 이상 버티다가는 진희가 위험할 것 같아. 이젠 어쩔 수
가 없겠어.’

설호검으로 일격을 가하는 게 가장 확실하지만, 가능하
면 진희 엄마한테 가해질 충격을 최소화하는 방법을 써야
만 했다.

수인을 맺고 의식을 집중하며 내력을 최대치로 끌어 올렸
다.

부동명왕의 힘을 빌리기 위해 그 형상을 떠올렸다. 이윽고
오른손에 항마의 검을, 왼손에는 견삭을 움켜쥔 채 전신에서
은은한 오오라를 뿜으며 화염에 휩싸인 부동명왕의 형상이
눈앞에 떠올랐다.

부동명왕의 기운이 눈앞에서 활활 타오르는 기분이 들었

고, 내력을 쏟아 내며 일갈했다.

"부동명왕의 오라!"

태수의 내력이 파도처럼 앞으로 밀고 나가자 부동명왕의 전신에서 오오라가 분수처럼 앞으로 쏟아져 나갔다.

노란 항마의 기운이 진희를 중심에 두고 사방으로 뻗어 나갔다.

화아아아악!

제일 먼저 혜월의 딸 김혜령의 영이 비명을 질렀다.

─끼아아아악!

이어서 방 안에 있던 다른 영들도 괴성을 지르며 흩어졌다.

펄쩍펄쩍 뛰며 굿을 하던 혜월도 괴성을 지르며 몸이 뒤로 밀려났다.

진희 엄마의 입에서 날카로운 비명이 흘러나왔다.

"안 돼, 혜령아~!"

마침내 은형법을 거두고 모습을 드러내며 앞으로 나섰다. 태수의 모습을 본 혜월의 얼굴이 일그러졌다.

노인의 분노한 목소리가 태수와 합쳐져서 흘러나왔다.

"아무리 자기 자식이 귀하다고 해도, 어찌 남의 자식의 육신을 빼앗아 부활시킬 생각을 할 수가 있느냐? 그건 모정이 아니라 살인이고 악업을 행하는 것이다!"

하지만 혜월에겐 그 소리가 들리지 않는 듯했다.

혜월은 부동명왕의 오라를 뒤집어쓴 혜령의 혼이 상처를 입고 영체가 풀어지는 모습을 보며 태수를 향해 분노를 터뜨렸다.

"끼아아아아아악!"

초저주파의 비수가 날카로운 흉기처럼 사방에서 날아들었다.

허공이 흔들리며 메시지가 나타났다.

제6성 연년 개양성의 능이 작동합니다!

화르르르륵.

항마의 기운이 태수를 보호하며 에워싸며 살기를 막아 냈다.

혜월이 핏발 선 눈으로 태수를 노려보며 말했다.

"그렇다면 네놈 대신 진희한테 내가 느낀 고통을 되돌려주겠다!"

혜월이 방 안에 있던 물건들을 공중으로 떠올렸다.

"그만둬!"

태수도 재빨리 영력을 불러내며 주문을 읊었다.

"오대존명왕부!"

진희를 중심으로 허공에 다섯 장의 부적이 떠올랐다. 가장 중심이 되는 부동명왕부를 진희의 가슴 부위에 위치하도록 해서 진희를 보호하는 진을 만든 후 주문을 읊었다.

"오대존명왕부 수호진!"

주문이 끝나자마자 부적에서 뿜어진 항마의 기운이 회오리가 되어 진희의 주위를 감싸고 휘돌며 방어막을 형성했다.

혜월이 괴성을 지르자 방 안에 있던 물건들이 날카로운 흉기처럼 진희에게 쏟아졌지만 모두 오대존명왕부 수호진의 방어막을 뚫지 못하고 힘없이 바닥으로 떨어졌다.

혜월이 더욱 분한 듯 두 눈에서 피눈물을 흘리면서 말했다.

"내가 기필코 네놈의 온몸을 갈기갈기 찢어 주마! 키아악!"

순간 아까 바닥에 떨어졌던 물건 중 날카로운 가위에 귀기가 실렸다. 귀기가 실려서 칼처럼 변한 가위가 은빛 섬광을 뿌리며 태수를 향해 날아들었다.

태수가 손바닥에 기공력을 실어서 막았지만 가위가 손바닥에 상처를 내며 박혔다.

"크윽."

만약 개양성의 능이 보호하지 않았다면 가위가 손바닥을 뚫고 나갔을 수도 있었던 상황.

평소 가지고 있던 기공력이라면 절대로 일어날 수가 없는 일이다. 그만큼 기공력이 약해졌다는 의미인 것이다.

혜월이 피눈물을 흘리며 마치 태수의 손바닥에 구멍을 내고 말겠다는 듯 가위에 귀기를 모아서 집중했다.

지금 이 공간은 혜월의 결계 속이다.

시간이 흐를수록 혜월의 귀기는 점점 강해지고 태수의 기공력은 약해질 수밖에 없다. 단전에서 내력을 끌어 올리려고 했지만 마음대로 되지 않았다.

혜월이 쳐 놓은 결계 때문에 내력이 제대로 뭉치질 못하는 데다 그나마 가지고 있던 내력의 대부분을 진희를 보호하고 있는 오대존명왕부 수호진을 유지하는 데 사용했기 때문이다.

'도사님, 어서 결계를!'

태수가 굳이 길재중에게 결계를 파괴할 시간을 따로 알려 주겠다고 했던 이유는 미리 결계를 파괴해서 혜월이 모습을 드러내지 않고 아예 사라져 버리면 낭패가 되기 때문이었다.

혜월은 결계가 있어야만 딸을 부활시킬 수가 있는데 이곳에 계속 머물며 혜월이 나타나길 기다릴 수도 없는 노릇이고.

근데 일이 이렇게 될 줄이야.

결계로 인해 평소 이상이 없던 오디오에 문제가 생길 줄은 미처 예상하지 못했던 것이다.

태수가 무시무시한 힘으로 손바닥을 찌르며 밀려드는 가위를 가까스로 뽑아내자 손바닥에서 선혈이 터져 나왔다.

"키악!"

혜월이 악을 쓰자 나머지 악귀들이 기다렸다는 듯 태수에게 달려들었다. 검은 귀기로 변한 악귀들이 상처 난 손바닥을 통해 태수의 몸속으로 스며들었다.

온몸에서 날카로운 바늘로 찌르는 것 같은 통증이 느껴졌다.

귀기에 대항하며 몸속에 남아 있는 항마의 기운을 운행시키는 항마내공심법이 즉각 작동했다. 경험적 의식에 의해 저절로 몸의 기운이 움직인 것.

아마 보통 사람이었다면 이미 귀기에 오염되어 엄청난 고통 속에서 영혼이 파괴됐을 터.

"으으으."

몸속을 휘젓고 다니는 악귀들과 싸우는 것도 버거운 마당에 정체를 알 수 없는 힘이 태수의 목을 휘감아 왔다.

앞을 보니 어느새 진희 엄마의 몸을 빠져나와 모습을 드러낸 혜월이 태수를 향해 팔을 뻗고 있는 모습이 보였다.

귀기를 이용한 염동력 같은 힘이었고 그 힘이 상상을 초월할 정도로 어마어마했다. 점점 숨이 막혀 왔고 개양성의 기운도 더는 버틸 수 없을 정도로 서서히 바닥을 드러내고 있었다.

진희 엄마와 아빠 그리고 진희까지 세 식구는 이미 의식을 잃고 바닥에 쓰러져 있는 상황.

설호검을 불러내기 위해 내력을 모으려고 했지만 잘되지 않았다.

그때 출렁하고 공기가 흔들리더니 혜월이 비명을 지르며 물러섰다.

"키악!"

리시버에서 길재중의 목소리가 들려왔다.

─태수 군. 방금 결계를 파괴했네.

결계의 방해로 몸 안에서 응집하지 못하고 흩어졌던 내력이 빠르게 다시 회복되며 영능력도 힘을 회복하기 시작했다.

"설호."

화르르르륵.

주문과 동시에 손안에 설호검이 쥐어졌다.

태수는 설호검으로 자신의 상처 난 손바닥을 찔렀다. 몸 안에 들어왔던 귀기가 설호검에서 흘러나온 항마의 기운에 정화되기 시작했다.

빠르게 통증이 가시며 파리하게 변했던 혈색도 돌아왔다.

결계가 깨진 걸 알고 밖으로 도망치려는 혜월을 향해 주문을 읊었다.

"오대존명왕 퇴마진!"

항마의 기운을 뿜어내는 다섯 장의 부적들이 혜월의 주위를 에워쌌다.

혜월이 미친 듯이 날뛰며 괴성을 질러 댔다. 혜월에게서 엄청난 귀기가 뿜어져 나와 퇴마진을 밀어냈지만, 오대존명왕의 힘으로 이미 단단하게 엮어진 진을 깨트릴 수는 없었다.

"제령!"

항마의 기운을 뿜어내는 네 장의 부적들이 중심에 있는 부동명왕부를 향해 시공간을 없애며 하나로 합쳐졌고 혜월의 영은 그대로 소멸됐다.

허공이 흔들리며 메시지가 떠올랐다.

귀기를 흡수했습니다.

거의 바닥난 영력과 내력이 다시 차오르며 천근만근이던 육신에 기운이 차올랐다.

태수가 그제야 한숨을 내쉬며 고개를 돌리는데, 흐물흐물하며 영체가 사라져 가는 혜월의 딸, 김혜령의 영혼이 시야에 들어왔다.

어찌 보면 김혜령 역시 잘못된 욕망을 품은 혜월의 희생자라고 할 수 있었다. 조금만 지체하면 영은 환생조차 할 수 없도록 영원히 소멸될 것이다.

태수는 얼마 전 혜월이 말했던 김혜령의 생년월일을 떠올리며 천도를 위한 부적의 주문을 읊었다.

'금강경부 김혜령. 1996년 10월 12일생.'

화르르르륵.

김혜령의 생년월일이 새겨진 노란 기운을 뿜어내는 금강경부가 허공에 떠올랐다. 금강경과 법화경의 계송을 암송한 후 봉송을 위한 마지막 주문을 외웠다.

"화탕풍요천지괴…… 요요장재백운간……."

부적이 노란 불길에 타오르며 하늘에서 눈부신 빛이 쏟아지며 영체를 감쌌다. 영체의 색이 투명한 걸 보니 김혜령은 생전에 진희와 마찬가지로 심정이 고운 아이였던 모양이다.

늦기 전에 천도를 해 주길 잘했다는 생각이 들었다.

거의 풀어지기 직전의 영체가 하얀 빛에 감싸여 서서히 허공으로 사라졌다. 창백하던 김혜령의 영혼이 마지막에 태수를 향해 살짝 미소를 보여 줬다.

가슴이 먹먹해지며 오늘 겪었던 모든 심신의 고통이 눈 녹듯 사라지게 만들 정도로 환한 미소였다.

아마도 혜월이 방금 전 딸의 환한 미소를 봤다면 자신이 얼마나 어리석은 욕망을 품었는지 깨달았을 텐데.

두 번째 영혼흡수

　태수는 김혜령의 영을 천도시킨 후 쓰러져 있던 진희네 가족들에게 생기탐랑의 기운을 아낌없이 쏟아부었다.

　진희 엄마의 경우에는 귀기에 너무 많이 오염되어 상당히 많은 양의 기운을 쏟아붓고 나서야 가까스로 정신을 차렸다.

　마침내 정신을 차린 진희네 가족들이 서로를 부둥켜안고 눈물을 흘렸다. 그 모습을 지켜보는데 괜히 마음이 울컥해지며 눈가가 뜨거워졌다.

　태수가 진희 엄마에게 당부했다.

　"한동안 우울증 등의 증상이 있을 수는 있어요. 만약 견디기 힘드시면 연락하세요, 언제든 제가 달려올게요."

　진희 엄마가 거듭 고맙다고 인사를 했고 진희도 울면서 인사를 했다.

VJ들과 의료진이 안으로 뛰어 들어와 진희네 가족을 밖으로 데려갔다.

하지만 태수에겐 여전히 할 일이 남아 있었다. 모텔에서 혜월에 의해 죽임을 당한 영혼들, 그들을 천도시키는 의식이 남아 있었던 것이다.

태수는 휴대폰을 꺼내서 전소민이 카톡으로 보내 준 모텔 사망자들의 이름과 생년월일을 하나하나 호명한 뒤 천도 의식을 치렀다.

천도해 줄 영들이 많아서 그 의식을 치르는 데만 적지 않은 시간이 걸렸다.

"금강경부 박성준. 1978년 2월 14일생."

"금강경부 김진희. 1980년 9월 4일생."

"금강경부 한만수⋯⋯."

태수가 이름과 생년월일을 일일이 호출하고 주문을 읊을 때마다 영혼들의 생년월일이 새겨진 금강경부가 노란 기운을 뿜어내며 허공에 떠올랐다.

모든 영들의 이름과 생년월일이 새겨진 금강경부 수십 장이 각각 주인을 찾아가 영체에 달라붙었다.

태수가 금강경과 법화경의 게송을 암송한 후 봉송을 위한 마지막 주문을 외웠다.

"화탕풍요천지괴⋯⋯ 요요장재백운간⋯⋯."

수십 장의 부적들이 한꺼번에 노란 불길에 타오르며 하늘에서 눈부신 빛이 쏟아져 영혼들의 영체를 감쌌다. 그들 중에는 일가족도 있었고 친구와 연인도 있었으며 모자지간도 있었다.

비로소 편안한 웃음을 되찾은 영혼들이 환한 빛 속으로 스며들며 사라졌다.

모든 영들에 대한 천도가 마무리되자 저절로 한숨이 흘러나왔다.

그런 태수의 모습을 VJ들이 촬영하고 있었다.

아직도 방송에 익숙하질 않아서 퇴마를 하고 천도를 하다가 보면 지금 자신이 생방송 중이란 사실조차 잊게 된다. 물론 문제가 있는 장면이 나오면 중계차의 한 피디가 알아서 커트를 넘기겠지만.

오늘 방송은 악귀에 빙의된 진희네 가족을 구하는 퇴마행이어서 여느 때보다 유독 힘이 들었다.

그래서인지 단톡방의 반응도 이전과는 달랐다.

지금까지는 방송이 끝나면 주로 오컬트 마니아들이 퇴마술과 그 과정에서 일어난 현상들에 대해 추리하거나 영상을 분석하는 글들이 대부분이었다.

근데 이번에는 차분하게 태수를 응원하는 글들이 있는가 하면 제작진의 어설픈 대응으로 태수와 가족들이 위험에 처한 부분에 대한 질타도 적지 않았다.

특히 길재중의 잘못을 비난하는 글이 많았다.

　－전 혜월의 딸을 천도시켜 줘서 너무 감사했어요. 비록 엄마는 악귀
였지만 딸은 아무런 죄도 없잖아요.
　－저 도사 오늘 또 사고 쳤네. 방송 볼 때마다 저 도사 때문에 아슬아
슬한데 왜 계속 출연시킴? 시청률만 높으면 된다는 건가?
　－악귀들이 귀기를 뿜어내면 전자 기기들이 오작동 일으키는 거 모르
나? 사람 목숨이 달려 있는데 대책이 너무 허술한 거 아닌가요?
　－이런 방송을 꼭 생방송으로 해야 되나요? 방송도 좋지만 안전이 우
선이죠!
　－전 어쨌든 진희네가 무사해서 다행이에요. 태수 님 덕분에 오늘 밤
은 마음 편하게 잠들 수 있을 것 같아요. 감사해요.
　－정말 저 도사는 문제 있음. 하차시키셈.

　이번 〈흉가탐방〉의 실시간 시청률은 23%로 지난 화의
21%를 다시 갱신했다.
　높은 시청률은 만족스러웠지만 이번 방송에서 여러 논란
이 일어난 부분과 길재중에 대한 시청자들의 비호감은 제작
진에게도 부담이었다.
　길재중 역시 이번 사태에 대한 책임감을 깊이 느끼는 모양.
평소와 달리 풀이 죽은 모습으로 태수를 보며 입을 열었다.
　"미안하네, 자네 말을 듣지 않아서."

"아니에요, 저도 잘못이 커요. 좀 더 세심하게 준비를 했어야 하는데."

어떤 경우에도 사람의 생명이 걸린 상황에서 퇴마를 하는 것은 아무리 조심해도 부족하다는 걸 태수는 이번에 확실하게 깨달았다.

뜻밖에도 길재중이 먼저 방송에서 하차하고 싶다는 말을 꺼냈다.

"이번에 저 때문에 태수 군을 비롯해서 진희네 가족의 생명이 위험할 뻔했습니다. 이건 단순히 실수라는 말로 포장을 할 수가 없기 때문에 제가 방송에서 하차하도록 하겠습니다."

태수가 말리려고 하자 길재중이 미리 얘기했다.

"붙잡아도 소용없네, 지금까지 시청자들이 나에 대해 비호감이라고 비난한 것과 이번 경우는 상황이 전혀 다르니까. 아마 또 인연이 닿으면 만날 날이 있겠지. 방송 외에 내가 필요하면 언제든 불러 주게."

이미 확고하게 결심을 한 것 같아서 태수도 더는 말리기가 어려웠다.

물론 길재중 한 사람이 빠진다고 모든 문제가 해결되는 건 아니었다. 이번에 여러 근본적인 문제들에 대한 정리가 필요했다.

책임 프로듀서인 한재성 피디가 말했다.

"앞으로는 가능한 한 흉가 위주로만 퇴마 방송을 했으면 좋겠어요. 오늘처럼 사람이 악귀에게 고통받는 상황은 퇴마를 해도 계속 논란이 생길 수밖에 없습니다."

태수가 말했다.

"그럼 악귀로 인해 고통받는 많은 사람들을 외면하자는 건가요? 물론 흉가만 퇴마하면 비교적 안전하고 논란도 없겠지만, 정작 퇴마가 필요한 사람들은 외면하는 결과가 되잖아요."

강 신부 역시 교황청에서 허가하지 않은 퇴마를 행하다가 파문을 당했지만 그는 여전히 퇴마행을 다니고 있다. 고통받는 사람들을 외면할 수가 없기 때문이다.

전소민이 말했다.

"저도 그건 아닌 것 같아요. 그거야말로 방송이 시청률만 올리자는 얘기 아닌가요? 물론 이번에 진희네가 위험하긴 했지만 방송이 아니었다면 진희가 우리한테 그런 위험을 알릴 수 있었을까요? 그리고 방송이 아니라 태수가 개인적으로 퇴마를 했다면 지금보다 안전했을까요? 저는 절대 그렇게 생각하지 않아요. 태수 혼자 목사님을 만나고 혜월과 모텔에 대한 조사를 하려면 엄청난 시간과 노력이 들어요. 그리고 길 도사님이 없었다면 결계는 누가 파괴하죠? 길 도사님 정도의 영능력을 가진 사람을 찾는 일도 현실적으로 결코 쉽지가 않아요."

김영아도 동의했다.

"제 생각도 같아요. 일단 방송을 하면 위험에 처한 사람을 구할 수가 있고, 부족하긴 해도 태수가 혼자 퇴마하는 것보다는 방송이 훨씬 안전하다는 거예요. 보나 마나 도와달라고 방송국으로 사연을 보내는 사람들이 많을 텐데 논란이 된다고 모른 척할 수는 없잖아요. 물론 앞으로는 우리가 좀 더 세심하게 준비를 해야 한다는 점은 공감해요."

권 피디가 말했다.

"일단은 현재 시스템을 그대로 유지하는 게 맞다고 생각합니다. 길 도사님은 시청자들의 반감도 크고 제가 보기에도 이번엔 너무 큰 실수를 하셨어요. 저는 현재 포맷을 유지하면서 부족한 부분은 프로그램을 진행하면서 차차 고쳐 나가는 게 좋을 것 같습니다."

〈영혼을 찾아서〉는 태수에게 없어서는 안 되는 프로그램이다.

방송 활동을 하면서 귀기의 소모량이 급격히 많아지고 있는데, 만약 〈영혼을 찾아서〉가 없어진다면 정기적으로 전국 각지를 돌아다니며 악귀를 찾아 퇴마를 행하고 귀기를 흡수해야만 한다.

그렇게 되면 지금보다 시간과 노력이 몇 배는 들고, 사람들에게 사후 세계에 대해 알리겠다는 당초의 의도도 사라지게 된다.

가능하면 현재와 같은 시스템으로 오랫동안 장수하는 프로그램이 되기를 바라는 게 솔직한 심정이다.

　일단은 당장 길재중을 대신할 보조 퇴마사를 구하는 게 급선무고.

　가장 먼저 강 신부가 떠오르긴 하지만 강 신부 본인도 방송을 좋아하지 않는 데다 길재중과 같은 예능감을 기대할 수가 없어서 제작진이 난색을 보였다.

　권 피디가 말했다.

　"일단 보조 퇴마사 부분은 우리가 천천히 알아볼게요. 아직 시간이 2주나 남아 있으니까."

　소속사와 매니저가 있어서 좋은 점이 여러 가지 있지만, 힘든 촬영이 끝나고 운전을 하지 않아도 된다는 것도 그중에 하나다. 오늘따라 촬영이 유독 힘들었던 것이다.

　─카톡.

　휴대폰을 보니 용만이었다.

　얼굴 보기 힘드네. 많이 바쁜가 봐. 시간 날 때 학교 한번 들러.

　단순한 안부 인사 같지만 다음 영화 제작이 궁금해서 카톡을 보낸 모양. 〈수상한 아파트〉 제작한 후로 오싹한 이야기 프로젝트가 두 달 가까이 개점휴업 상태니까.

자신과 달리 오싹한 이야기 프로젝트는 동생들의 미래가 걸린 중요한 일이다. 게다가 동생들은 자신과 달리 올해가 졸업반인 3학년이 아니던가.

태수가 창호한테 물었다.

"형, 언제 시간 좀 못 빼요? 한 4~5일 정도만."

"다음 주에 천상천하 일본 콘서트가 있어. 그래서 이번 주에 드라마 몰아 찍기 해서 다음 주에 며칠 비긴 할 거야. 근데 왜?"

"그래요?"

태수는 머릿속으로 4~5일 안에 프리 프로덕션과 촬영까지 모두 마칠 수 있을지 머릿속으로 재빨리 계산을 했다.

시나리오는 그동안 틈틈이 써 놓은 게 있으니까 프리 프로덕션은 동생들에게 맡기면 되고 제작 회의 하루, 오디션 하루, 촬영 하루.

후반 작업은 시간 날 때 틈틈이 하면 된다.

'창호 형한테는 아직 말하지 말아야지. 분명히 펄쩍 뛸 테니까.'

고속도로를 열심히 달려온 차량이 동서울 톨게이트를 진입했다.

창호가 운전을 하면서 백미러를 보고 물었다.

"몸은 괜찮은 거야? 내일 일찍부터 드라마 촬영인데 괜찮겠어?"

"네, 괜찮아요."

"자, 여기 드라마 대본. 수정된 부분이 있던데 확인해 봐."

창호가 〈오늘도 연애〉 드라마 대본을 넘겨줬다.

정식 대본이 아니라 프린트된 쪽대본이었다. 〈오늘도 연애〉는 촬영 첫날부터 쪽대본으로 시작해서 계속 쪽대본이 제공됐다.

게다가 이야기도 수정이 워낙 많아서 촬영 직전 현장에서도 대본을 수정해서 촬영을 하는 경우가 점점 늘어나고 있었다.

우스갯소리로 촬영장에 나와서 대본 쓰는 것 아니냐는 말이 나올 정도니까.

연기 활동을 오래한 중견 배우라면 모르지만 태수처럼 막 연기를 시작한 신인 배우에게는 이런 쪽대본이 버거울 수밖에 없었다.

태수는 그동안 대본을 받으면 밤을 새우는 한이 있어도 철저하게 분석을 하고, 그래도 감이 오지 않을 때는 영능력을 이용해 자신의 연기를 환상 속에서 확인까지 하면서 준비를 해 왔다.

그런데 이런 식으로 계속 스토리가 수정이 되면 그런 준비가 어려워진다.

특히 촬영 현장에서 스토리가 바뀌면 생기탐랑의 능을 계속 사용해야 하기 때문에 귀기의 소모도 극심하고.

창호가 백미러로 보면서 말했다.

"내일 3화도 스토리가 많이 수정됐어. 대본 분석은커녕 대사 외울 시간도 없을 것 같은데 어쩌냐?"

사실 대사는 문제가 아니었다.

영능력이 생긴 다음부터 대사는 한 번만 봐도 그냥 외워지니까.

문제는 연기다.

특히 이제 본격적으로 배우 일을 시작하면서 고민이 많았다. 틈나는 대로 연기 연습을 하고는 있지만 생각만큼 연기가 잘 늘지가 않았던 것이다.

드라마 1, 2화까지는 생기탐랑의 능 덕분에 눈빛 연기만으로 좋은 평가를 받고는 있지만 언제까지나 영능력에 기댈 수도 없는 노릇이고. 눈빛 연기 외에 좀 더 입체적인 연기를 하려면 지금의 연기에 뭔가가 더해져야만 한다.

대본을 보던 태수가 혼잣말처럼 중얼거렸다.

"김찬의 분량이 1, 2화보다 많이 늘었네요?"

딱히 서운하다거나 싫어서 한 얘기가 아닌데 창호가 미리 태수의 눈치를 살피고는 말했다.

"이야기 전개상 초반에는 그럴 수밖에 없지. 걱정하지 마, 네 분량은 뒤로 가면 갈수록 점점 더 많아질 거야."

"아니에요, 김찬이 강혁 연기는 몰라도 유한성 연기는 곧잘 하더라고요. 그리고 솔직히 저는 제 분량 늘어나는 거 그리 반갑지 않아요."

"그건 또 무슨 소리야?"

"아직은 연기할 준비가 되어 있지 않아서 부담이 많이 돼요."

창호가 어이가 없다는 듯 헛웃음을 터뜨렸다.

"무슨 소리야, 지금 강혁 인기가 얼마나 엄청난데. 너 연기 잘한다고 여기저기서 다들 칭찬이 자자하다고."

태수가 무슨 말을 하려다가 입을 다물었다.

지금 강혁의 인기는 영능력과 강혁바라기 회원들의 힘이 크다. 웹툰과 똑같이 생긴 강혁이 그토록 염망하던 연기를 해 주니까 그들은 열광할 수밖에 없다.

하지만 그런 깜짝 이벤트 효과는 화가 거듭될수록 줄어들 수밖에 없다.

그때는 오직 연기로 평가받게 될 것이다.

태수는 인기를 얻고 싶어서가 아니라 그런 사람들에게 실망을 주고 싶지 않았다.

그리고 영능력으로 표현되는 연기보다 자연스럽게 내면에서 우러나는 연기를 할 때 사람들에게 전해지는 생기탐랑의 힐링 효과도 더욱 커질 수가 있다.

그렇다고 창호한테 지금의 연기가 영능력 덕분이라고 얘

기할 수는 없었다.

창호의 차를 타고 치킨집에 도착한 시각은 새벽 1시경.

오늘 진희네의 감동스러운 모습을 봐서 그런지 갑자기 엄마도 보고 싶고 동생 혜령의 얼굴도 보고 싶었다. 요즘 너무 바빠서 통 볼 시간이 없었던 것이다.

'그러고 보니 혜월의 딸 이름도 혜령이었네.'

태수가 차에서 내리는데 창호가 말했다.

"조만간 이사를 해야 할 것 같아."

"예? 옥탑방 말고 다른 곳으로 가자고요?"

"그래. 팬들이 옥탑방 알게 될까 봐 요즘 아주 조마조마하거든."

"그게 무슨 소리예요?"

"무슨 소리긴, 얼마 전부터 어떻게 알았는지 강혁바라기 카페에 너희 어머니 치킨집에 대한 정보가 올라가서, 거기 회원들이 여기까지 와서 치킨을 엄청 사 먹나 봐. 지난번에 내가 물어보니까 어머님이 매출이 세 배도 넘게 올랐다고 하시던데. 왜, 어머님이 너한테는 아무 얘기 없으셨어?"

"아뇨, 요즘 통 만나지를 못해서⋯⋯."

만나기는커녕 거의 매일 새벽에 들어오다 보니 요즘엔 잠자기도 바빴다.

'강혁바라기 회원들이 여기까지 치킨을 사러 온다고?'

무심코 치킨집을 돌아보던 태수의 눈이 휘둥그레졌다.

"저게 뭐야?"

치킨 집 간판이 '경호네치킨'에서 '태수네치킨'으로 바뀌어져 있었던 것이다.

"어? 저 간판 언제 바뀌었지?"

창호가 웃으면서 말했다.

"처음 봤구나. 며칠 됐는데."

이젠 태수보다 창호가 집안 사정을 더 잘 알고 있었다.

태수는 바뀐 간판을 보면서 저도 모르게 헛웃음을 터뜨렸다.

예전엔 맨날 치킨집에서 배달하면서 일하는 건 자신인데 왜 치킨집 이름은 형 이름이냐고 엄마한테 투정을 부리곤 했는데, 막상 치킨집 이름이 자신의 이름으로 바뀌자 낯부끄럽기도 하고 괜히 형한테 미안한 생각도 들었다.

아니, 경호가 서운해할 일은 없을 것 같았다. 경호는 오히려 치킨집에 자기 이름 써서 창피하다고 예전부터 투덜거렸으니까.

창호가 치킨집 앞으로 가서 말했다.

"여기 한번 봐 봐."

치킨 집 앞으로 다가가서 보니 벽에 온통 태수를 응원하는 글과 낙서 들이 깨알 같은 글씨로 적혀 있었다. 요 며칠 사이에 이런 일이 벌어졌다니 도무지 실감이 나지 않았다.

"와, 우리 엄마 엄청 좋아했겠네요."

"당연하지. 나중에 가게 안에 들어가 봐, 네 사진으로 도배를 하셨어."

"진짜요?"

"그래서 내가 어머님한테 일부러 부탁은 드렸어, 절대로 네 숙소가 옥탑방이란 말은 하지 마시라고. 그래도 요즘엔 마음이 조마조마해, 옥탑방 들키는 건 시간문제라서. 강혁바라기 회원들은 그러지 않겠지만 괜히 질 나쁜 사생 팬이라도 들이닥쳐 봐."

하긴 옥탑방은 외부로부터 전혀 보호가 되지 않는 구조라서 그렇게 되면 문제가 될 것 같긴 했다. 사생활이 너무 적나라하게 드러날 테니까.

"그래도 집을 옮기려면 돈이 있어야 할 텐데."

"일단은 월세로 옮기는 게 어때? 내가 봐 둔 데가 있어, 거긴 몸만 들어가면 돼. 쇠뿔도 단김에 빼라고 지금 가 볼래? 아니다, 내일 아침에 촬영인데 너무 늦었나?"

"여기서 가까워요?"

"응. 차로 한 15분 거리?"

"그럼 지금 당장 가 봐요."

"오케이!"

이전까지는 집을 옮기고 싶다는 생각을 전혀 하지 못했는데, 막상 집을 옮긴다는 생각을 하자 괜히 마음이 설렌다.

창호가 봐 뒀다는 집에 들어서던 태수가 탄성을 쏟아 냈다.

"와, 여기도 옥상이네요?"

뜻밖에도 창호가 봐 뒀다는 집은 지금 태수의 방처럼 건물 옥상에 있었다. 하지만 위치만 옥상에 있을 뿐 옥탑방과는 비교도 되지 않는 넓은 럭셔리 공간이었다.

그야말로 태수가 가끔 꿈속에서나 상상하던 그런 집이었다.

"아무래도 네가 옥탑방을 좋아하는 것 같아서 옥상에 있는 공간 위주로 찾아본 거야. 여긴 입구에서 방문객 통제를 하니까 보안도 괜찮고."

태수가 집 안을 둘러봤다.

이전의 옥탑방처럼 야경이 내려다보이면서도, 넓은 거실에 방이 두 개나 있고, 벽 한 면은 커다란 통유리로 되어 있어서 집 안에서도 야경이 훤하게 보이는 구조였다.

게다가 냉장고와 소파, 텔레비전 등 웬만한 전자 제품과 가구 들은 모두 구비가 되어 있는 풀 옵션.

창호가 거실 벽면의 버튼을 누르자 천장에서부터 영화를 볼 수 있는 스크린이 자동으로 내려왔다.

"스크린이 100인치인데 이 정도면 영화 볼만할 거야. 배우에 영화감독까지 꿈꾸는데 집에 이 정도 스크린은 있어야지."

태수가 벌어진 입을 다물지 못하며 물었다.

퇴마하는 톱스타

"대체 이게 몇 평이에요? 너무 넓은 거 아니에요?"

"전용면적이 25평이니까 아파트로 따지면 30평이 좀 넘으려나?"

태수가 당황한 표정으로 창호를 돌아봤다.

"설마 저 혼자 여기서 사는 건 아니죠? 엄마하고 혜령이도 이사를 해야 하나? 아니면 형하고 같이 사는 거예요?"

창호가 고개를 흔들며 말했다.

"너 혼자 살 집이야. 물론 내가 너 못지않게 여기서 시간을 많이 보내겠지만, 흐흐. 어머니한테는 내가 미리 말씀을 드려 봤는데 싫다고 거절하셨어. 네 덕분에 지금 치킨집에 월 매출이 2천만 원도 넘는 데다 건물주가 너한테 신세를 졌다고 월세도 거의 받질 않아서, 다른 곳으로는 이사 갈 생각이 전혀 없으시대."

미래빌딩 건물주인 윤기중이 자신의 아들에게 붙은 저주를 태수가 풀어 준 이후 치킨집 월세를 반값만 받았던 것이다.

게다가 치킨집 월 매출이 2천만 원을 넘는다니, 입이 다물어지지 않았다.

"그리고 네가 이사 가면 여동생하고 어머니는 당분간 옥탑방에서 지낼 거라고 하시더라."

마치 꿈결 속에서 듣는 얘기 같았다. 막연하게 이런 날이 올 것이란 꿈을 꾸긴 했지만 이렇게 빨리 올 줄은 상상도 하지 못했다.

"와…… 정말 좋긴 한데, 이런 집 엄청 비쌀 것 같은데 요. 이제 막 연예계 생활 시작한 신인한테 너무 과한 거 아 니에요?"

"연예계 생활 시작한 지는 얼마 되지 않았지만 넌 이미 스 타야. 한 달 고정 수입만 벌써 1억을 가볍게 넘었다고. 내가 보내 준 수입 내역 안 봤어?"

창호가 며칠 전에 한 달 동안 태수가 번 수입 내역에 대해 자세한 리포트를 만들어서 보여 줬다. 사실 소속사 대표가 소속사 연예인한테 그런 정보를 공개할 필요가 없는데도 창 호는 아주 사소한 수입까지 빠트리지 않았다.

보고서에는 〈오늘도 연애〉와 〈영혼을 찾아서〉 출연료만 합쳐도 한 달에 1억이 넘는 것으로 되어 있었다.

"거기다가 네 개인 수입으로 〈모텔 파라다이스〉 제작사 지분도 있다며? 지금 추세라면 영화가 200만은 가볍게 넘길 것 같은데, 그것만 해도 꽤 될걸."

태수가 속으로 중얼거렸다.

'형, 200만 아니고 300만 넘을 거예요.'

만약 예상대로 영화가 300만을 넘긴다면 태수가 받을 지 분 수입만 10억을 넘어간다. 그러고 보니 소설 인세 수입만 해도 지금까지 7천만 원이 넘게 들어왔다.

그동안 수입이 들어오면 그대로 통장에 두고 정신없이 일 만 한 탓이다.

"아마 이번 주에는 광고 계약도 할 거고. 결정적으로……
여기 월세가 생각만큼 비싸지가 않아."

"이렇게 좋은데요?"

"여기가 옥상인 데다 건물주 딸이 네 팬이래. 그래서 네가
들어온다면 월세를 엄청 할인해 주기로 했거든. 연예인 디스
카운트라고 들어 봤지? 후후."

〈오늘도 연애〉 촬영 현장.

태수는 촬영장에 도착하자마자 만나는 모든 스태프들에게
인사를 했다.

"안녕하세요?"

스태프들 중에서 몇몇은 태수를 보고 어제 방송 얘기를 건
넸다.

"혜월의 딸 천도시켜 준 거 너무 좋았어요."

"태수 씨 덕분에 우리 촬영장에는 악귀가 얼씬도 못 하겠
어요."

"방송 잘 봤어요."

김찬도 태수를 보자마자 평소와 달리 살갑게 말을 걸어왔
다.

"어제 〈흉가탐방〉 봤어요. 내가 무서운 걸 워낙 싫어해서

그동안 안 보다가 어제 처음 봤는데…… 오…… 대박, 사람들이 왜 태수 씨보고 난리를 치는지 이제 알겠어요. 난 진짜 귀신을 보는 퇴마하는 사람이 있다고는 상상도 못 했는데. 나중에 나한테 귀신 붙으면 쫓아 줄 거죠?"

태수가 웃으면서 고개를 끄덕이자 김찬이 말했다.

"우리 앞으로 말 놓고 친구로 지낼까요?"

"아예…… 뭐, 저야 괜찮죠. 슈퍼스타를 친구로 두면."

천상천하는 한류스타였다. 동생 혜령도 천상천하 김찬이라고 하면 죽고 못 사니까. 그렇잖아도 사인 한 장만 받아 달라고 난린데 쑥스러워서 아직까지 말을 못 하고 있었던 것이다.

김찬이 손을 내밀며 말했다.

"그럼 우리 친구 하는 거다."

아직은 실감이 나지 않지만 김찬의 손을 맞잡고 악수했다.

"그래, 친구야."

"둘이 뭐 하는 거예요?"

박보윤이 다가오자 김찬이 말했다.

"나 지금 태수랑 친구 먹었거든? 너희 둘도 말 놔. 그게 편하지 않냐? 이렇게 드라마 주연들이 다 동갑인 경우도 드물어."

박보윤이 선뜻 대답을 하지 않자 김찬이 고개를 갸웃하며 말했다.

"너 가만 보면 태수 앞에서는 평소하고 좀 다른 것 같다?

나하고 있을 때는 안 그러면서."

"네 앞에서만 그러는 거거든? 네가 워낙 짓궂은 장난을 많이 치니까."

박보윤이 태수를 돌아보고는 말했다.

"그럼 우리도…… 친구 할까?"

"그래, 그러자."

갑자기 김찬이 오징어처럼 몸을 비비꼬며 말했다.

"아아아~ 이거 뭐지? 얘네들 대사는 왜 이렇게 오글거리는 거야? 나 지금 꼭 드라마 속에 들어와 있는 것 같아서 막 소름 돋거든? 난 유한성 같고 너네는 강혁하고 이초희 같고."

사실 태수도 방금 그런 느낌을 받았다.

'드라마의 영향인가?'

지난주 1, 2화 시청률이 대박을 터뜨리면서 촬영장 분위기는 그야말로 최고였다.

스태프들도 활기에 넘쳤고 지난 두 작품에서 연속으로 시청률이 폭망해서 벼랑 끝에 몰렸던 김정훈 피디도 입꼬리가 올라가서 내려올 줄을 몰랐다.

처음에 급조된 대본에 힘들어하던 양정애 작가도 오히려 수정된 지금의 스토리가 훨씬 재미있다는 걸 느끼면서 더욱 재미있는 에피소드와 아이디어가 떠올라 촬영 현장에서도 끊임없이 대본을 수정했다.

게다가 유한성이 1인 2역을 하는 처음 대본에서는 모든 이야기가 유한성과 이초희한테만 초점이 맞춰져서 두 사람의 케미에 따라 드라마의 성패가 좌우되는 흐름이었다.

근데 지금은 강혁과 이초희의 애틋한 로맨스에 유한성과 이초희의 코믹 케미까지 더해져서 이야기가 풍성해졌다.

또한 드라마의 후반으로 가면 강혁과 유한성의 남남 케미까지 더해질 예정이어서, 다크한 결말을 가진 웹툰 원작과는 완전히 다른 결말을 이끌어 낼 수가 있을 것 같았다.

오늘은 지난주에 이어서 이초희를 바래다준 강혁이 유한성의 오피스텔로 돌아온 후 영혼이 체인지되는 장면에서 촬영이 시작됐다.

장소는 유한성의 럭셔리한 오피스텔.

"카메라 롤!"

"레디…… 액션!"

강혁이 유한성의 럭셔리한 오피스텔 문을 열고 들어온다.

강혁은 전 화에서 옥현옹주가 현생에서 얼마나 비참한 삶을 살고 있는지 알게 되면서 주먹으로 벽을 치며 울분을 토로했다.

옥현옹주가 그런 저주받은 삶을 사는 이유가 자신 때문이라는 걸 알기 때문이다. 흑천이 자신의 영혼을 저승차사로 만들지만 않았다면 옥현옹주가 그런 비참한 삶을 살지 않았을 테니까.

강혁은 그런 옥현옹주를 죽음에서 구하고 저승사자의 규칙을 어긴 죄인으로 도망자가 되어 유한성의 육체 속에 숨어서 살아가는 신세다.

따라서 너무 오랜 시간 유한성의 육신을 조종하면 저승사자들이 알아볼 염려가 있는 데다 급격하게 체력이 떨어지는 부작용이 있다.

비틀거리며 오피스텔로 들어서는 강혁을 유한성의 운전기사 겸 보디가드 이성오가 맞이한다.

"본부장님, 어떻게 된 겁니까? 계속 연락을 드렸는데 연락이 되지 않아서…….'"

강혁이 그런 이성오를 보고 생전 처음 보는 사람을 보는 것처럼 경계하는 눈빛을 보이다가 팔을 내저으며 말한다.

"됐어, 신경 쓸 것 없어.'"

이성오가 평소와 다른 유한성의 말투와 분위기, 손에 감긴 붕대를 보고 놀란다. 강혁은 자신의 방을 향해 걸어가다가 그대로 쓰러져 정신을 잃는다.

"컷!"

다음 촬영은 시간 경과 겸 인서트 컷.

외부에서 보는 유한성의 오피스텔 전경에 방 안에서 들려오는 유한성의 오두방정 비명소리가 오디오로 들어간다.

"뭐야? 내 손이 왜이래? 누가 그랬어? 아악, 내 손, 손

아파~!"

거실에 있던 이성오가 놀라서 방 안으로 뛰어 들어가면 유한성의 울부짖음과 이성오의 목소리가 들려온다.

"넌 새끼야, 그동안 뭘 했기에 내가 이 지경이 된 것도 모르고 있었어?"

"그게 아니라 본부장님이 저한테 연락하지 말라고 말씀하셔서……."

"내가 언제 그런 말을 했냐고, 언제!"

이어지는 씬은 두 사람이 방에서 나온 이후의 오피스텔 장면이다.

"액션!"

술에 취한 유한성이 눈이 벌겋게 충혈돼서 이성오를 노려보면 이성오가 흠칫하며 시선을 피한다.

김찬은 빙의됐다고 해도 과언이 아닐 정도로 술에 취해 광기로 번들거리는 유한성의 눈빛과 표정을 제대로 표현해 냈다.

유한성이 이성오를 노려보면서 핏발 선 눈으로 말한다.

김찬은 눈에 핏발이 서게 만들려고 어제부터 서클 렌즈를 하루 종일 끼고 있었을 정도로 이번 유한성 캐릭터에 욕심을 내고 있었다.

"이거 뭔가 있는 거야. 갑자기 필름이 끊어지고, 정신을 차리고 보면 몸이 다쳤거나 기억도 못하는 일이 계속해서 벌어진다고. 근데 희한하게 그 모든 일들이 기획실에 이초희라는 그 싸가지하고 연결이 된단 말야. 그 계집애만 나타나면 무슨 일이 생긴다고. 이게 뭐지? 뭘까?"

이글거리며 불타오르는 유한성의 눈빛에서.

"컷."

김 피디가 컷을 외치고는 박수를 쳤다.

"찬이 정말 대박이다. 넌 그냥 유한성 해라."

옆에서 지켜보던 박보윤이 웃으면서 말했다.

"너 사이코 연기하면 정말 잘할 것 같아. 연기가 아니라 진짜 사이코 같다고."

"야, 무슨 내가 사이코야? 연기 잘할 때는 사이코라고 하고 연기 못하면 발연기라고 하고. 어쩌라고?"

"저거 봐, 저거 봐. 진짜 유한성이랑 똑같다니까."

김찬이 억울하다는 듯 괴성을 질렀고 촬영장이 금방 웃음바다로 변했다.

태수도 김찬의 연기에 진심을 담아서 박수를 보냈다. 비록 강혁의 연기는 어울리지 않는 옷이었지만 유한성 역할은 완벽하게 해내고 있었다.

지난 1, 2화에서도 태수의 강혁 연기에 워낙 관심이 집중된 탓에 김찬의 연기가 묻힌 감이 있었지만, 김찬의 연기를 칭찬하는 시청자들이 적지 않았다.

지난 작품에서 욕먹었던 발연기 배우가 환골탈태했다면서.

심지어 몇몇 매체에서는 이번 작품에서 유한성의 역할이 김찬이 배우로도 인정받을 수 있는 인생작이 될 수도 있다는 전망까지 내놓았다.

남몰래 연기 연습을 한 것이든, 자신의 성격에 캐릭터가 절묘하게 맞았든, 좋은 연기를 관객과 시청자들에게 보여 줄 수 있다는 건 배우에게 가장 큰 행복이자 소망이다.

이후의 이야기는 유한성이 이초희를 몰래 관찰하면서 혹시라도 자신이 또 기억을 잃을 것에 대비해서 오피스텔 안에 카메라를 설치해 놓는 다소 우스꽝스러운 장면이 이어진다.

한편 이초희는 집 안에서 힘겹게 가장 노릇을 하는 안타까운 모습들이 계속해서 그려졌다.

알코올중독자인 아빠가 행패를 부리는 장면, 전과자 오빠가 숨겨 둔 돈을 훔쳐 가서 속이 상해 혼자 골목 어귀에서 흐느끼는 장면.

그리고 그 모습을 멀리서 지켜보는 호위무사 백휘의 모습까지.

〈오늘도 연애〉 3화는 주로 유한성과 이초희의 이야기가 중심이 되어 그려졌고 태수의 분량은 거의 없었다.

태수는 그나마 대본을 분석하고 연기 연습을 할 수 있는 시간을 벌어서 다행이라는 생각을 했다.

　태수가 옥탑방으로 돌아와 대본을 보며 내일 연기할 분량에 대한 연습을 하는데, 휴대폰에 속보들이 줄줄이 떴다.
　그리고 실검 1위에 최성식이 올라 있었다.
　"어? 최성식이 무슨 일이 있나?"
　휴대폰 기사를 읽던 태수의 눈이 휘둥그레졌다.
　"뭐라고? 최성식이 죽었다고?"
　이어지는 기사들의 타이틀은 이랬다.

　[한국 영화의 큰 별. 배우 최성식 사망. 향년 48세]
　[영원한 배우 최성식, 우리 곁을 떠나다]
　[충격! 최성식, 교통사고로 오늘 저녁 별세!]

　속보를 읽는데 가슴이 서늘하게 저려 왔다.
　최성식이 누구인가.
　지금까지 주연으로 출연한 영화만 20편이 넘고 수많은 영화에서 관객을 울리고 감동시킨 만인의 연인이자 이 시대 최고의 배우가 아니던가.
　최성식은 몇 년 전 연영과 학생들을 대상으로 한 설문 조사에서 가장 닮고 싶은 배우로 뽑힐 정도로 연기력을 인정받은 배우였다.

냉혹한 킬러로, 따스한 시골 학교 선생님으로, 부패한 정치인으로, 최고의 로맨티스트로. 그야말로 팔색조의 매력을 모두 가진 그는 영화제에서 받은 상만 해도 헤아릴 수 없을 정도로 많았다.

태수가 최고로 꼽는 한국 영화 중에도 최성식의 영화는 빠진 적이 없다.

재인박명이라고 했던가.

48세면 아직도 한창 일을 할 젊은 나이인데 이런 청천벽력 같은 소식이 날아들 줄이야.

아무리 운명이라고 해도 이런 뛰어난 배우를 그냥 보내기엔 너무 아깝다는 생각이 들었다. 태수에게도 수많은 대중에게도 슬픈 일이 아닐 수가 없다.

그렇게 한탄을 하던 태수의 머릿속에 갑자기 섬광처럼 한 가지 생각이 떠올랐다.

'가만, 영혼흡수 영능력을 사용하면 최성식의 영혼을 흡수할 수가 있잖아. 그럼 그의 연기력을 가질 수 있는 거 아닌가?'

태수가 전수받은 영능력 중에는 영혼흡수의 능력이 있다. 즉 생전에 뛰어난 능력을 가진 영혼이 있다면 그 능력을 흡수하는 영능력이다.

태수가 처음이자 마지막으로 능력을 흡수했던 사람은 다름 아닌 정문호 교수였다. 물론 태수한테는 잊을 수 없는 은

인이다.

그 정문호 교수의 필력 덕분에 소설 ≪비가 오면≫도 쓸 수가 있었던 것이고.

비록 소설가이긴 하지만 영화에도 재능이 있었던 정문호 교수의 필력으로 영화 현장에서 영화를 배우면서 〈모텔 파라다이스〉의 시나리오도 썼다.

이후 좋은 평가를 받은 오싹한 이야기의 단편영화 시나리오들도 모두 정문호 선생이 가지고 있던 뛰어난 미스터리적인 구성력 덕분이라고 해도 과언이 아니다.

문제는 정문호 선생님의 전문 분야가 소설이라는 점.

일정한 수준까지는 정문호 선생의 능력이 도움이 되지만 프로의 세계에 들어가 영화를 연출하고 배우로 연기를 하면서 차츰 한계를 느끼기 시작했다.

소설이라면 몰라도 연기나 연출, 시나리오 쪽은 정문호 교수의 전문 분야가 아니라서, 아무래도 최고의 전문가들과 경쟁을 할 때는 부족함이 느껴질 수밖에 없었던 것이다.

〈모텔 파라다이스〉는 정문호 교수의 필력의 도움도 받긴했지만 오리지널 시나리오와 예지 능력이 없었다면 지금의 완성도 있는 시나리오는 쓸 수가 없었을 것이다.

〈모텔 파라다이스〉는 매 씬마다 영능력을 시전해서 환상 속에서 완성된 장면을 일일이 확인하면서 썼던 시나리오였다.

정문호 선생의 뛰어난 미스터리적인 구성력으로, 오싹한 이야기 같은 10분 내외의 단편영화 시나리오는 잘 쓸 수 있지만, 장편은 아직 엄두가 나지 않았다.

장편은 호흡이 길기 때문에 미스터리적인 반전이나 스릴만으로 80분 이상의 러닝타임을 모두 채울 수는 없으니까. 당장 러닝타임이 30분이었던 〈수상한 아파트〉의 시나리오를 쓰고 연출할 때도 버거움을 느끼지 않았던가.

마찬가지로 연기도 얼떨결에 시작하긴 했지만 앞으로 계속 잘되리란 보장이 없다.

지금까지 자신의 연기는 연기력에서 비롯된 게 아니라, 생기탐랑의 기운으로 사람들의 마음을 움직이는 극단적인 방법으로 버텨 왔다고 해도 과언이 아니다.

당장 몇 화 정도는 그런 식으로 사람들의 마음을 사로잡을 수가 있겠지만, 연기력이 뒷받침되지 않으면 시간이 흐를수록 한계가 드러날 것이다.

다시 말해 지금까지는 영화 시나리오와 연출, 연기까지 모두 영능력에 의존해서 버텨 왔지만, 앞으로도 계속 그런 식으로 일하기는 어렵다.

하지만 영혼흡수를 통해 영혼의 능력을 가질 수가 있다면 얘기가 달라진다.

태수는 더 이상 영능력을 쓰지 않고도 뛰어난 연기력을 보유할 수가 있다.

그렇게 되면 좋은 연기력은 물론이고 귀기를 소모하지 않고 몸 안에 축척해 놓을 수가 있다.

귀기가 일정 수준 이상 몸속에 쌓이면 생기탐랑의 기운을 사람들에게 퍼뜨려 힐링의 기운을 전하는 것은 물론 여러 생각지도 못한 다른 능력들도 발현되는 걸로 알고 있다.

덕분에 영혼흡수의 조건은 매우 까다롭다.

일단 영혼이 태수의 눈높이를 충족시킬 정도로 뛰어난 능력을 지니고 있어야만 하고, 다음으로 승천을 하지 못할 정도로 무거운 한을 품고 있어야만 하며, 사망한 지 49일이 지나지 않아야만 한다.

49일이 지나면 귀기가 쌓여서 순수한 영력을 잃어버려 능력이 변질되기 때문에 영혼의 능력을 흡수할 수가 없다.

그리고 마지막으로 그 영혼이 기꺼이 능력을 전수해 주려는 마음이 있어야만 한다.

예전의 정문호 교수처럼.

지금 최성식이라는 당대 최고의 배우가 영혼이 되어 어딘가를 떠돌고 있다.

혹시라도 최성식의 연기력을 전수받을 수 있다면 꿈같은 일이지만 영혼흡수의 까다로운 조건을 생각한다면 희망고문이 될 가능성이 높다.

무엇보다 최성식 같은 배우에게 승천을 하지 못할 정도로 무거운 한이 남아 있으리란 생각이 들지 않았다.

최성식은 결혼만 빼면 그 나이에 이룰 수 있는 모든 걸 다 이룬 사람이고, 언론에 비친 최성식은 늘 자원봉사와 기부를 행하는 모범적인 시민이자 훌륭한 배우의 모습이었으니까.

또한 아무리 죽음을 맞았다고 해도 평생 노력해서 얻은 연기력을 아무한테나 쉽게 내줄 수 있는 배우는 많지가 않을 것이다. 가능한 한 자신의 연기는 자신만의 것으로 남겨 두고 싶은 게 배우들의 밉지 않은 이기심이다.

보상이 없다고 하더라도 최성식의 영혼을 만나 뭐든 도움이 될 수 있다면, 따스한 이별의 말 한마디라도 건넬 수 있다면 두고두고 행복할 것 같았다.

태수는 신문기사를 찾아서 자세한 내용을 살펴봤다.

사망 시각은 오늘 밤 8시 42분.

시신이 안치된 곳은 강남의 성호병원.

지금 시각이 밤 10시 20분이니까 아직도 영혼이 육신의 곁을 떠나지 못한 채 주위를 맴돌고 있을 가능성이 높다. 보통 갑작스럽게 죽음을 맞이한 영혼들은 자신의 육신 곁을 떠나는 걸 두려워하니까.

태수는 밖으로 나가 택시를 잡아타고 성호병원으로 향했다.

성호병원에 도착했을 때는 이미 장례식장 입구에 수많은 취재진과 팬들이 뒤엉켜서 극도로 혼란스러운 상황이었다. 다들 충격을 받은 표정이었고 몇몇 팬들은 울음을 터뜨리며 밖에서 추모 행사를 할 정도로 아까운 배우의 죽음을 안타까워했다.

태수가 주변을 둘러보다가 주문을 읊었다.

'귀기탐색.'

화르르르륵.

공기가 흔들리며 허공에 지도가 나타났다.

역시 장례식장이라서 수십 개가 넘는 붉은 점들이 지도에 표시가 됐다.

이런 때는 붉은 점을 일일이 하나씩 터치해서 영혼의 정보를 확인하는 수밖에 없다. 붉은 점을 터치하자 영혼의 이름과 관련 정보가 나타났다.

한정애(여, 62세)
사망 후 경과일 : 2일. 요양병원에서 질병으로 사망

박진욱(남, 56세)
사망 후 경과일 : 1일. 병원에서 간암으로 사망

계속해서 이어지는 영혼들의 이름과 정보들.

터치를 하면 곧바로 정보가 뜨는 게 아니라 20~30초 정도의 렉이 걸리기 때문에 정보를 확인하는 데 적지 않은 시간

이 걸렸다.

붉은 점이 세 개 남을 때까지도 최성식의 정보는 나타나지 않았다.

'여기에 안 계신 건가?'

많은 영들이 죽은 후 24시간 동안은 육신의 곁을 떠나지 않지만, 원한이 있거나 가족을 보려고 떠나가는 영들도 분명히 있기 때문이다.

붉은 점 세 개 중에서 병원 옥상으로 위치가 표시되는 붉은 점이 있었다.

'나처럼 생전에 옥상을 좋아했던 영인가 보네.'

태수가 그 붉은 점을 터치했다.

화르르르륵.

공기가 흔들리며 허공에 영혼의 정보가 떠올랐다.

최성식(남, 48세)
사망 후 경과일 : 0일. 강남 사거리에서 교통사고로 사망
보상 : 능력

허공에 뜬 메시지를 보는데 몸이 살짝 떨리며 흑하고 숨이 삼켜졌다.

'최성식 선배님의 영혼이다.'

태수가 저도 모르게 건물의 옥상을 올려다봤지만 귀기접촉을 하지 않았기에 최성식의 영혼이 보일 리가 없었다.

보상 : 능력

허공에 떠 있는 그 메시지를 보는 태수의 머릿속에 두 가지 생각이 동시에 떠올랐다.

최성식에게 승천을 하지 못할 정도의 한이 있다는 사실이 놀라웠고 정말로 자신이 그의 연기력을 전수받는 일이 일어날지도 궁금했다.

'큰 기대는 하지 말자.'

기대가 크면 실망도 큰 법이다.

지금은 최성식의 영혼을 만난다는 사실만으로도 정신이 아득할 지경이니까.

태수는 여러 감정을 억누른 채 병원으로 들어가서 엘리베이터에 올라탔다. 엘리베이터가 맨 위층에 도착하자 내려서 옥상으로 나갔다.

붉은 점의 위치를 확인하며 천천히 옥상을 둘러봤다.

아직은 영혼의 모습이 보이질 않아 아무것도 없는 텅 빈 공간이 보인다. 그곳에 최성식의 영혼이 서 있다는 생각을 하는 것만으로도 심장이 떨렸다.

'혹시 지금 선배님이 날 보고 있으려나? 대배우였던 선배

님은 이제 영혼이 되어 무슨 생각을 하고 계실까?'

가까이 다가가서 귀기접촉을 통해 최성식을 볼 수도 있지만 그렇게 되면 최성식이 먼저 태수를 알아보게 된다.

태수는 자신이 먼저 최성식을 알아보고 다가가 인사하고 싶었다. 생전에 그가 겪었을 익숙한 방식으로.

붉은 점의 위치를 보며 주문을 읊었다.

"안명부."

화르르르륵.

공기가 흔들리며 허공에 부적이 떠올랐다.

부적을 집어 들고 그 기운을 눈가에 문질렀다. 시야가 푸른색으로 변하더니 옥상 가장자리에 서서 야경을 내려다보는 한 영혼의 뒷모습이 보였다. 뒷모습만 봐도 저 영혼이 최성식이라는 걸 곧바로 알아볼 수가 있었다.

최성식은 아무것도 하지 않고 저 허전한 뒷모습만으로도 관객에게 쓸쓸한 느낌을 전달하는 배우였다. 위치상으로 봐서는 아마도 아래에서 자신을 추모하는 팬들을 내려다보고 있는 모양.

태수가 조심스럽게 다가가서 떨리는 목소리로 말을 걸었다. 선배님이라고 부를지, 선생님이라고 부를지 고민하다가 대부분의 중견 배우들이 선배님을 더 선호한다는 기억이 나서 선배님이라고 불렀다.

"안녕하세요, 최성식 선배님."

최성식의 영혼이 고개를 돌려 태수를 바라봤다. 영혼이 되었지만 우수에 젖은 듯한 쓸쓸한 눈빛은 조금도 변하지 않고 그대로였다.

최성식이 잠시 주위를 둘러보고는 특유의 저음으로 물었다.

－자네는…… 내가 보이는 건가? 아니면 자네도 영혼인 건가?

마치 영화 속에서 영혼의 역할을 맡아서 대사를 하는 것 같은 느낌이었다.

"아닙니다, 선배님. 전 영혼이 아니라 영혼을 볼 수 있는 사람입니다."

최성식이 껄껄 웃으며 말했다.

－영혼을 볼 수가 있는 사람이라. 난 또 날 데리러 온 저승사자쯤 되는 줄 알았지.

"아마 저승사자는 오지 않을 겁니다."

－그건 또 무슨 말인가? 그럼 저승사자라는 게 아예 없다는 소린가?

"그게 아니라 선배님은 지금 하늘로 올라가실 수가 없습니다. 왜냐하면 이승에서 못다 푼 무거운 한이 있기 때문입니다. 그런 한이 있으면 영체의 무게가 무거워서 하늘로 떠오를 수가 없습니다. 저승사자는 영체가 떠오를 수 있을 때 찾아온다고 알고 있습니다."

최성식의 얼굴에서 금방 웃음기가 사라졌다. 순간 그의 얼굴에 지금까지 연기해 온 수많은 캐릭터들의 표정이 한꺼번에 떠올랐다.

—한이라…….

혼잣말을 하던 최성식이 태수를 돌아보고 물었다.

—자네는 뭐 하는 사람인가?

최성식 같은 배우가 텔레비전 드라마를 볼 리도 없고 〈영혼을 찾아서〉 같은 다큐 예능은 더더욱 볼 가능성이 없으니 태수의 얼굴을 모르는 건 당연한 일일 것이다.

"전 이제 막 데뷔한 신인 배우 장태수라고 합니다."

태수가 꾸벅 고개를 숙이자 최성식의 눈빛이 살짝 달라졌다.

—배우라…….

그의 형형한 눈빛이 가만히 태수를 바라보다가 고개를 끄덕이며 툭 내뱉듯 말했다.

—눈빛이 살아 있구먼. 배우 연기의 8할은 눈빛이지.

최성식이 먼 하늘을 바라보며 쓸쓸하게 중얼거렸다.

—나도 자네처럼 배우의 꿈을 키울 때가 있었지. 그 시절을 생각하면 그리우면서도 한편으로는 마음이 무거워져. 이렇게 갑작스럽게 생을 달리하니 그 일이 더더욱 한이 되는구먼. 자네 말이 맞네. 난 내가 풀어야 할 한이 있어서 이승을 떠날 수가 없어. 발이 떨어지질 않아.

태수가 조심스럽게 말했다.

"혹시 어떤 사연인지 저한테 말씀해 주실 수 있으세요? 할 수만 있다면 제가 선배님의 한을 풀어 드리고 싶습니다."

최성식의 두 눈에서 반짝하고 빛이 났다.

─혹시 자네가 내 연기력을 보상으로 주면 한을 풀어 줄 수 있다는 그 사람인가? 내가 죽음을 맞은 직후에 그런 메시지가 나타나더군. 내 연기력을 보상으로 내걸면 한을 풀 수도 있다고. 그래서 그렇게 해 달라고 했지.

태수가 잠시 뜸을 들인 후 대답했다.

"세상에 저 말고도 그런 사람이 또 있는지는 저도 잘 알지 못합니다. 그리고 저도 선배님의 얘기를 먼저 들어 봐야 선배님의 한을 풀어 드릴 수 있는지 없는지 알 수가 있습니다. 다만 보상과 상관없이 전 선배님을 돕고 싶습니다. 그것만으로도 저한테는 영광이고 추억이 될 겁니다."

최성식이 고개를 끄덕이며 특유의 소탈한 어투로 대답했다.

─말만이라도 고맙네. 속세의 욕망에서 멀어진 사람에게 내 능력을 주고 말고가 뭐가 중요하겠나? 오히려 자네를 통해 대중이 한 번이라도 더 날 기억할 수 있다면 그게 기쁜 일이지. 그리고 이렇게 막막할 때 자네를 만나 이렇게 얘기를 나눌 수 있다는 것만으로도 너무도 다행이라는 생각이 드는군.

태수가 고개를 숙여 인사하고는 말했다.

"그럼 저한테 풀고 싶은 한이 어떤 것인지 얘기를 해 주시겠어요?"

최성식이 멀리 서울의 야경을 굽어보며 오래된 얘기를 끄집어냈다.

옥상 아래에서는 최성식의 죽음을 슬퍼하는 수많은 시민들과 취재를 하려는 취재진이 북새통을 이루고 있었다.

온라인과 SNS, 텔레비전에서도 온통 최성식의 사망 소식을 전하기 바빴지만, 정작 그 주인공은 아득한 과거로 기억을 되돌려 평생 마음에 묻고 지내 온 아픈 이야기를 태수에게 들려줬다.

─내가 아직까지 결혼을 안 한 이유가 있네.

그렇게 시작된 최성식의 이야기는 지금으로부터 30년 전으로 거슬러 올라갔다.

당시 최성식은 무명 연극배우로 힘겹게 배우의 꿈을 이어가고 있었고 그의 옆에는 한 여인이 있었다.

이름은 한미경.

한미경은 우연히 찾은 대학로에서 최성식의 연기를 보고 반해 물심양면으로 그를 도우며 뒷바라지를 했다. 둘은 동거를 했고 결혼을 약속했다.

그리고 결혼식을 일주일 앞두고 한미경이 교통사고를 당했다. 그 사고로 한미경은 평생 휠체어 신세를 져야만 하는 장애를 얻었고 결혼식은 취소됐다.

한미경은 병원에 입원했고 최성식은 연극을 마치면 병문안을 갔다.

처음엔 매일 가던 병문안이 이틀에 한 번, 사흘에 한 번, 일주일에 한 번 하는 식으로 주기가 점점 늘어났다.

그리고 사고 후 한 달쯤 지나 병원을 찾아갔을 때 한미경은 그곳에 없었다.

한미경이 최성식에게 그 어떤 말도 남기지 않은 채 혼자 퇴원해서 잠적한 것이다.

그렇게 헤어진 이후 최성식은 지금까지 한미경을 만나지 못했다.

어느새 최성식의 두 눈에 눈물이 그렁거리며 맺혀 있었다. 볼을 타고 흐르던 그의 눈물은 이내 공기와 섞이며 산화해서 사라졌다.

최성식이 깊은 한숨을 내쉬며 말했다.

-내가 그 사람한테 씻을 수 없는 상처를 주고 죄를 지었어.

태수가 조심스럽게 말했다.

"물론 안타까운 일이긴 하지만 선배님이 잘못했다는 생각은 들지 않는데요. 그런 상황이라면 누구든 그 이상으로 뭔가를 하기는 어려웠을 거예요."

최성식이 고개를 저었다.

-그렇지 않아. 내가 면회 가는 주기가 길어질수록 미경이는 돌이키기 힘든 많은 상처를 받았을 거야. 그리고 난 미경이가 잠적했을 때 그녀가 어디에 있는지 알고 있었지만 찾아가질 않았어.

대배우의 섭기

　최성식의 말에 태수가 눈을 휘둥그레 떴다.

"알고 있었다고요?"

　―그렇다네. 병원에 있을 때 미경이는 매일 짧은 일기를 썼네. 근데 미경이가 떠나고 서랍을 보니까 그 일기가 그대로 남아 있더군. 일기에는 날 놓아주고 싶은데 그게 잘되지 않는 자신이 원망스럽다는 자책과 함께 시골 이모님이 오라고 해서 거기 가서 평생 세상과 담을 쌓고 살겠다는 내용이 적혀 있더군. 미경이는 부모님이 일찍 돌아가셔서 어릴 때 이모님 집에서 살았어. 그래서 결혼 전에 인사도 드릴 겸 이모님 집에 간 적이 있기 때문에 마음만 있었다면 미경이를 찾아갈 수가 있었지.

최성식이 깊은 회한이 담긴 한숨과 함께 말했다.

―내 이기심이 미경이를 외면하게 만든 걸세. 결혼하지 않더라도 최소한 찾아는 갔어야 했는데. 난 미경의 꼼꼼한 성격상 그 일기를 내가 읽기를 바라며 일부러 놓고 갔다고 생각하네. 근데 내가 자신을 찾지 않았으니 얼마나 상처를 받았겠나. 아마 미경이의 도움이 없었다면 난 지금 배우의 길을 걷고 있지 못했을 걸세. 그렇게 10년이 흘렀고 내가 이름을 좀 얻었을 때 미경이를 찾아가서 용서를 빌어야겠다는 생각이 들더군. 경제적으로 어렵다면 돕고 싶은 마음도 있었고. 근데 내가 찾아갔을 때 그곳에는 이미 이모님 집이 없어졌더군.

얘기를 모두 마친 최성식이 깊은 한숨을 내쉬며 말했다.

―영혼이 되니까 다른 건 괜찮은데 담배를 피우지 못하는 건 아쉽네.

영화에 보면 쓸쓸한 표정으로 담배를 피우는 최성식의 멋진 모습이 자주 나오곤 했다.

"그래서 지금까지 결혼을 하지 않으신 건가요?"

―꼭 그것 때문이라고 할 수는 없지만 무의식중에 그런 생각도 영향을 끼쳤을 거야, 죄책감도 있었고. 난 해가 바뀔 때마다 이런 생각을 했어. 대한민국 거의 모든 사람들이 내 얼굴을 아니까 분명히 미경이도 알고 있을 거다. 죽지만 않았다면 어쩌면 올해는 미경이가 연락을 해 올지도 모르겠다.

그렇게 매년 기다렸는데 지금까지 연락이 없는 걸 보면 아무래도 이 세상 사람이 아닌 모양이야.

최성식의 말대로 정말 한미경이 이미 사망했다면 최성식은 한을 풀지 못하게 된다. 그렇게 되면 천도제를 지내서 인위적으로 한을 풀고 승천을 하는 수밖에 없다.

최성식이 태수를 돌아보고 말했다.

ㅡ하지만 걱정하진 말게, 자네가 내 한을 풀어 주지 않아도 내 연기력은 전수해 줄 테니까. 평생 아무한테도 하지 못한 이 이야기를 자네가 들어 준 것만으로도 마음이 많이 홀가분하니까.

평생 가슴에 품어 둔 얘기를 털어놓았기 때문인지 최성식의 표정은 확실히 이전보다 편안해 보였다.

그의 말처럼 사람들은 누군가에게 오랫동안 담아 온 비밀을 털어놓는 것만으로도 무거운 짐을 덜어 낸 것 같은 홀가분함을 느낀다.

최성식이 쓸쓸한 표정으로 멀리 밤하늘을 바라봤다. 어느 영화에선가 본 적이 있는 표정이다.

태수가 조심스럽게 물었다.

"선배님, 그 이야기를 세상에 공개해도 되겠습니까?"

최성식이 의아한 표정으로 돌아봤다.

태수는 최성식에게 〈영혼을 찾아서〉 프로그램에 대한 얘기를 해 줬다.

그런 프로그램이 있다는 사실에 최성식도 상당히 놀라는 표정.

"저도 한미경 씨의 생사를 알지는 못하지만 방송을 본다면 연락이 올 수도 있잖아요."

최성식이 고개를 저었다.

—지금까지 연락이 없던 사람이 이제 와서 연락을 하겠나?

"제 생각에는 만약 살아만 계신다면 연락을 해 오실 것 같습니다. 선배님은 이제 이 세상 사람이 아니니까요. 제가 방송을 해 본 경험으로는 사람들은 죽음 앞에서 심경의 변화가 생기더군요."

가만히 고심하던 최성식이 고개를 끄덕이며 말했다.

—그럼 그렇게 한번 해 보게. 그 얘기가 세상에 공개되는 건 괜찮네, 이제 와서 내가 숨기고 말고 할 게 뭐가 있겠나.

최성식이 흐릿하게 웃고는 말했다.

—자, 그럼 이제 영혼흡수? 그걸 한번 해 보게. 어떻게 하는 건가?

"제가 아직은 선배님의 한을 풀어 드리지도 못했는데."

—아까 내가 얘기했잖아, 한을 풀어 주든 그렇지 않든 내 연기력을 자네에게 주고 싶다고. 내 재능을 자네한테 주고 갈 수 있다는 것도 난 복이라고 생각하네. 어서 해 보게.

"감사합니다, 선배님."

태수는 벅차면서도 설레는 기분을 억누르며 주문을 읊었

다.

"영혼흡수."

화르르르륵.

공기가 흔들리며 눈앞 최성식의 영체가 흐릿해지더니 기운으로 변했다. 이내 그 기운이 태수의 안으로 들어왔다.

현기증과 함께 서늘한 기운이 몸 안으로 스며드는 게 느껴졌다.

'선배님? 선배님, 제 얘기 들리세요?'

—아…… 이런 거구먼. 그래, 잘 들리네.

최성식의 대답이 끝나자마자 알림과 함께 허공에 문자가 나타났다.

—띠링.

영혼을 인식했습니다.

당장은 딱히 별다른 변화를 느낄 수가 없었지만, 아마도 연기를 할 때 최성식의 숨결을 느낄 수 있을 것이다. 어서 집으로 가서 드라마 대본을 보고 싶은 욕구가 마구 샘솟았다.

최고의 배우 최성식은 대본을 보면서 어떤 생각을 하고 어떻게 캐릭터를 분석하는지 너무도 궁금했던 것이다.

'선배님, 답답하지 않으세요? 필요하면 언제든 다시 나오시면 됩니다.'

─그렇지 않네. 아주 편안해. 자네 안에 있는 연기에 대한 생각들을 읽을 수가 있어서 재미가 있군. 자네 영화 연출도 하나?
 '예. 단편영화들이에요.'
 ─나도 늘 영화 연출을 해 보고 싶었는데. 할리우드의 클린트 이스트우드처럼 말이야.

 태수는 집으로 들어서자마자 대본을 펴 들었다.
 지금까지 자신이 했던 연기와 최성식이 생각하는 연기가 어떻게 다른지 궁금했다.
 최성식의 목소리가 들려왔다.
 ─웹툰이 원작이라고 하니 대본을 보기 전에 웹툰을 먼저 보고 싶군. 아무래도 작가는 그 웹툰을 기반으로 스토리를 짜고 인물을 구축했을 테니.
 마음이 급한 탓에 당연히 그렇게 해야 하는 절차를 건너뛴 셈이다.
 '죄송합니다, 선배님.'
 태수는 휴대폰으로 웹툰 ≪오늘도 연애≫를 보기 시작했다.
 처음엔 태수가 페이지를 넘겼지만 얼마 후엔 최성식이 태수의 몸을 조금씩 조종하기 시작했다. 정문호 선생이 그랬던 것처럼.

최성식은 생전에 호기심으로 웹툰을 가끔 보긴 했지만 진지하게 웹툰을 끝까지 본 적은 없다고 했다. 그래서인지 웹툰을 읽는 그의 감정이 꽤나 힘들어한다는 느낌이 그대로 전해졌다.

읽는 속도도 느리고,

하지만 시간이 흐를수록 그런 감정은 사라지고 웹툰에 몰두하는 최성식의 무서운 집중력이 발현되기 시작했다.

이전에 태수가 웹툰을 읽는 수준이었다면 지금 최성식은 웹툰 속 인물과 하나가 되어 자신만의 이야기를 그려 나가고 있었다.

최성식에 의해 태수의 머릿속에는 웹툰의 모든 장면들이 영상으로 떠올랐다.

태수가 영능력으로 환상을 떠올렸을 때처럼 최성식은 자신의 집중력과 경험만으로 영상을 떠올린 것이다.

심지어 최성식은 웹툰에서 생략된 이야기들까지 상상으로 만들어서 채워 나갔다. 덕분에 머릿속엔 웹툰의 분량보다 훨씬 더 길고 상세한 이야기가 펼쳐졌다.

웹툰 초반에는 주로 왕실 근위대장 강혁과 옥현옹주 사이에 있었던 과거의 기억들이 주된 스토리다.

과거의 기억이기에 웹툰은 몽타주 에피소드 형식으로 짧게 압축한 장면과 설명 위주로 진행이 됐다.

최성식은 그 짧은 장면들을 풀어내서 강혁와 옥현옹주가 나눴을 법한 대사와 감정까지 채워 가며 느낌을 잡아 나갔다.

웹툰을 모두 읽고 날이 훤하게 밝아 올 즈음 태수의 머릿속에는 김보미의 웹툰이 아닌 리메이크된 또 다른 작품을 읽은 것 같은 생각이 들 정도였다.

이어서 대본을 펼쳐 든 태수는 또다시 놀라지 않을 수 없었다.

대본을 읽어 나가는 동안 순식간에 강혁과 동기화되는 신기한 경험을 한 것이다. 물론 이전에도 강혁이라고 생각하고 대본을 읽었지만 지금의 느낌하고는 분명 차이가 있었다.

그때는 강혁이 되려고 노력했다면 지금은 대본을 읽는 순간 강혁의 감정과 표정이 자신의 것처럼 떠올라서 정말로 강혁인 것 같은 착각이 들 정도였다.

1, 2화에서 감지하지 못하고 그냥 넘어갔던 강혁의 세밀한 감정과 표정, 말투들이 지금은 저절로 머릿속에서 그려졌다.

그래서인가.

대본상에서 강혁의 대사와 행동으로는 맞지 않다고 생각되는 부분들도 여러 곳 눈에 띄었다.

연기를 잘하는 배우들이 작품이 끝나면 그 인물에서 벗어나는 과정이 힘들다고 말하는 이유를 이제야 비로소 알 것 같았다.

태수는 아예 잠을 자지 않고 날을 꼬박 세웠지만 전혀 피로감을 느낄 수가 없었다.

아침에 창호가 태수를 데리러 와서 차를 타고 촬영장으로 향했다.

운전을 하던 창호가 불쑥 말을 꺼냈다.

"난 어제 최성식 사망 뉴스 보고 거의 잠을 못 잤다. 마치 사랑하는 연인을 떠나보낸 것처럼 마음이 적적해서. 아⋯⋯ 정말 아까운 배우가 갔어. 내가 정말 좋아하는 세 손가락 안에 드는 배우였는데. 이제 그분의 연기를 못 본다고 생각하니까 세상의 즐거움 하나가 없어진 것 같은 거야."

태수는 별다른 말없이 창밖을 바라보며 속으로 물었다.

'선배님, 들으셨죠?'

최성식은 대답이 없었다. 최성식이 창호의 말을 들었는지는 알 길이 없다. 예전 정문호 선생님도 태수의 안에 있었지만 모든 걸 함께 보고 듣는 건 아니었으니까.

촬영장에 도착해서도 역시나 화제는 단연 최성식의 사망 소식이었다. 다들 어딘지 모르게 숙연한 분위기로 대배우의 영면을 마음으로 슬퍼했다.

한국에서 영화 하는 사람치고 최성식을 좋아하지 않는 사람이 있었던가.

그런 최성식의 영혼이 지금 자신의 마음속에 있다는 생각만으로도 가슴이 벅찼다. 아니, 지난밤 내내 자신은 최성식의 연기와 감정을 공유하지 않았던가.

어쩌면 어젯밤 자신은 세상에서 가장 행복한 사람이었을지도 모른다.

신기한 건, 이전에는 촬영장에 오면 자신이 연기할 파트에 대한 생각을 하느라 아무것도 보이질 않았는데, 이젠 스태프는 물론이고 단역배우 한 사람까지 시야에 들어온다는 것이다.

그런 태수의 시선은 곧 최성식의 시선이기도 했다. 대배우인 최성식이 생전에 촬영장에서 스태프는 물론이고 단역배우들까지 두루 살펴봤다는 얘기였다.

〈오늘도 연애〉의 경우 이초희의 회사인 유성 그룹을 촬영할 때 특히 많은 조연과 단역, 엑스트라들이 출연한다. 그러고 보니 인사과 신입 사원 조진희 역할을 맡은 박애진은 오디션에서도 봤고 귀귀도 오프닝 촬영 때도 같이 버스를 타고 갔던 배우다.

'저 사람을 왜 이제야 알아봤지?'

눈이 마주친 태수가 먼저 인사를 건네자 박애진이 활짝 웃으며 마주 인사를 건넸다.

사실 박애진은 오디션 때도 그렇고 귀기도 촬영 때도 인사를 나눴기 때문에 촬영장에서 마주칠 때마다 반갑게 인사를 했지만 태수는 형식적인 답례만 할 뿐이라 내심 서운했었다.

그래서 속으로 지금은 스타인데 고정 단역인 자신 따위를 기억하지 못한다고 생각했다. 근데 지금 보니 그게 아니었다.

태수가 다가와서 반갑게 말을 걸어왔다.

"우리 오디션 동기죠?"

"그거…… 기억하고 있으셨어요?"

"네. 처음엔 어디서 만났는지 몰랐는데 방금 기억이 났어요. 총무과 직원이죠?"

"네, 맞아요. 이초희하고 입사 동기예요, 대사는 거의 없지만."

태수는 스태프와 조연은 물론이고 단역배우와 엑스트라들에게까지 일일이 인사를 건넸다.

덕분에 거리를 두던 스태프들도 어려워하지 않고 자연스럽게 다가와 말을 걸었다. 그리고 그 말들 대부분은 태수에게 도움이 되는 얘기들이었다.

조명 팀 막내는 조명이 비칠 때 얼굴을 살짝 들었으면 좋겠다는 둥, 오디오 팀의 스태프는 대사할 때 오디오가 물리지 않게 한 호흡 쉬고 대사를 했으면 좋겠다는 둥.

물론 이젠 최성식의 영혼 덕분에 그런 걸 자연히 알게 됐지만 1, 2화 촬영할 때만 해도 아무것도 모른 채 연기만 한 셈이다.

김 피디의 제안으로 최성식에 대한 명복을 비는 묵념을 올린 후 촬영이 시작됐다.

4, 5화 대본에는 강혁의 촬영 분량이 많았다.

게다가 강혁이 자신의 비밀을 이초희에게 살짝 들키는 중요한 씬의 촬영이 있었다. 이야기가 본격적인 궤도에 들어서는 분기점이 되는 장면이기도 했고.

그동안 진행된 이야기는 이렇다.

이초희의 오빠가 사고를 치는 바람에 업무 시간에 그 일을 수습하러 다녀오는 사이 이초희가 기획실의 중요한 일을 못하게 되고, 결국 혼자 새벽까지 사무실에 남아 일을 하게 된다.

그런 이초희를 유한성이 몰래 숨어서 수상하게 훔쳐본다. 자신에게 벌어지는 이상한 일들과 이초희가 관련이 있다고 생각했기 때문이다.

마침내 일을 마친 이초희가 퇴근하려고 엘리베이터를 타는데 갑자기 유한성이 뒤따라 타게 된다. 깜짝 놀라며 인사하는 이초희와 모른 척하고 엘리베이터의 문을 닫는 유한성.

엘리베이터 문이 닫히면.

"컷!"

다음으로 이어질 엘리베이터 씬.

처음엔 유한성이 이초희와 함께 연기를 펼치다가 중간에 강혁과 체인지될 예정.

김찬이 촬영을 시작하기도 전에 사이코처럼 눈을 굴리며 박보윤한테 얼굴을 들이대고 장난을 쳤다.

"이렇게 하면 어때, 무서워?"

박보윤이 기겁을 하며 말했다.

"하지 마, 진짜 사이코 같다고."

주위의 스태프들도 웃으며 한마디씩 했다.

"보윤이 위해서라도 빨리 강혁으로 체인지돼야겠네."

촬영이 시작됐다.

"액션!"

모두가 퇴근한 회사 엘리베이터에 유한성과 이초희 단둘이 타고 있다. 엘리베이터가 움직이자 갑자기 팔을 뻗어 비상 버튼을 눌러 엘리베이터를 멈추는 유한성.

덜컹.

엘리베이터가 멎으면 이초희가 놀라서 돌아본다.

"지금 뭐 하시는 거예요?"

"뭐 하긴?"

유한성이 사이코처럼 히죽 웃으며 이초희에게 다가간다. 박보윤은 연기가 아닌 진짜 사이코를 만난 것처럼 오만 인상을 다 쓰고.

"왜, 왜 이러시는 거예요?"

양손을 뻗어서 벽을 짚고 이초희를 가두는 유한성.

얼굴을 바싹 들이대며 대사를 한다.

"넌 알고 있지, 나한테 무슨 일이 일어나고 있는지."

이초희가 고개를 흔들면 유한성이 아직도 붕대가 감겨 있는 주먹으로 저도 모르게 엘리베이터 벽을 쾅 치고는 비명을 지른다.

주먹이 아파서 어쩔 줄 몰라 하는 유한성.

괴성을 지르면서 오징어처럼 몸을 꼬는 유한성의 오버 연기가 어김없이 스태프들의 입꼬리를 올라가게 만들었다.

이초희는 다시 엘리베이터를 작동시키려고 비상 버튼을 누르지만 작동이 되지 않고.

그때 갑자기 엘리베이터가 덜컹하고 아래로 1미터쯤 추락한다.

이초희와 유한성이 동시에 비명을 지른다.

"으아악! 이거 왜 이래?"

유한성이 겁에 질려 미친 듯이 비상 버튼을 누르지만 작동이 되지 않는다.

"미친! 119, 119!"

유한성이 휴대폰을 꺼내 119에 전화를 하지만 신호가 가지 않는다.

유한성이 휴대폰을 보면 액정에 서비스 지역을 벗어났다는 표시가 뜨고 엘리베이터의 불빛이 불안하게 껌뻑거린다.

유한성이 다시 호들갑스럽게 비명을 지른다.

"으아아악!"

유한성이 무시무시한 표정으로 이초희한테 다가가서 미친

개처럼 다그친다. 연기가 아니라 평소 박보윤에게 쌓였던 불만을 화풀이하는 것 같은 리얼한 연기.

"너하고 같이 있으면 되는 일이 없어. 넌 재수가 없는 계집애야. 왜 아무거나 함부로 만지냐고, 왜!"

그때 다시 덜컹하고 엘리베이터가 1미터쯤 추락하고, 유한성이 비명을 지르며 손잡이를 잡고 매달린다. 이초희도 겁에 질려 그 자리에 쪼그리고 앉는다.

손잡이를 잡고 기도를 하며 흐느끼는 이초희.

나중에 드라마가 방송이 될 때는 이초희를 휘감는 죽음의 기운이 CG로 추가될 예정이다. 강혁 덕분에 죽음의 위기를 넘겼지만 죽음의 그림자는 계속해서 이초희를 따라다닌다.

유한성이 미친 듯이 엘리베이터 문을 두드리며 비명을 지른다.

"사람 살려! 사람 살려! 아무도 없어? 나 본부장이라고! 야아아아!"

울고 불며 엘리베이터 벽에 매달려 악을 쓰던 유한성의 소리가 차츰 잦아든다. 주저앉아 있던 이초희가 의아하게 돌아서 있는 유한성의 뒷모습을 본다.

"컷! 오케이! 찬이 아주 좋아!"

김 피디의 칭찬을 받은 김찬이 쑥스럽게 웃으며 말했다.

"태수야, 앞으로 보윤이가 나는 싫어하고 너는 점점 더 좋아할 것 같아. 어떡하냐?"

태수도 웃으면서 말했다.

"작가님한테 잘 말해 봐, 유한성 캐릭터 착하게 만들어 달라고. 대신 시청자들은 싫어할걸."

"아무래도 그렇겠지? 큭큭."

두 사람이 편하게 말을 놓기로 한 다음부터 장난도 치게 되고 촬영장 분위기도 한결 좋아졌다.

얼굴은 강혁이지만 의상은 김찬과 똑같이 맞춰 입은 태수가 엘리베이터에 올라탔고 촬영이 재개됐다.

태수가 김찬이 서 있던 자리에 똑같은 자세로 등을 보이고 섰다. 두 사람의 체형이 거의 비슷해서 돌아 서 있을 때는 체인지가 됐는지 잘 모를 정도여서 촬영하는 입장에선 다행이었다.

"액션!"

이초희가 조용해진 유한성의 뒷모습을 의아하게 바라보는데 다시 엘리베이터가 흔들린다.

―쿠쿵.

"아악…… <u>으흐흐흐흑</u>……."

겁에 질린 이초희가 흐느끼면 고개를 드는 유한성, 아니 강혁이다.

대본에는 체인지된 강혁이 어리둥절하게 엘리베이터를 둘러보다가 이초희를 보고는 황급히 다가가서 안심을 시킨다, 정도의 지문과 대사가 적혀 있었다.

그리고 이어지는 강혁의 대사.

"무서워 말아요. 내가 구해 줄게요."

예전 같으면 그 대사와 그 대사에 맞는 강혁의 연기를 기계적으로 했을 것이다. 근데 지금은 현대의 강혁이 아닌 왕실 근위대장 강혁의 감정이 먼저 떠올랐다.

아무리 현대라도 근위대장 강혁은 그런 식으로 대사를 할 리가 없다.

태수가 돌아서서 손잡이를 움켜쥐고 흐느끼는 이초희의 앞으로 다가가서 천천히 한쪽 무릎을 꿇고 주저앉는다.

이런 행동 역시 대본에 있는 지문과는 미세하게 차이가 난다. 대본에는 체인지된 강혁이 황급히 다가가서 안심을 시킨다고 되어 있으니까.

하지만 지금 태수의 연기에는 절대 황급히 움직이는 모습이 없다. 그렇다고 천천히 움직이는 느낌도 아니다.

지금의 위험을 별로 개의치 않는 왕실 근위대장의 기품과 당당함이 느껴지는 그런 움직임이다. 이 사람과 함께 있으면 어떤 위험에서도 안전할 것 같은 신뢰가 드는.

이초희 앞에 한쪽 무릎을 꿇은 강혁이 말한다.

"두려워 마십시오. 제가 구해 드리겠습니다."

사극 톤의 대사.

태수가 대사를 하자 김 피디와 양정애 작가가 동시에 대본을 확인했다. 자신들이 알고 있는 대사와 달랐기 때문이다.

김 피디가 NG 사인을 내려는데 옆에 있던 양정애 작가가 계속 지켜보자고 눈짓을 했다.

흐느끼던 이초희가 고개를 들었다. 곱상한 표정에 절절한 눈빛을 보내던 이전의 강혁과는 눈빛과 표정이 미세하게 달라져 있다.

지금 강혁에겐 전장을 누비던 무사이자 왕실 근위대장의 강인함이 온몸에서 배어 나오고 있었다.

그건 비단 눈빛만으로 표현된 감정이 아니라 태수가 의도적으로 온몸에 뻣뻣하게 힘을 주고 있기 때문이기도 했다.

어깨와 몸의 자세도 무인처럼 확실하게 각이 잡혀 있었다.

그런 강혁을 이초희가 혼란스러운 눈빛으로 바라보는데 다시 흔들리는 엘리베이터.

―쿠쿵.

"으흑."

이초희가 저도 모르게 비명을 지르며 강혁의 품으로 파고들어 안긴다.

자신의 품에서 흐느끼는 이초희의 어깨를 살며시 잡는 팔의 움직임은 마치 거인이 조심스럽게 엄지공주를 만지는 그런 느낌이었다.

대본의 지문에는 '옥현옹주를 품에 안고 잠시 감회에 젖었다가 백휘를 호출하는 강혁'이라고 적혀 있었다.

하지만 최성식이 해석한 강혁의 눈빛은 감회에 젖는 그런 눈빛이 아니었다.

어떤 경우에도 옥현옹주를 지켜야 하는 임무를 부여받은 근위대장이 이런 위기의 순간에 감회에 젖는다는 건 어울리지 않았다.

오히려 강혁의 눈빛은 감회에 젖기보다 무인처럼 형형하게 빛나며 공주를 위기에서 구할 생각에만 몰두하는 게 맞는다고 생각해서 태수는 그대로 연기를 했다.

김 피디도, 양정애 작가도 그런 태수의 눈빛이 지문과 다르다는 걸 알고 있었지만 계속해서 지켜봤다. 아니, 저절로 몰입이 돼서 지켜볼 수밖에 없었다.

처음에는 대체 왜 저런 눈빛을 할까라고 생각했지만 잠시 후 강혁이 독백을 하자 그 눈빛이 훨씬 강혁답다는 생각이 들었던 것이다.

강혁이 텔레파시로 백휘를 불렀다.

–백휘는 어디에 있느냐?

엘리베이터 구석에 스르륵 백휘의 영혼이 나타나더니 고개를 숙였다.

–부르셨습니까?

–옹주님이 엘리베이터에 갇히셨다. 조치를 취해라.

–예, 알겠습니다.

백휘가 인사를 하고는 손바닥을 벽에 대고 집중을 하자 엘리베이터 벽에 전기 스파크 같은 기운이 일어나며 검은 죽음의 그림자를 몰아내고 엘리베이터의 문이 열린다.

물론 그것 또한 CG로 처리될 예정이다.

-그럼.

백휘가 인사를 하고는 스르르 사라진다.

그제야 강혁이 비로소 눈을 감았다가 뜨는데 눈에 언뜻 물기가 비친다. 대본에 적혀 있던 감정의 순서를 바꾼 것.

살짝 잠긴 목소리로 대사를 하는 강혁이다.

"이제…… 나가셔도 됩니다."

이초희가 고개를 들면 엘리베이터 문이 열려 있다. 이초희가 수상하게 강혁을 보다가 자신이 지금 그의 품에 있다는 걸 알고는 화들짝 뒤로 물러난다.

이초희가 엘리베이터를 빠져나가다가 문득 멈추더니 돌아보고 대사를 한다.

"저 좀…… 데려다주실 수 있어요?"

번쩍 고개를 드는 강혁의 눈빛이 갈등으로 흔들린다.

"컷!"

컷 소리를 듣고도 박보윤은 잠시 여운이 남는 듯 태수를 보고 중얼거렸다.

"정말 웹툰 속 강혁 같았어."

박보윤은 지금까지 강혁에게 수없이 설레긴 했지만 그건 강혁이 아니라 현실의 장태수라는 배우에게 설렌 것이다. 태수의 절절한 눈빛이 이상할 정도로 그녀의 마음을 사로잡았던 것이다.

근데 지금은 오롯이 작품 속 강혁에게 마음이 설레었다. 자신이 진짜 옥현옹주가 된 기분이 들었던 것이다.

옆에서 지켜보던 김찬이 고자질하는 어린애처럼 얼른 김 피디를 보고 말했다.

"아까 처음에 강혁 대사 틀린 것 같은데요?"

김 피디가 고개를 끄덕이며 말했다.

"알고 있어."

김 피디가 양정애의 눈치를 살피며 물었다.

"어떡하죠? 전체적으로 대본하고 살짝 안 맞는 느낌은 있는데…….'

사실 김 피디는 이번 버전이 훨씬 마음에 들었지만, 그렇게 되면 양정애 작가의 대본을 무시하는 결과가 되기에 함부로 말을 할 수가 없었던 것이다.

김 피디가 조심스럽게 덧붙였다.

"나름 이번 버전도 느낌은 나쁘지 않은데 어떡하죠? 다시 갈까요?"

이번에는 양정애 작가가 고개를 흔들었다.

"아뇨, 제 생각에도 이번 태수 연기가 훨씬 좋았어요. 이번 씬에서는 정말로 강혁이 엘리베이터에 나타난 것 같았어요."

김 피디가 안도하면서 말했다.

"작가님도 그랬군요, 사실 저도 그런 느낌 받았는데. 태수 연기가 하룻밤 사이에 다른 사람처럼 달라진 것 같아요. 기성 배우 중에 누구 비슷한 느낌이 나는 배우가 있었던 것 같은데 기억이 안 나네. 어디 가서 연기 수업이라도 받고 온 건가?"

양정애도 같은 생각이었다. 어제까지의 강혁은 왕실 근위대장의 느낌보다는 근위대장 옷을 입은 달달한 로맨스 드라마의 주인공 같은 느낌이 강했다.

근데 지금은 진짜 웹툰 속 근위대장이 하늘에서 뚝 떨어진 것 같았다. 그리고 그 느낌이 오히려 마음을 더 설레게 만들었다.

김 피디가 물었다.

"그래도 첫 대사는 걸리지 않아요? 갑자기 사극 톤으로 대사를 하니까 이전 화에서의 강혁과 비교해서 튈 것 같기도 하고. 또 눈빛이나 분위기도 많이 달라서."

"아뇨, 전 조금 튀더라도 지금 분위기로 갔으면 좋겠어요. 사실 엘리베이터에서 강혁이 이초희한테 달달한 감정으로 대하다가 백휘가 나타나면 갑자기 근위대장 느낌으로 대사를 하는데 그 장면이 좀 어색했거든요. 근데 지금은 너무 자연스러워요. 차라리 튀더라도 지금처럼 근위대장 느낌으로 가는게 훨씬 임팩트가 있는 것 같아요. 어차피 웹툰이잖아요."

당연히 김 피디도 같은 생각이었다.

1, 2화하고 캐릭터가 살짝 달라지는 느낌은 있었지만, 그

런 부작용을 감수하더라도 지금 느낌이 워낙 좋아서 시청자들은 지금의 강혁에게 더 빠져들 것 같았다.

말하자면 현대극과 사극의 만남이라고나 할까.

사실 엘리베이터에 갇혀서 이초희가 강혁의 품으로 들어올 때 강혁이 과거를 회상하는 장면이 인서트로 들어가야만 한다.

산적들의 습격을 받고 옹주를 구하던 과거의 기억을 추억하는 것이다. 그 장면은 잠시 후 저녁에 촬영할 예정.

그 인서트 장면이 들어간 후에 다시 엘리베이터로 돌아오면 지금의 강혁 캐릭터가 훨씬 자연스럽게 잘 어울린다.

양정애는 영감을 받은 듯 즉석에서 정신없이 대본을 수정하기 시작했다.

이어지는 자동차 씬.

강혁이 이초희를 집까지 바래다주는 차 안 장면이다.

"액션!"

차 안에 나란히 앉은 두 사람.

이초희가 운전하는 강혁을 돌아보고 참았던 질문을 던진다.

"본부장님…… 당신 본부장님 아니죠?"

"……"

"당신 누구예요? 왜 필요할 때마다 나타나서 날 구해 주는 거죠? 그리고 이 느낌이…… 낯설지가 않아. 우리 혹시 예전에 만난 적 없나요?"

지문에는 이렇게 적혀 있다.

강혁이 갑자기 운전대를 확 꺾어서 도로변으로 차를 붙이고
는 내려서 이초희가 앉아 있는 조수석의 차 문을 연다.

하지만 태수는 거기서 한 가지를 더 넣었다.

고개를 돌려서 이초희를 무섭게 노려보는 눈빛. 지문에 없
는 애드리브 연기여서 박보윤이 살짝 당황하는 모습이 오히
려 느낌을 살렸다.

연기 같지 않고 정말로 이초희가 놀라서 당황하는 느낌이
들었던 것이다. 이어서 화난 표정으로 차를 갓길에 붙인 후
내린 강혁이 거칠게 조수석의 문을 열고 말한다.

"내리십시오."

앞에 한 가지 연기가 더 들어가면서 뒤쪽의 대사와 연기에
단호함이 묻어났고 긴장감이 더욱 고조되는 연쇄 작용이 일
어났다.

당황하면서 어쩔 수 없이 내리는 이초희.

"대체 저한테……."

강혁이 아무런 대답도 없이 마침 오는 택시를 향해 손을
흔들고 세운다. 택시 문을 열고 대사를 한다.

"죄송합니다, 오늘은 제가 바래다드릴 수 없을 것 같습니

다. 타시죠."

화가 난 것 같은 강혁의 목소리가 지문 그대로 연기를 할 때보다 확실히 임팩트가 있었다. 시청자들은 강혁의 속마음이 겉으로 드러나는 행동과 반대라는 걸 알고 있다.

따라서 이초희를 대하는 강혁의 태도가 단호할수록 그의 마음속에 숨겨진 연민과 아픔의 크기도 함께 커지고 있다는 걸 느끼는 것이다.

그런 강혁의 단호한 태도에 이초희의 연기도 자연스럽게 고조가 됐다.

이초희가 강혁을 노려보다가 대사를 했다.

"그런 친절 필요 없어요, 그냥 걸어가겠어요. 앞으로는 나한테 무슨 일이 생기든 신경 쓰지 말아요. 내 일은 내가 알아서 할 테니까."

그대로 갓길을 걸어가는 이초희.

김 피디와 양정애 작가는 물론이고 다른 스태프들도 그 미세한 차이가 주는 감정의 고조를 확실하게 느꼈다. 그중에서도 양정애 작가는 소름이 돋을 지경이었다.

자신이 그토록 고심하며 몰입을 했어도 잡아내지 못한 감정을 즉석에서 애드리브로 연기를 하다니.

'태수가 저렇게 디테일한 연기를 했었나? 아무리 타고난 배우라고 해도 신인이 절대 저런 감정의 디테일을 잡아낼 수는 없는데……'

게다가 더욱 놀라운 건 태수의 눈빛과 태도, 몸짓 하나하나를 지켜보다 보면 자연스럽게 떠오르는 배우가 있었다.

물론 말도 안 되는 생각이지만 어제 사망한 최성식이 자꾸만 오버랩이 됐던 것이다.

이초희가 강혁의 제안을 거절하고 혼자 걸어간다.

그 장면은 지문에 이렇게 적혀 있었다.

강혁, 불안하게 주변을 둘러보면 검은 기운이 이초희를 쫓아가고 있다. 꿈틀하고 눈빛이 흔들린 강혁이 돌아보면 반대편에서 달려오던 차량의 운전자가 졸음운전을 하는 모습이 보인다.

달려가는 강혁.

졸음운전 차량이 이초희를 덮치기 직전 강혁이 먼저 몸을 날려 함께 도로 위를 뒹굴고, 졸음운전자가 뒤늦게 정신을 차리고 급히 핸들을 꺾어 사고를 면한다.

원래 이 씬은 스턴트맨이 하는 게 맞지만 태수가 직접 하겠다고 했고 덩달아 박보윤도 자신이 직접 하겠다고 나섰다.

물론 바닥에 매트리스를 깔아 놓고 몸을 던지긴 하지만 박보윤을 끌어안고 몸을 날리는 장면이기에 부상의 위험이 충분히 있었다.

하지만 태수는 멋진 자세로, 걸어가는 박보윤을 뒤에서 끌어안고 푹신한 에어 매트리스 위로 몸을 날렸다.

"컷! 오케이! 좋았어!"

이번 주에는 모두 6화까지 드라마를 몰아 찍을 예정이다.

덕분에 스케줄표를 보면 계속해서 밤샘 촬영이 이어졌다.

태수의 연기를 흥미롭게 지켜보던 양정애 작가가 불쑥 말했다.

"이건 내 주관적인 판단일 수도 있는데, 왠지 네 연기를 보고 있으면 자꾸 최성식 선배님이 떠올라. 어젯밤에 내가 선배님 영화를 세 편이나 봐서 그런가? 아니면 네가 의도한 거니?"

김 피디도 기다렸다는 듯 말했다.

"양 작가도 그랬어요? 나도 그랬어요."

양정애가 물개 박수를 치면서 되물었다.

"그렇죠? 저만 느낀 거 아니죠? 특히 아까 강혁이 차에서 내려서 이초희한테 택시 타고 가라고 하던 장면 있잖아. 그 장면에서 선배님 영화 〈아름다운 하루〉…….."

"아름다운 하루!"

김 피디와 양정애 작가가 동시에 '아름다운 하루'라고 외치는 바람에 박보윤과 김찬은 물론이고 태수마저도 살짝 소름이 돋았다.

김 피디와 양정애도 서로 마주 보며 헛웃음을 흘렸다.

양정애가 말했다.

"〈아름다운 하루〉에서 선배님이 유부남 교수로 나오고, 자기가 가르치던 제자인 김희현하고 불륜인 줄 알면서도 거리에서 키스를 하잖아요. 키스를 하고 나서 김희현이 집에 들어가기 싫다고 하면…….."

김 피디가 다음 말을 이어 갔다.

"최성식 선배가 갑자기 표정이 돌변해서 택시를 잡고는 가라고 김현희한테 화를 내는 장면. 그때 최성식 선배의 대사와 표정이 조금 전 강혁하고 딱 오버랩되더라고."

양정애가 다시 손뼉을 치며 말했다.

"맞아요, 그 장면이에요. 태수의 강혁 연기를 보는데 최성식 선배 리즈 시절이 떠오르는 거야. 솔직히 그 장면에서 선배님 떠올라서 나 너무 설렌 거 있지. 아, 진짜 이제 선배님 연기를 못 본다고 생각해서 그런지 그 장면이 더 찡하게 와닿는 거야."

박보윤도 조심스럽게 말했다.

"사실은 저도 그랬어요. 저도 그 영화 좋아하거든요. 아마 드라마 방영되면 시청자들 중에도 그렇게 느끼는 분들 많을 것 같은데요."

김찬만 어리둥절한 표정으로 중얼거렸다.

"뭐지? 〈아름다운 하루〉요? 오늘 집에 가면 한번 찾아서 봐야겠네. 최성식 선배님이랑 태수랑 전혀 안 닮았는데."

태수는 사람들의 칭찬에 얼굴이 화끈거리고 몸 둘 바를 몰랐다. 자신이 연기하긴 했지만 분명 최성식의 숨결이 알게 모르게 들어갔을 테니까.

저녁에는 과거 회상 씬의 촬영이 이어졌다.

옥현옹주가 꽃놀이를 가자고 우겨서 갔다가 산중에서 날이 어두워져 길을 잃고 헤매다가 산적을 만나는 장면이다.

10명에 가까운 스턴트맨들이 등장하는 상당히 난이도가 있는 액션 씬이다.

저녁을 먹고 김찬이 촬영을 하는 동안 2시간 정도 합을 맞출 시간이 있었다.

태수가 이번에도 대역을 쓰지 않고 직접 연기를 하겠다고 하자 정두연 무술감독이 걱정스럽게 물었다.

"검 잡아 본 적은 있어?"

물론 현실에선 당연히 검을 잡지 못했다. 퇴마할 때 설호검을 잡아 봤지만 무형검과 실제 검은 다르다.

"아뇨."

"이번 씬은 주먹이 아니라 검을 쓰는 액션이야. 지난번 주먹을 쓰는 액션은 네가 정말 잘 소화를 했는데 검은 전혀 달라. 자칫하면 너하고 보윤이 둘 다 다칠 수 있다고."

이번 씬에서는 박보윤도 대역 없이 갈 예정이라서 더더욱 위험할 수가 있었다.

"연습할 시간이 2시간 정도 있으니까 어떻게 되지 않을까요?"

지금까지 대역 없이 연기를 해 왔기에 가능한 한 자신이 직접 연기를 하고 싶었다.

정두연이 어림도 없다는 듯 웃으면서 고개를 저었다.

'최성식 선배님이 검을 사용하는 액션을 하신 적이 있었나?'

검을 차고 선 굵은 역할을 했던 건 생각이 나는데 세밀한 검술을 펼친 기억은 떠오르지 않았다.

정두연이 태수의 의욕이 가상했는지 마침내 허락했다.

"그래, 그럼 한번 합을 맞춰 보자, 해 보고 정 안되면 그때 대역을 쓰더라도. 대신 절대 무리하면 안 돼. 검을 사용하는 액션은 사고가 크게 난다고. 경욱아, 태수한테 강혁 검 좀 갖다 줘."

스태프한테 건네받은 강혁의 검.

한 번도 진검을 잡아 본 적은 없지만, 소품용이라서 그런지 검이 상당히 가벼웠다.

정두연이 먼저 시범을 보였다. 리허설에서 박보윤은 대역을 쓰고.

에워싼 산적들이 한꺼번에 달려들었고 철저하게 준비된 합에 의해 정두연이 화려한 검술을 선보이며 산적들을 한 명

퇴마하는 톱스타

씩 쓰러트렸다.

"할 수 있겠어? 액션도 중요하지만 보윤이를 보호하는 것도 만만치가 않아."

정두연의 물음에 태수가 고개를 끄덕이며 말했다.

"해 보겠습니다."

리허설이라서 복잡한 합의 순서를 맞추는 쪽에 초점을 맞췄다. 비록 전력을 다하지 않았지만 태수는 크게 무리 없이 리허설을 마쳤다.

정두연이 고개를 갸웃하며 물었다.

"너 검 처음 잡는 거 맞아?"

이제는 실전.

"레디…… 액션!"

창백한 달빛이 서늘하게 비치는 밤이다. 실제로 산속에서 찍는 데다가 인물들의 실루엣을 살리기 위해 조명도 최소한만 줘서 주위가 상당히 어두웠다.

그만큼 사고의 위험성이 크다는 소리다.

산적 분장을 한 스턴트맨들이 옥현옹주와 강혁을 에워쌌고, 검신에 달빛이 비춰서 서늘한 빛이 흩뿌려졌다.

연기라는 걸 알면서도 실전과 같은 팽팽한 긴장감이 감돌았다.

옥현옹주는 강혁의 등 뒤에서 부들부들 떨고 있었는데 박보윤은 연기가 아니라 정말로 겁이 나서 떨고 있었다.

산적 두령이 음탕하게 웃으며 소리쳤다.

"저 계집을 내가 오늘밤 품어야겠다. 계집만 두고 간다면 네놈 목숨은 살려 주마."

강혁이 형형한 눈빛으로 검집을 치켜 올리며 말했다.

"방금 네놈이 한 그 말의 대가로 팔 하나만 가져가겠다."

"흥, 주둥이만 살아서 나불대는구나. 얘들아!"

두령의 명령에 산적들이 좀 더 밀착해서 주위를 에워싸고 돌기 시작했다.

태수가 검을 잡고 웹툰 속 왕실 근위대장 강혁의 이미지를 떠올렸다.

최성식의 영혼이 강혁의 눈빛과 얼굴 표정은 물론이고 강혁이 당시에 느꼈을 심정까지 재현하고 있는 게 느껴졌다.

그리고 이상한 일이 벌어졌다.

검을 쥐고 무사의 이미지에 감정이입하는 순간, 최성식의 기억이 아닌 또 다른 '경험기억'에 대한 기운이 머릿속으로 쏟아지기 시작한 것이다.

'뭐지, 이건?'

어두운 숲에서 바닥을 박차고 솟구쳐 오르는 신형.

눈앞을 어지럽히는 나뭇잎들과 은빛을 뿌리며 춤을 추는 화려한 검술.

물 흐르듯 소리 없이 움직이는 보법까지.

환상처럼 이어지는 이미지들이 머릿속에 떠오를 뿐만 아니라 검을 휘두르는 당사자의 생각과 감정까지 태수에게 생생하게 전해지며 동기화가 이루어졌다.

태수의 입이 저절로 벌어졌다.

지금 머릿속에 떠오른 생각과 마음, 검술은 아득한 저 옛날 악귀와 요괴를 사냥하던, 칠성문의 가장 뛰어났던 퇴마사 사천의 경험기억이라는 걸 깨달았기 때문이다.

최성식이 무사의 이미지와 감정에 완벽하게 몰입하면서 무의식에 숨어 있던 사천의 경험기억이 떠오른 것이다.

아직 제대로 활용을 못해서 그렇지 태수의 내면에는 수백 년 동안 이어져 온 퇴마사들의 경험기억들이 아직도 무수하게 간직되어 있었다.

태수를 중심으로 스턴트맨들이 에워싸자 검을 잡고 있는 손에 저절로 힘이 들어갔다. 예전 전투에서 위협을 느낄 때 반응하는 사천의 경험기억이 저절로 작동한 것이다.

저 옛날 요괴들이 들끓는 숲에 들어갔을 때 뿜어지던 요기를 감지하듯 태수의 두 눈이 가늘어졌다.

내면 어딘가에서 살기가 피어올랐다. 물론 태수가 아닌 사천의 기운이었다.

검을 들고 있는 자세나 눈빛이 예사롭지 않다는 걸 정두연도 얼핏 느꼈다.

심지어 한 발씩 움직이는 보법도 물이 흐르는 것 같았다.

'저건 나도 여태까지 본 적이 없는 자세와 보법인데? 그렇다고 그냥 대충 잡은 자세도 아니고. 수없는 수련을 통해서만 몸에 밸 수 있는 능숙함에 절도 있는 움직임이잖아. 뭐야, 저 녀석, 겸손 떤다고 거짓말을 한 건가?'

태수는 시야에 들어오는 산적의 움직임은 물론 뒤쪽의 움직임까지 기운으로 느낄 수가 있었다. 퇴마사 사천의 기감이 발현한 덕이었다.

태수가 저도 모르게 소품용 검에 검기와 같은 기공력을 불어 넣다가 황급히 멈췄다. 진검도 아니고 조금만 늦었으면 약한 소품용 검이 산산조각이 날 뻔했다.

기공력을 불어 넣은 것 또한 태수 자신이 아닌 사천의 경험기억이었다.

"이얏!"

산적들이 동시에 달려들었다.

김 피디는 태수의 발검이 늦었다고 생각하고 NG를 내려다가 숨을 죽였다. 순식간에 검집을 빠져나온 검이 머리 위로 날아드는 산적들의 검을 막아 내고 쳐 내더니, 오히려 자세를 역전시켰던 것이다.

이어서 검과 검이 부딪치며 실전에 버금가는 액션이 펼쳐졌다.

쩽! 쩽! 쩽! 쩽!

검과 검이 부딪치는 소리와 사내들의 거친 숨소리가 어둠의 정적을 몰아냈다.

박보윤은 연기라는 걸 알면서도 정신이 혼미해질 지경이었다. 대본에 옥현옹주가 비명을 지른다고 되어 있었지만 지금 그녀가 지르는 비명은 연기가 아닌 실제였다.

박보윤의 눈앞으로 서늘한 빛을 뿌리며 검이 날아들었다. 뒤로 빠졌어야 하는데 다른 생각을 하느라 몸이 굳어 버린 것이다.

촬영을 하는 김 피디는 물론이고 정두연 감독조차도 이건 사고라고 생각했다. 중간에 동선이 어긋나면서 허공으로 떨어져야 할 검이 박보윤의 머리 위로 떨어졌던 것이다.

다들 '앗' 소리가 저절로 나오는 순간 태수가 박보윤의 허리를 휘감아서 자신의 품으로 확 끌어당겼다. 소품용 검이 아슬아슬하게 옥현옹주의 옷깃을 스치며 지나갔다.

그럼에도 액션 동작이 끊어지지 않고 이어졌다.

설마 그 복잡한 액션을 롱 테이크로 가능할까 싶었는데 믿을 수 없을 정도로 깔끔하게 마무리됐다. 중간에 몇 차례 NG가 나긴 했지만 스턴트맨이 대역을 했어도 그보다 잘할 수는 없었을 것이다.

"컷! 오케이!"

저절로 박수가 터져 나왔다. 다들 이건 절대로 처음 해 보는 액션이 아니라고 입을 모았다.

자칫하면 거짓말쟁이로 몰릴 상황이라서 태수는 영능력이

액션에도 도움을 준다고 둘러댔다.

태수의 촬영이 가장 먼저 끝났다. 그렇다고 집으로 갈 수 있는 상황이 아니었다.

파인미디어 사무실에서 〈영혼탐정〉 제작 회의가 있다.

이번 주 〈영혼탐정〉은 아직 기획 회의조차 못해서, 제작진은 태수에게 늦더라도 기다릴 테니 촬영 끝나면 무조건 사무실에 들러 달라고 부탁을 했던 것이다.

태수가 분장을 지울 겨를도 없이 창호의 차를 타고 파인미디어에 도착한 시각은 밤 11시가 조금 넘은 시각.

사무실에는 권창훈 피디와 김영아 작가, 전소민 기자가 기다리고 있었다.

김영아가 강혁의 분장을 하고 들어서는 태수를 보자마자 두 눈이 가늘어지며 말했다.

"태수야, 고생했어. 배고프지?"

김영아가 태수의 대답은 듣지도 않고 말했다.

"피디님, 우리 치킨 시켜 먹으면서 회의해요. 태수 얼굴 보니까 많이 배고픈가 봐요."

그러면서 김영아가 태수를 향해 눈을 찡긋했다.

사실 태수도 치킨이 너무나 먹고 싶었다. 엄마가 치킨집을 하는데도 오히려 치킨 먹을 기회가 없었다.

권 피디가 웃으면서 말했다.

퇴마하는 톱스타

"태수 먹이려는 거야, 자기가 먹으려는 거야?"

"그런 걸 뭘 따져요? 둘 다라고 해요. 시킬게요."

김영아가 치킨을 시켰고 여기서도 주된 화제는 역시나 최성식 선배의 사망 소식이었다. 전소민은 예전에 최성식과 인터뷰한 기억을 떠올리며 유난히 안타까워했다.

치킨이 도착하자 회의를 시작했다.

김영아가 이번 주에 시청자 제보 게시판에 올라온 글들을 살펴본 감상부터 말했다. 2회 때부터 편지를 받는 대신 시청자 제보 게시판을 통해 〈영혼탐정〉과 〈흉가방문〉의 사연을 받고 있었던 것이다.

시청자들은 각 사연 앞에 〈영혼탐정〉 혹은 〈흉가탐방〉 중에 하나의 말머리를 선택한 후에 사연을 올리면 된다.

"이번 주 제보 게시판에는 딱 눈에 뜨일 만한 사연이 없어요. 다들 너무 뻔한 사연들이라서 어떻게 해야 할지 모르겠어요."

태수가 조심스럽게 입을 열었다.

"제가 염두에 두고 있는 사연이 하나 있어요."

다들 눈을 반짝이며 태수를 바라봤다.

"어떤 건데?"

전소민이 재촉했고 태수가 최성식 얘기를 들려준 후에 말했다.

"그래서 최성식 선배님이 한미경이란 분을 꼭 만나고 싶다고 하네요."

태수의 얘기가 끝날 때까지 다들 숨소리조차 내지 못했다.

전소민이 말이 안 나온다는 듯 연신 헛웃음을 흘리다가 주위를 둘러보고는 조심스럽게 물었다.

"그럼 지금 여기 최성식 선배님의 영혼이 와 계신 거야?"

물론 사실대로 얘기하기는 곤란했다.

"아뇨. 하지만 언제든 선배님 영혼하고 연락을 할 수 있어요."

"세상에."

권 피디도 상기된 표정으로 말했다.

"시청자들도 상당히 놀라겠네. 전 기자, 어때? 방송 아이템으로 괜찮겠지?"

전소민이 신중하게 말했다.

"그럼요. 저는 아주 좋다고 생각해요. 만약 선배님이 찾는 여자분이 나타나지 않는다고 해도, 최성식 선배님 추모 방송 정도로 구성을 해도 충분히 의미가 있을 거예요. 대중은 갑자기 스타를 잃어서 상실감이 클 텐데 영혼이라도 나타나서 이별할 수 있는 기회가 주어진다면 얼마나 많은 위안이 되겠어요, 선배님한테도 그렇고. 물론 그 여자분이 직접 나타난다면 더할 나위 없겠지만."

김영아도 동의했다.

"전 생각만으로도 두근거려요. 최성식 선생님이 영혼으로 출연을 하신다니."

권 피디가 말했다.

"오케이, 그럼 그 여자분을 찾는다는 내용을 미리 예고로 내보내야겠네. 이번 주에는 〈영혼탐정〉도 생방으로 진행해 볼까? 최성식 선배님을 마지막으로 만날 수 있는 기회인데 녹화방송으로 내보낼 수는 없잖아."

전소민이 물어 뭐 하냐는 듯 말했다.

"당연하죠. 이 아이템은 무조건 생방으로 가야 해요. 안 그럼 시청자들한테 욕을 바가지로 먹을걸요?"

셔귀

오늘은 '맛난치킨'이라는 업체와 광고 계약을 체결하기 위해 광고주와 약속이 잡혀 있었다.

프랜차이즈 치킨 업체인 '맛난치킨'은 치킨 업계에서 중저가를 표방하는 후발 주자다. 최근 공격적으로 마케팅 전략을 수립하면서 새로운 광고 모델을 찾던 중 태수를 발견했다.

한창 주가를 올리며 떠오르는 스타인 태수가 자신들이 그리는 미래의 이미지와 닮은 데다 퇴마를 통해 쌓아 올린 긍정적인 이미지를 좋게 본 것이다.

태수가 창호와 함께 사무실로 들어서자 직원들이 술렁이기 시작했다.

직원들이 신기한 표정으로 태수를 기웃거렸고 몇몇은 제

자리에서 팔짝팔짝 뛰며 좋아하는 모습도 보였다. 어김없이 휴대폰을 꺼내 사진을 찍거나 어딘가로 급히 전화를 거는 직원도 있었다.

태수는 자신을 연예인으로 대하는 사람들의 반응이 아직은 낯설었고 광고주와의 만남도 처음이라 살짝 긴장이 됐다.

부속실 직원의 안내로 대표이사실에 들어서자 김한민 대표와 광고 홍보 회사 '미래기획'의 김혜정 AE가 태수와 창호를 맞았다.

계약 조건에 대해서는 창호와 이미 조율이 끝이 난 상태였고 오늘은 광고주와 인사를 나누고 광고 콘셉트에 대한 얘기를 나누기 위해서였다.

계약 조건은 3개월 단발로 계약금 1억 원에, 추후 경과를 보고 연장한다는 조건이었다.

30대 후반의 젊은 사업가 김한민 대표가 반갑게 태수를 맞았다.

"특별한 능력을 가지고 있는 분을 만나서 그런지 다른 연예인분을 만날 때보다 더 긴장이 되네요. 반갑습니다, 김한민입니다."

김한민이 태수에게 명함을 내밀었다.

"처음 뵙겠습니다. 장태수입니다."

김한민이 소개를 했다.

"여긴 이번 광고를 진두지휘할 미래기획의 김혜정 AE예요."

태수는 김혜정하고도 인사를 나누고 명함을 받았다.

김혜정은 30대 초반의 나이에 광고 회사 AE답게 옷도 세련되게 입었고 표정에도 자신감이 흘러넘쳤다.

하지만 그런 외적인 모습과 달리, 업무가 과중한 탓인지 좋지 않은 일이 있는 것인지 생기탐랑에 의해 느껴지는 내적인 감정은 신경이 너무 예민했고 에너지가 바닥을 드러낼 정도로 지쳐 보였다.

김한민 대표는 태수가 가진 영능력이 신기한지 쓸데없는 질문을 연신 꼬치꼬치 물었다. 창호가 적당한 선에서 차단을 해 준 덕분에 겨우 불편한 자리에서 벗어날 수가 있었다.

태수와 창호는 김혜정과 함께 따로 회의실로 자리를 옮겼다.

이번 광고 콘셉트에 대해 본격적인 설명을 듣기 위해서였다.

김혜정은 PPT로 작성한 기획안을 스크린에 띄워 놓고 이번 광고의 콘셉트와 전략은 물론 스토리보드의 콘티까지 차례로 설명을 이어 나갔다.

광고 콘티는 태수가 가진 퇴마사의 이미지를 극대화시키는 방향으로 꽤 재미있게 짜여 있었다.

콘티에서는 태수가 치킨을 맛있게 먹고 있으면 처녀귀신이 옆에 나타나서 치킨을 몰래 먹는다. 그럼 태수가 귀신을 돌아보고 대사를 한다.

[넌 누구냐?]

그럼 귀신이 놀라서 반문한다.

[내가 보여? 나 귀신인데?]

그럼 다시 태수의 대사.

[당연히 보이지. 내가 영혼을 보는 남자거든? 아무리 귀신이라도 맛난치킨은 절대로 안 돼.]

하면서 치킨을 자신의 앞으로 끌어온 태수가 부적을 꺼내서 귀신 앞에 갖다 대면 귀신이 비명을 지르며 사라진다. 그럼 태수가 치킨을 맛있게 뜯어 먹고 성우가 대사를 한다.

[귀신한테도 양보할 수 없는 맛난치킨!]

창호가 콘티를 보면서 키득거렸다.

"와, 광고 이거 정말 재밌네요. 소비자들이 엄청 웃을 것 같아요."

"네. 영혼을 보는 남자라는 장태수 씨의 이미지를 최대로 살린 콘셉트죠."

자신 있게 대답한 김혜정이 별다른 말이 없는 태수를 돌아보고 의아하게 물었다.

"왜요, 태수 씨는 마음에 안 드세요?"

"음…… 저는 조금 생각을 해 봐야 할 것 같아요."

태수의 대답에 김혜정은 물론 창호까지도 놀라서 돌아봤다.

김혜정이 물었다.

"왜요? 무슨 문제라도?"

태수가 고민 끝에 솔직하게 말했다.

"솔직히 내용은 재미있는데, 아무리 광고라도 퇴마를 희화화시키는 일은 피하고 싶어서요. 그래서 예능이나 토크쇼도 나가지 않고 있거든요."

김혜정의 입에서 탄식이 흘러나왔다.

"아⋯⋯."

창호도 아차 싶은 표정으로 난감해했다.

'괜찮을 것 같은데 이게 뭐 어떻다는 거지?'

물론 김혜정의 입장에서는 이해하기 어려운 요구일 수 있다. 이런 아이디어 하나 떠올리는 게 얼마나 어려운 일인데.

김혜정의 표정에 짜증과 난감한 표정이 그대로 드러났다.

김혜정이 불만스럽게 들릴 듯 말 듯 중얼거렸다.

"미치겠네. 대표님도 무척 좋아한 콘티라서 컨펌까지 난 건데⋯⋯."

태수도 그런 김혜정의 반응을 이해했다.

맛난치킨은 미래기획에도 고객이다. 따라서 AE인 김혜정도 김한민 대표를 만족시켜야만 하는 을의 입장.

그렇잖아도 신경도 예민하고 피곤한 상태로 머리를 쥐어짜 광고주한테 어렵게 컨펌을 받은 콘티다.

근데 톱스타도 아닌 신인 배우가 황당한 이유를 들어서 콘티를 고치라고 하니, 김혜정의 입장에서는 충분히 보일 수 있는 반응이었다.

김혜정이 생각에 잠겨 있다가 자리에서 일어나며 말했다.

"잠깐만 대표님하고 상의 좀 하고 올게요."

김혜정이 나가자 창호가 난감하게 입을 열었다.

"내가 미처 광고주한테 그 얘길 못 했네. 퇴마나 영혼 쪽으로는 건드리지 말아 달라는 얘기. 괜히 저 여자한테 미안하네."

"그러게요. 하지만 광고 계약을 못 하는 한이 있어도 원칙은 지키고 싶어요."

창호도 동의했다.

"그건 나도 찬성이야. 당장은 재미있을지 모르지만 결국엔 이미지도 소모하고 악귀를 퇴마하는 너한테 응원을 보냈던 대중도 배신감을 느낄 수가 있으니까."

잠시 후 다시 회의실로 들어온 김혜정이 더욱 피곤한 얼굴로 말했다.

"일단 오늘은 계약이 어려울 것 같아요. 저희가 내부적으로 상의를 해 본 후에 다시 연락을 드릴게요."

"알겠습니다. 제가 미리 말씀을 못 드려서 죄송하네요."

"아니에요, 괜찮아요. 저희도 무슨 소린지 이해는 해요."

김혜정이 쌀쌀맞게 말하며 손을 내밀며 말했다.

"미처 팬이라는 얘기도 못 했네요. 드라마도 다큐도 잘 보고 있어요."

태수는 자신한테 호의를 가진 사람을 피곤하게 만든 것 같아서 더더욱 미안했다. 물론 지금의 표정은 전혀 팬처럼 보이지 않았지만.

"재미있는 콘티였는데 죄송합니다."

김혜정의 손을 마주 잡으며 인사하던 태수의 미간이 좁혀졌다.

김혜정한테서 서늘한 귀기가 느껴졌던 것이다.

'생기탐랑의 기운으로 느껴지던 피로가 이것 때문이었나?'

태수의 손을 잡고 있던 김혜정도 갑자기 표정이 하얗게 변하더니 현기증을 느끼는 것처럼 비틀거렸다. 태수가 황급히 그녀를 부축하며 자리에 앉혔다.

김혜정이 잠시 머리를 감싸고 있다가 고개를 들었다.

"죄송해요, 요즘 들어서 왜 이렇게 피곤하고 어지러운지 모르겠어요. 잠을 자도 계속 악몽만 꾸고."

태수가 김혜정의 주변을 살피다가 주문을 읊었다.

'안명부.'

화르르르륵.

공기가 흔들리며 허공에 부적이 떠올랐다. 부적을 눈가로 가져가서 문지른 후 다시 앞을 보았다. 푸르스름한 시야로 김혜정을 휘감고 있는 약한 귀기가 보였다.

장시간 귀기에 오염이 되었을 경우 보이는 증상이다.

김혜정이 자리에서 일어나며 말했다.

"이제 괜찮네요."

태수가 그런 김혜정을 가만히 쳐다보며 물었다.

"혹시 최근에 몹시 피로하다거나 기억이 깜빡한다거나 그런 일이 없었나요?"

김혜정의 표정이 변했다.

"어? 그걸 어떻게 알았어요? 가끔 집에 있을 때 기억을 잃어버릴 때가 있어요. 마치 필름이 끊기는 것처럼 기억이 끊어지고, 최근에는 정신을 차리고 보면 제가 엉뚱한 곳에 가있기도 하고."

태수를 빤히 보던 김혜정이 뒤늦게 태수가 누구라는 걸 기억해 낸 것처럼 놀란 표정으로 물었다.

"그럼 혹시 〈영혼을 찾아서〉에 나오는 사람들처럼 저한테도……?"

태수가 고개를 끄덕이며 말했다.

"그런 것 같아요."

김혜정의 오피스텔.

김혜정이 장시간 귀기에 노출될 수 있는 가장 유력한 곳은 그녀가 살고 있는 집이다. 김혜정은 얼마 전 오피스텔로 이사를 와서 혼자 살고 있다고 했다.

태수가 김혜정과 함께 오피스텔 안으로 들어갔다.

여자 혼자 살기에 알맞은 깔끔한 오피스텔이었다.

오피스텔 안으로 들어서서 얼마 지나자마자 강한 귀기가 느껴졌다.

태수가 즉시 주문을 읊었다.

"귀기탐색."

화르르르륵.

공기가 흔들리며 허공에 오피스텔의 단면과 같은 지도가 나타났다. 예상대로 지도에 일반 영혼보다 크기가 큰 붉은 점 하나가 보였다.

위치를 보니 옷장 속.

태수가 옷장으로 다가가는 순간 붉은 점이 순식간에 지도에서 사라졌다.

"어?"

김혜정이 뒤따라오다가 물었다.

"왜 그래요?"

"방금 여기 옷장 속에 뭔가가 있었는데 제가 다가가니까 사라졌어요."

태수의 말에 김혜정이 어깨를 움츠렸다.

"그럼 옷장 속에 귀신이 있었던 거예요?"

"직접 보지는 못했지만 그런 것 같아요."

"으흑, 어떡해!"

태수가 천천히 옷장을 열었다. 어두컴컴한 옷장 속에서 강한 귀기가 느껴졌다. 방금 전까지 악귀에 가까운 영혼이 이 안에 머물러 있었다는 얘기다.

'근데 왜 악귀가 달아났을까?'

태수가 옷장 안으로 손을 뻗어서 주문을 읊었다.

'사이코메트리.'

화르르르륵.

공기가 흔들리며 잔류사념이 영상으로 허공에 나타났다.

김혜정이 옷걸이에 걸어 놓은 옷들 사이로 긴 생머리의 여귀가 눈을 번들거리며 고개를 내밀고 있는 모습이 정면으로 보였다. 20대 중반 정도로 보이는 여귀.

붉은 점의 크기로 보아 아주 위험한 악귀라고 할 수는 없지만, 충분히 사람을 괴롭힐 수 있는 정도의 귀기를 지닌 여귀였다.

김혜정에게 여귀의 모습을 설명해 주고 물었다.

"혹시 주위에 그렇게 생긴 친구나 친지나…… 죽은 사람이 있나요?"

김혜정이 하얗게 질린 얼굴로 고개를 가로저었다.

"아뇨, 없어요. 어떡해, 나 너무 무서워요. 오늘 여기서 못 잘 것 같아요."

"여기 이사 온 지 얼마나 되셨죠?"

"한 달 정도 된 것 같아요."

태수가 손바닥을 앞으로 뻗어서 집 안에 남아 있는 귀기들을 감지하기 시작했다. 안방부터 건넌방, 거실 그리고 욕실까지 탐색하듯 훑었다.

이윽고 욕실을 감지하던 태수의 미간이 좁혀졌다.

태수가 욕실 천장에 손바닥을 펼치고 주문을 읊었다.

'사이코메트리.'

화르르르륵.

공기가 흔들리며 잔류사념이 떠올랐고 태수의 바로 눈높이에 밧줄에 매달린 창백한 여자의 얼굴이 나타났다. 혀가 밖으로 길게 밀려 나와 있었고 동공은 창백하게 굳어 있었다.

여귀는 이곳 오피스텔 욕실에서 자살한 여자였다.

김혜정이 겁에 질려서 물었다.

"왜, 왜 그러세요?"

"아니에요, 아무것도."

본 걸 있는 그대로 말해 주면 김혜정은 앞으로 다시는 욕실을 사용할 수 없을 것 같았다.

"근데 여귀가 왜 제가 들어오자마자 도망을 갔을까요? 보통 악귀들은 사람을 겁내지 않거든요."

"글쎄요."

고개를 갸웃하던 김혜정이 문득 생각이 난 것처럼 말했다.

"혹시······."

"왜요?"

"제가 〈영혼을 찾아서〉 열혈 애청자거든요. 항상 그 프로그램을 보니까 그 귀신도 같이 보고서 태수 씨를 알아본 게 아닐까요? 태수 씨가 퇴마할까 봐 도망쳤을 수도 있잖아요."

좀 웃긴 얘기지만 가능성이 없는 얘기는 아니었다.

"주로 텔레비전 볼 때 어디서 보세요?"

"저기 소파요."

태수가 김혜정이 텔레비전을 본다는 소파에 가서 잔류사념을 읽었다.

화르르르륵.

영상이 떠올랐다.

소파에 앉아 〈영혼을 찾아서〉 프로그램을 보는 김혜정 옆에 나란히 앉아서 텔레비전을 보고 있는 여귀의 모습이 보였다.

⟩∻⟨

공인중개사 사무소.

김혜정이 공인중개사에게 따져 물었다.

"제가 이사 들어오기 전에 그 오피스텔에서 자살한 여자 있었죠?"

김혜정의 추궁에 공인중개사의 표정이 변했다.

"그걸 어떻게?"

김혜정이 어이가 없다는 듯 공인중개사를 노려보며 말했다.

"이거 공인중개사법 위반 아니에요? 그런 중요한 사항은 고객한테 고지를 해 줘야 하는 의무 사항이잖아요."

공인중개사가 그건 의무 고지 사항이 아니라 다툼의 여지가 있다는 등의 변명을 늘어놓았다.

김혜정이 중개사의 말을 끊고는 말했다.

"그럼 그 여자 이름하고 생년월일이나 알려 주세요."

"그건 개인정보법 때문에 좀 곤란한데……."

"휴우, 그럼 그분의 가족 연락처 좀 알려 주세요."

공인중개사가 여자의 엄마 휴대폰 번호를 알려 줘서 태수가 직접 전화를 걸었다.

다행히 엄마는 〈영혼을 찾아서〉 프로그램을 열심히 보는 애청자였다.

태수가 자신의 신분을 밝히고 딸의 영혼이 이승을 떠나지 못하고 있다는 얘기를 하자마자 여자가 울음을 터뜨리며 즉시 생년월일과 이름을 알려 줬다.

여자의 이름은 김수희. 1994년 8월 21일생.

그러면서 김수희의 엄마가 울면서 하소연을 했다.

자신의 딸은 자살을 했지만 타살이나 마찬가지여서 너무도 억울하다.

김수희가 직전에 사귀던 남자 친구에게 헤어지자는 통보를 하자, 그 남친이 복수를 한다며 둘이 사랑할 때 찍어 놓았던 김수희의 알몸 사진을 인터넷에 올렸다는 것이다.

그러면서 딸은 자살했지만 딸의 인생을 망친 남친은 사진을 올린 것에 대해서 발뺌을 하고 지금은 다른 여자와 사귀면서 잘 살고 있다는 것이다.

김수희의 엄마는 나도 이렇게 억울한데 딸은 얼마나 억울하고 원통하겠냐며 제발 원한을 풀어 달라고 하소연을 했다.

듣고 보니 요즘 사회적으로도 한창 문제가 되는 그런 사건이었다.

태수의 얘기를 들은 김혜정도 그제야 안타까운 마음을 내비쳤다.

태수는 일단 근처 마트에서 초를 사서 김혜정과 함께 오피스텔로 돌아왔다.

여자의 생년월일이 필요한 이유는 도망간 여귀를 소환하기 위해서다.

귀기가 강하지 않은 영혼인 데다 목을 매고 자살했다면 자신이 죽은 장소를 멀리 벗어날 수 없는 지박령일 가능성이 높았다.

퇴마하는
톱스타

따라서 이름과 생년월일만 알면 영력이 강한 태수가 초혼법으로 불러들일 수가 있다.

태수가 불을 붙인 초를 욕실 안 여자가 목을 매달은 자리 바로 아래에 가져다 두고 주문을 읊었다.

"김해 김씨, 수희. 1994년 8월 21일생, 김수희. 환혼부(喚魂籍)!"

공기가 흔들리며 김수희의 이름과 생년월일이 적힌 노란 부적이 허공에 나타났다.

노란 무형의 부적이 촛불 위에 둥둥 떠 있고 태수가 수인을 맺고 주문을 외우자 촛불의 크기가 커지며 부적을 휘감았다.

잠시 후 비명과 함께 버둥거리는 두 개의 다리가 태수의 눈앞에 나타났다.

―아악…… 뜨거워…… 그만해!

태수가 주문을 멈추고 고개를 들었다.

김수희의 원혼이 자살할 때처럼 목에 밧줄이 묶인 채 허공에 둥둥 떠서 태수를 내려다보고 있었다.

태수가 일어나서 여귀를 똑바로 노려보며 물었다.

"왜 멀쩡한 사람을 괴롭혀요?"

김수희가 말했다.

―여긴 내 집이니까. 내 집에 다른 사람이 들어와서 살면 좋아하는 사람이 누가 있겠어?

"이젠 김수희 씨 집이 아니죠. 김수희 씨는 이제 이승 사람이 아니고 저승에 속한 존재예요."

김수희가 버둥거리며 악을 썼다.

-아니야, 난 못 떠나! 원통해서 못 떠나, 꺄아아아악!

김수희가 귀곡성을 지르자 순간적으로 강한 초저주파가 뿜어져 나와서 욕실 밖에 있던 김혜정이 비명을 지르며 귀를 막을 정도였다.

"네, 김수희 씨가 억울한 마음이라는 걸 알고 있습니다. 남친이 김수희 씨한테 무슨 짓을 했는지도 알고 있고요."

태수의 말에 김수희의 영혼이 갑자기 흐느껴 울기 시작했다.

-원통해…… 억울해…… 복수하고 싶어서 죽었는데 여기를 벗어날 수가 없어…… <u>으흐흐흐흑</u>.

지박령이 되는 이유는 원한이라든가, 죽음의 방식 등 여러 가지가 있다. 지박령이 일정 범위를 벗어나지 못하는 이유는 죽음의 순간 저절로 결계가 생겨나서 영체가 그 안에 갇히기 때문이다.

김수희의 울음에 태수도 마음이 안타까웠지만 어떻게 해야 할지 판단이 서지 않았다. 무슨 증거가 있는 것도 아니고 태수에게 그런 걸 찾아 나설 만한 시간적인 여유도 없고.

도와주고는 싶지만 현실적으로 방법이 떠오르지 않았다.

어쩔 수 없이 김혜정과 창호한테 상황을 얘기하고 어떻게 하는 게 좋을지 상의를 했다.

한을 품은 김수희를 천도시키면 저승에 들어서도 업장이 완전히 사라지지 않는다. 그렇게 되면 다음 생에 환생을 할 때도 문제가 생길 수가 있다.

김혜정이 같은 여자라서 그런지 분개하며 말했다.

"그 남친이란 인간이 김수희의 원혼에게 잘못했다고 빌게 만드는 방법은 없을까요? 태수 씨는 그런 게 가능하지 않나요? 만약 법적인 처벌이 어렵다면 그런 식으로라도 원혼의 한을 풀어 줘야 한다고 생각해요. 원혼이 한을 풀 수 있도록 도와준다고 법에 걸리는 것도 아니잖아요."

창호도 조심스럽게 말했다.

"그 사람한테 엄청난 피해를 주는 게 아니라 겁을 줘서 잘못을 뉘우치고 용서를 빌게 만들 수만 있다면 나도 그 방식이 괜찮다고 생각해. 그렇게 되면 스스로 자수를 해서 벌을 받을 수도 있고."

태수가 김수희에게 물었다.

"그런 정도라면 한이 풀릴 것 같아요?"

김수희의 영혼이 고개를 끄덕이며 말했다.

─네, 그 인간이 제 앞에 무릎을 꿇고 잘못했다고 말한다면 한을 풀고 떠날 수 있을 것 같아요. 잘못했다는 말 한마디 듣는 게 별것도 아닌데, 죽어서까지 이렇게 한이 될 줄은 몰랐어요. 흐흐흑.

태수는 팔짱을 끼고 고민에 빠졌다. 다른 사람들은 쉽게 얘기할 수 있지만 태수 입장에서는 쉽게 결정할 수 있는 문제가 아니었다.

비록 현실의 법에 위배되는 일은 아니지만 영능력을 사용하는 입장에서는 영계의 질서를 흐트러뜨리는 일이 될 수도 있기 때문이다.

지금 태수가 하는 모든 행동들 역시 추후 자신이 영혼이 되었을 때 업으로 돌아와서 심판을 받을 수 있는 일들이었다.

역시 이런 문제를 물어볼 수 있는 유일한 사람은 노인 밖에 없었다.

'어르신.'

노인이 기다렸다는 듯 대답했다.

─겁을 줘서 잘못을 뉘우치게 하는 정도라면 괜찮을 것 같네. 우리 퇴마사들의 책무는 이승의 질서를 흐트러뜨리는 영적인 존재를 제령하는 것이지만 억울한 영혼들의 한을 풀어 주고 천도시키는 것도 우리의 일이니까. 다만 그 과정에서 충분히 확인을 해서 잘못된 판단을 내리지 말아야 하고 이승의 질서를 어지럽혀서도 안 되네. 즉 심각한 후유증이 발생해서는 안 된다는 얘기야.

"무슨 말씀인지 알겠어요."

태수는 김수희의 영혼에게 남자 친구인 김희중과 대화를 나눌 수 있는 기회를 줄 테니 대신 혼줄을 잡고 있겠다고 했다. 혼줄이란 영혼이 달아나지 못하도록 부적으로 묶어 놓을 수 있는 주술을 말한다.

김수희가 동의해서 태수는 혼줄을 엮은 후에 영력으로 지박령을 감싸고 있는 결계를 부쉈다. 결계를 깨트리는 주문을 읊으면서 영력을 최대치로 올리면 웬만한 결계는 부서지게 된다.

태수는 김수희의 남자 친구 연락처를 받아서 전화를 걸어 룸 카페에서 만나기로 약속을 했다.

남자 둘이 룸 카페에서 만나는 게 좀 이상하게 보일 수가 있지만, 아무래도 얘기를 나누다 보면 언성이 높아질 수도 있고 예상치 못한 일이 일어날 수도 있기 때문이다.

약속 장소에는 김혜정과 창호는 나가지 않고 태수 혼자만 나가기로 했다.

사람들의 시선 때문에 일부러 마스크와 캡 모자까지 쓰고 룸 카페 앞에서 내렸는데도 몇몇 사람들이 태수를 알아보고 주위로 몰려들었다. 개중에는 꺅꺅거리고 비명을 지르며 기절할 것처럼 흥분하는 여자도 있었다.

카페 알바 여학생이 안으로 들어서는 태수를 보고는 닦고 있던 잔을 놓쳤다. 태수가 얼른 잔을 붙잡아서 건네며 말했다.

"혹시 저 찾는 남자분 오면 좀 안내해 주세요."

태수의 말에 알바생이 대답도 못 한 채 고개만 끄덕였다.

태수가 룸 카페로 가는 복도로 들어서는데 등 뒤에서 카페 알바생이 친구에게 전화하는 목소리가 들려왔다.

"나 어떡해, 우리 카페에 강혁 왔어. 장태수!"

태수가 얼마 기다리지 않아서 김수희의 남자 친구인 김희중이 안으로 들어섰다.

김희중이 태수를 보고는 상기된 표정으로 인사를 하고는 맞은편에 앉았다.

김수희의 말을 빌리면 김희중은 헬스 트레이너라고 했다. 그래서인지 체격이 무척 건장했다. 그는 정말로 태수가 나와 있는 모습을 보고는 꽤나 놀란 눈치였다.

김희중이 경계하는 눈빛으로 말했다.

"장난 전화인 줄 알았는데 정말 장태수 씨네요? 저도 〈영혼을 찾아서〉 매주 잘 보고 있습니다. 근데 무슨 일로 절 보자고 하셨나요?"

김희중은 아직도 태수가 자신을 만나자고 한 정확한 이유를 모르고 있었다.

태수는 새삼 요즘 〈영혼을 찾아서〉가 요즘 인기가 많다는 걸 실감했다. 가는 곳마다 안 봤다는 사람이 없고 보지 않았어도 다들 얘기는 들어 봤다고 얘기했다.

태수에겐 너무도 다행스러운 일이었다.

만약 그들이 태수를 모르고 프로그램에 대해 알지 못한다면 일일이 설명하기도 힘들고 자신이 무슨 말을 해도 믿지도 않을 테니까.

태수가 말했다.

"그렇다면 제가 영혼을 볼 수 있다는 사실도 알고 있겠군요."

"예. 퇴마하는 것도 봤습니다."

태수가 단도직입적으로 말했다.

"김수희 씨의 영혼이 절 찾아왔습니다."

태수의 말이 끝나자마자 김희중의 표정이 변했다.

"지금 무슨 소리를 하는 겁니까?"

"김희중 씨 때문에 목숨을 끊은 김수희 씨요. 한때는 사랑하는 사이가 아니었나요?"

김희중의 표정이 순식간에 다른 사람처럼 험악하게 변했다.

"하아, 무슨 개소리를 하고 있어? 걔가 왜 나 때문에 죽어?"

"김희중 씨가 김수희 씨의 나체사진을 인터넷에 올린 거 아니에요?"

김희중이 눈을 희번덕거리며 본성을 드러냈다.

"이게 진짜 연예인이라고 보자 보자 하니까, 쌍, 증거 있어? 어디서 무슨 소리를 듣고 와서 개소리를 지껄이고 있어? 나 그런 적 없으니까 그년하고 나하고 엮지 좀 말라고.

알았어?"

"한때 사랑했던 여자한테 '년'이라니요? 그것도 고인이 된 분한테."

"그러니까 왜 자꾸 짜증 나게 내가 하지도 않은 걸 했다고 하냐고!"

김희중이 워낙 펄쩍 뛰어서 혹시 김수희가 잘못 알았던 게 아닌지 의심이 들었다.

태수는 즉시 김희중을 향해 손바닥을 뻗어서 주문을 읊었다.

'사이코메트리.'

화르르르륵.

김희중의 속마음이 환청처럼 머릿속에서 울려 퍼졌다.

'아이 씨, 끝난 줄 알았는데 또 시작이네.'

'설마 수희 원혼이 정말 나타난 거 아냐? 방송 보니까 얘가 진짜 귀신을 보던데. 그렇게 되면 인생 진짜 X 되는데.'

'인생 종치지 않으려면 끝까지 발뺌을 해야 돼. 어차피 수희는 죽었잖아. 이제 와서 그걸 밝힌다고 뭐가 달라져?'

화르르르륵.

잠깐 멈췄던 시간이 다시 흘렀다.

태수의 표정이 차갑게 굳어졌다. 비로소 김수희가 했던 말이 사실이라는 확신을 얻었다.

김희중이 자리에서 벌떡 일어나며 말했다.

"아무튼 난 걔하고 잠깐 사귄 거 말고는 그 사진이랑 관계 없습니다. 나 만나기 전에 다른 남자랑 만나서 찍은 사진을 다른 남자가 올렸겠죠."

"지금 이 자리를 박차고 나가면 김수희 씨의 원혼이 당신을 평생 쫓아다니며 괴롭히게 될 겁니다."

"아이 진짜, 끝까지 재수 없게!"

바로 그 순간 옆에서 계속 노려보던 김수희의 원혼이 김희중의 목을 휘감으며 귀에 대고 속삭였다.

─오랜만이야⋯⋯ 자기야.

"으아아악!"

김희중이 갑자기 의자 위로 벌렁 쓰러지며 비명을 질렀다. 김희중이 허옇게 질린 표정으로 주변을 두리번거리며 중얼거렸다.

"뭐, 뭐야?"

김수희가 김희중이 들을 수 있는 물리적인 목소리를 낼 수 있었던 건 태수가 귀기를 나눠 줬기 때문이다. 태수가 가진 귀기의 양이면 물리력을 사용하게 만들 수도 있었다.

김수희가 얼굴을 바싹 들이대고 다시 속삭였다.

─내 목소리를 벌써 잊어버린 거야? 아침마다 전화해서 내 목소리를 들어야만 하루가 행복해진다고 속삭이던 사람

이 너였잖아. 이 나쁜 놈아아아~!

　김수희의 영혼이 괴성을 질렀고, 김희중이 비명을 지르며 몸을 사시나무처럼 떨었다. 상당히 강력한 초저주파가 김희중의 온몸에 바늘처럼 날카로운 통증을 만들어 내고 있을 것이다.

　김희중이 의자 구석에 웅크린 채 몸을 뒤틀면서 떨었다.

　"으으으, 수, 수희야."

　태수가 싸늘한 목소리로 그런 김희중에게 말했다.

　"김희중 씨, 평생 그 목소리를 듣고 싶지 않다면 제 말을 들으세요."

　허옇게 겁에 질린 김희중이 얼른 앞으로 다가오더니 이전과 달리 태수에게 벌벌 떨리는 두 손을 마주 대고 싹싹 빌며 말했다.

　"제, 제발 살려 주십시오, 제발…… 저 목소리 좀 듣지 않게 해 주십시오."

　그러면서도 김희중은 학질에 걸린 사람처럼 경련을 일으키며 계속 주위를 두리번거렸다.

　"그건 제가 할 수 있는 게 아니라 김희중 씨만 할 수가 있습니다. 지금 즉시 김수희 씨에게 용서를 구하고 경찰에 가서 자수하세요. 저희 프로그램을 보셨다면 사후에도 또 다른 삶이 존재한다는 걸 아실 겁니다. 지금 죄를 뉘우치고 처벌을 받지 않으면 나중에 그보다 몇 배는 더한 벌을 받게 될 거예요."

김희중이 얼굴을 감싸고 흐느꼈다.

김희중의 바로 옆에서는 김수희의 원혼이 창백한 표정으로 그를 노려보고 있었다.

김희중이 겁에 질린 얼굴로 물었다.

"그럼 수희의 영혼이 지금 여기에 있는 겁니까?"

"네, 바로 당신 옆에 앉아서 당신을 지켜보고 있어요. 아마 오른쪽 어깨가 유난히 서늘한 느낌을 받을 거예요."

"ㅇㅇㅇ."

김희중이 오른쪽 어깨를 감싸며 더욱 구석으로 몸을 웅크렸다.

"그러니까 김수희 씨의 영혼에게라도 용서를 비세요. 저는 지금부터 당신이 자백하는 모습을 휴대폰으로 촬영할 겁니다."

머리를 움켜잡은 김희중의 울음소리가 한동안 이어졌다.

이윽고 그가 결심한 듯 고개를 들더니 의자에 올라가서 무릎을 꿇고 흐느꼈다.

김희중이 〈영혼을 찾아서〉에서 태수를 보지 않았다면 김수희의 목소리가 들렸어도 지금처럼 쉽게 꼬리를 내리지는 않았을 것 같았다.

태수는 새삼 방송의 힘이 강하다는 걸 깨달으며 그런 김희중의 모습을 휴대폰으로 촬영했다.

"수, 수희야, 미안해⋯⋯ 으흐흐흑⋯⋯ 내가 그랬어, 내가 네 사진을 인터넷에 올렸어. 네가 헤어지자고 하니까 화가 나서 그랬어⋯⋯ 너한테 상처를 주고 후회하게 만들고 싶었어. 그렇게 하면 안 되는 건데⋯⋯ 정말 잘못했어.⋯⋯ 그 사진 때문에 네가 그렇게까지 고통받을 줄은 몰랐어⋯⋯ 으흐흐흑⋯⋯."

김수희가 김희중을 향해 울부짖었다.

─몰랐다는 게 말이 돼? 우리가 사랑할 때 네가 내 몸을 찍고 싶다고 해서 내가 뭐라고 했어? 널 사랑하니까 찍게 해주는 거라고. 하지만 그 사진이 밖으로 나가면 내 인생 끝난다고 얘기했지? 그러니까 넌 다 알면서 그 사진을 인터넷에 올린 거야, 아무리 지워도 그 사진은 영원히 지워지지 않고 날 따라다니는 주홍글씨가 됐다고. 너의 그 끔찍한 행동 하나 때문에 내 인생은 지옥으로 변했다고. 영원히 벗어날 수 없는 지옥! 넌 날 죽인 거야, 넌 살인자야! 꺄아아아악!

"으아아아아!"

김희중이 양쪽 귀를 틀어막으며 다시 경련을 일으켰다. 강력한 초저주파는 사람을 미치게 만들 수도 있고 심지어 죽일 수도 있다.

하지만 그건 태수도, 김수희도 원하는 바가 아니었다.

세상이 법으로 모든 범죄를 정의롭게 처벌할 수 있다면 얼마나 좋을 것인가.

불행하게도 세상은 그렇지가 않다. 덕분에 억울한 한을 품고 죽은 악귀들이 생겨나고 죄를 짓고도 멀쩡한 얼굴로 살아가는 철면피 같은 인간들이 있다.

현실의 법으로 그들을 처벌할 수 없다면 영계의 힘을 빌려서라도 잘못을 알리는 게 맞다. 다만 지나쳐서 이승의 질서를 흐트러뜨리는 건 곤란하다.

태수가 김수희를 제지했다.

"수희 씨, 이제 그만하면 된 것 같아요. 김희중 씨도 앞으로 살면서 평생 자기가 어떤 잘못을 저질렀는지 뉘우치며 살게 될 거라고 생각합니다. 사후에도 생이 끝나지 않는다는 걸 알게 된 사람은 앞으로 절대 함부로 살지 못하거든요."

태수가 심령 방송을 하는 이유 중에서 하나가 바로 그것이다. 사람들에게 사후에도 삶이 지속될 수 있고, 그들이 지은 죄가 묻히거나 사라지는 게 아니라는 걸 알려 주기 위해서.

태수의 말에 김희중이 흐느끼며 말했다.

"수희야, 앞으로 평생 죄를 뉘우치면서 살아갈게, 정말이야…… 으흐흐흑…… 죽어서도 벌을 받는다고 생각하면 정말로 머리가 쭈뼛거리고 온몸에 소름이 돋아…… 으흐흐흑…… 미안해, 정말 미안해."

─흥, 나한테 미안해서가 아니라 벌을 받을까 봐 무서워서 용서를 비는 거구나.

"아니야, 그런 얘기가 아니야…… 흑흑…… 네가 날 믿지 않을까 봐…… 정말로 뉘우치고 있다는 걸 알려 주고 싶어서…… 으흐흑……."

김수희의 영혼이 가만히 김희중을 노려보다가 눈물을 닦으면서 태수를 돌아봤다.

–이 은혜를 어떻게 갚아야 할지, 정말 너무 감사해요. 제 영혼을 답답하게 짓누르던 한의 무게가 이제 사라진 것 같아요. 비로소 한을 풀고 저승으로 올라갈 수 있을 것 같아요.

"다행이네요, 정말로."

김희중은 즉시 경찰서로 가서 자수했다.

태수도 촬영한 동영상 증거를 넘기기 위해 김희중과 함께 경찰서에 동행했다.

태수가 경찰서에 들어서자 경찰들도 태수를 알아보고 술렁거렸다.

동영상 증거를 넘기자 험악하게 생긴 형사가 작은 소리로 자신도 팬이라고 속삭이며 사인을 부탁했다.

딸이 강혁을 너무 좋아한다면서.

태수가 웃으면서 딸의 이름까지 넣어서 정성스럽게 사인을 해 줬다.

경찰이 동영상을 확인하고는 속삭이듯 말했다.

"피의자가 용서해 달라고 하는 장면에서 피의자 앞에 아무것도 없는 게 아니라, 사실은 그 여자의 영혼이 있는 거죠? 그죠?"

퇴마하는 톱스타

태수가 웃으면서 대답했다.

"네, 맞아요."

또다시 방송의 위력을 실감했다. 만약 방송이 아니었다면 사람들은 태수의 말을 믿지 않았을 테고, 그들이 믿도록 지루한 설명을 해야 했을 것이다.

형사가 친근한 미소를 머금고 말했다.

"정말 좋은 일 하셨네요. 어차피 피의자가 다 자백했으니까 아무런 걱정하지 않으셔도 됩니다."

형사가 아쉬운 듯 입맛을 다시면서 말했다.

"장태수 씨 같은 분이 우리 경찰에 들어오면 정말 할 일이 많을 텐데."

일본 방송의 취재

태수가 창호와 함께 다시 김혜정의 오피스텔로 돌아왔다.

김혜정이 태수가 안으로 들어서자마자 초조하게 물었다.

"어떻게 됐어요?"

이젠 김수희의 영혼이 무서워서라기보다는, 같은 여자로서 김수희의 영혼이 한을 풀고 저승으로 갈 수 있기를 진심으로 바라는 마음이 강하게 느껴졌다.

"김희중은 경찰에 자수했고, 김수희의 영혼은 한을 풀고 무사히 저승으로 들어갔습니다."

김혜정이 안도의 한숨을 내쉬며 말했다.

"휴우, 정말 다행이네요. 너무 잘됐다."

그리고 보니 그녀의 얼굴을 뒤덮었던 피곤기와 다크서클

이 사라졌다.

김혜정이 말했다.

"정말 신기해요. 저 지금 몸이 날아갈 것 같거든요. 최근에 이런 기분을 느껴 보는 게 얼마 만인지 모르겠어요. 정말 감사해요, 태수 씨."

"아니에요. 저도 기분 좋네요, 일이 잘 정리돼서."

김혜정이 밝은 표정으로 말했다.

"그리고 광고 시안 재미있는 걸로 다시 짤게요. 제가 직접 겪어 보니까 태수 씨의 능력을 그렇게 장난스럽게 다루는 건 좀 아닌 것 같아요, 정말 신비로운 능력인데. 저희 광고 꼭 해 주셔야 해요."

〈오늘도 연애〉 3, 4화가 방영이 됐다.

3화는 유한성이 자신의 주변에서 일어나는 일들에 대해 의심하고 이초희를 감시하는 코믹적인 부분이 대부분의 분량을 차지했다.

예상대로 시청자들은 발연기 김찬의 연기력이 일취월장한 부분에 대해 칭찬을 아끼지 않았다.

4화에서는 유한성과 이초희가 엘리베이터에 갇히게 되고 유한성이 강혁으로 체인지되는 장면이 방영됐다.

제작진은 강혁의 연기가 사극 톤으로 바뀐 것에 대해 시청자들의 반응이 어떨지 긴장하며 지켜봤지만, 결과는 대성공이었다.

그런 부분에 가장 예민한 반응을 보이는 강혁바라기 카페에서의 반응도 폭발적이었다. 오히려 사극 톤의 튀는 연기가 훨씬 강혁답다는 의견이 대부분이었다.

–그렇지. 이게 맞지. 강혁의 기억 속에 인간으로의 삶은 왕실 근위대장 강혁밖에 없는데, 아무리 현대로 왔다고 해도 너무 자연스럽게 현대인이 된 것 같더라. 같은 말투를 사용하고 현대인처럼 행동하는 게 오히려 어색했음.

–이제 정말 왕실 근위대장 강혁답네. 한 번도 현대사회에서 인간으로 살아 본 적이 없는데 말투나 행동이 너무 일반인 같았음. 왕실 근위대장님 너무 좋아~ˇ

–태수 군 연기 보면서 최성식이 떠오른 사람은 나뿐인가?

누군가 최성식을 언급하자 기다렸다는 듯 그 아래로 공감과 추모의 댓글이 폭발적으로 달렸다.

–저도 그랬어요. 저도 강혁이 이초희 택시 태워 보낼 때 최성식 배우님 떠올랐어요. 아름다운 하루였나?

–강혁 보는데 최성식 리즈 시절 떠올라서 뭐지? 했어요. 둘이 닮았다고 생각하지 않았는데 이번에 보니까 분위기가 너무 닮은 듯.

–최성식 배우님 연기 보고 싶네요. 아쉽당.

─고인의 명복을 빕니다.

최성식의 리즈 시절이 떠오를 정도로 태수와 최성식이 닮
았다는 얘기가 특히 많았다.

생기탐랑의 능이 작동한 탓이다.

생기탐랑의 능은 사람들이 원하고 바라는 모습으로 보이
도록 태수의 외모를 바꿔 주니까.

3화의 실시간 시청률은 25.2%, 4화의 실시간 시청률은
28%를 찍었다.

〈오늘도 연애〉는 케이블 드라마로 연일 시청률 신기록을
써 나갔다.

온라인에선 이미 4화에서 태수가 사용한 강혁의 사극체가
유행의 조짐을 보이며 등장하기 시작했고, 데이트할 때 남자
들이 강혁처럼 왕실 근위대장의 포스로 여친을 안내하는 사
진과 짤방이 속속 올라왔다.

대부분의 언론에서는 별다른 이변이 없는 한 이초희가 유
한성의 비밀을 눈치채는 다음 주에는 공중파에서도 꿈의 시
청률이라고 불리는 30%의 벽을 케이블 드라마가 깨트리는
놀라운 일이 벌어질 수 있을 것이라는 전망을 내놓기 시작
했다.

태수와 창호는 옥탑방 평상에서 중국집 세트 메뉴를 시켜 먹었다. 태수는 짜장, 창호는 짬뽕에 탕수육을 곁들인 세트 메뉴였다.

이젠 밖으로 나가면 다들 태수를 알아봐서 식당에서 식사 한번 하는 것도 신경이 쓰여, 가능하면 집에서 음식을 시켜 먹었다.

창호가 짬뽕 국물을 들이켠 후에 말했다.

"나 사실 촬영장에서 살짝 긴장했었어."

"긴장을 했다고요? 왜요?"

"아니, 김찬이 연기하는 거 보고. 그 녀석 연기하는 거 보니까 딱 봐도 완전 독을 품고 나온 거 같더라고. 1, 2화 때는 어설펐는데 이번에 보니까 완전히 캐릭터에 적응을 한 것 같더라고."

"그래서 제가 찬이한테 밀릴까 봐 걱정한 거예요?"

창호가 웃으면서 말했다.

"꼭 밀린다기보다 네가 괜히 부담 가질까 봐. 강혁이 사극 톤으로 대사할 때는 가슴이 철렁했다니까. 너무 무리수 두는 거 아닌가 하고. 근데 그게 신의 한 수가 될 줄 누가 알았겠어? 만약 다음 주에 시청률 30프로 넘으면 진짜 대한민국 뒤집어지겠다."

창호의 말처럼 아마도 최성식의 능력을 흡수하지 않고 1, 2화처럼 평면적인 연기를 했다면 이번 3, 4화에서는 김찬이 오히려 시청자들의 사랑을 더 받았을지도 모른다.

그렇게 되면 앞으로 시청자들은 태수보다 김찬을 더 보고 싶어 했을 테고, 강혁바라기 회원들도 실망시키는 결과가 될 테니 마음이 편치 않았을 것이다.

불과 이틀 촬영으로 최성식의 연기를 잠깐 경험했을 뿐인데, 이제 연기가 뭔지 알 것 같았고 연기에 재미를 느끼기 시작했다.

물론 강혁 혼자 잘한다고 드라마가 잘되는 건 아니다. 김찬이 그렇게 맛깔스러운 연기로 받쳐 주니까 강혁도 살고 드라마도 덩달아 사는 것이다.

박보윤은 따로 말하지 않아도 원래 연기를 잘했고.

양정애 작가의 대본도 처음에는 위태위태했는데 이젠 자리를 잡아서 스토리가 점점 재미있어지고 있었다. 캐릭터 파악이 끝나면서 그 캐릭터에 맞는 에피소드가 적절한 공간에 배치가 되기 시작한 덕분이다.

그런 점들을 생각하면 창호의 말처럼 다음 주에는 정말 시청률이 30%를 돌파할지도 모르겠다는 기대감이 들었다.

둘이 후루룩 면을 삼키며 〈오늘도 연애〉에 대한 시청자들의 온라인 반응들을 살펴보는데 창호의 휴대폰이 울렸다.

"네, 권 피디님."

파인미디어 권창훈 피디였다.

－대표님, 태수 옆에 같이 있나요?

"예. 바꿔 드려요?"

－아뇨, 대표님한테 얘기하는 게 낫겠어요. 내일모레 〈영혼탐정〉 방송할 때 스튜디오에 국내 언론사들이 취재를 하고 싶다고 해서요.

"그래요?"

－예. 아무래도 최성식 선생님 영혼이 출연한다고 하니까 언론사들이 엄청나게 관심을 가지네요. 스튜디오가 좁은데 너무 많은 언론사들이 취재 요청을 해 와서 선정 작업하는 일도 만만치가 않을 정도예요.

"와, 그래요? 하긴 충분히 그럴 수 있겠네요. 언론 입장에서는 이런 흥미로운 기회를 놓치고 싶지 않겠죠. 그럼 태수 의견 물어보고……."

－그리고 한 가지 더요.

"예, 말씀하세요."

－언론사 중에 일본 민영방송사에서도 취재를 올 것 같아요.

"예에? 일본 방송사요? 하긴 일본에서도 최성식 배우님 인기가 많죠?"

－그것도 있지만 일본 방송사에서는 프로그램이 끝나면 태수하고 인터뷰도 할 수 있게 해 달라고 요청을 했어요.

"태수하고 인터뷰라면 최성식 선배님하고 같이요?"

－아뇨, 태수하고만요. 그러니까 그쪽에서는…….

권 피디가 사정을 얘기했고, 가만히 듣고 있던 창호가 살짝 허둥대는 목소리로 말했다.

"아, 예, 알겠습니다. 지금 태수한테 물어보고 따로 전화 드릴게요. 아, 정말요? 그럼 주소 좀 카톡으로 보내 주세요. 예, 예."

창호가 전화를 끊고는 상기된 표정으로 태수를 돌아봤다.

"태수야, 권 피디님인데 이번 〈영혼탐정〉 최성식 편 촬영할 때 국내 언론사들이 방송국에 촬영 요청을 했대. 생방송 진행하는 모습을 취재하고 싶다고."

"방송하는 모습을 취재하고 싶다고요?"

"그래. 아무래도 이번 편에 최성식 선배님의 영혼이 출연한다고 하니까 다들 관심이 엄청난가 봐. 당연히 그렇겠지, 비록 영혼이지만 최성식 선배님이 팬들과 만나는 마지막 시간이 될 테고, 영혼과의 만남이라는 게 쇼킹하잖아."

태수도 이내 고개를 끄덕였다. 비록 간접적으로라도 영혼이 된 최성식과 대화를 나눈다는 사실만으로도 팬들에게는 최고의 선물이 될 테니까.

이어서 창호가 조심스럽게 말했다.

"그리고 일본 민방에서도 촬영을 하고 싶다는 요청이 왔대. 최성식 선배님이 한류 스타까진 아니어도 일본에도 팬이 엄청 많잖아. 그래서 일본 방송국에서도 이번 최성식 선배님 마지막 방송을 취재하고 싶다는 거야. 뿐만 아니라 지금 일본에서 우리 프로그램하고 네 인기가 엄청 빠르게 올라가고 있대."

태수가 이해가 안 간다는 표정으로 미간을 좁힌 채 창호를 바라봤다.

최성식이 일본에서 인기가 많고 팬들이 많다는 건 충분히 이해가 되지만 〈영혼을 찾아서〉와 자신이 일본에서 인기가 많다는 얘기는 너무 황당하게 들렸던 것이다.

"설마요. 최성식 선배님 때문에 촬영 오면서 그냥 듣기 좋으라고 하는 얘기겠죠.

"아니야. 권 피디 말로는 이번에 일본 민방에서 오는 이유가 단순히 촬영만 하러 오는 게 아니라, 일본에 정식으로 우리 프로그램을 수입하는 문제도 논의를 할 예정인가 봐."

"예? 그게 정말이에요?"

"응. 일본에서 우리 프로그램이 인기가 없다면 수입을 하려고 하겠냐? 게다가 일본 방송에서 생방 끝나면 너하고 단독 인터뷰하게 해 달라고 특별히 부탁까지 했다는데."

태수는 이게 무슨 소린지 도무지 감이 잡히질 않았다.

창호가 말했다.

"아, 그리고 어떡할지 네가 빨리 대답을 해 줘야 내가 권 피디한테 연락을 해서 언론사들한테 취재 허가를 할 수가 있어."

"잠시만요."

너무 갑작스럽게 일이 커지는 것 같아서 잠시 숨을 돌릴 시간이 필요했다. 그리고 자신의 의사보다 최성식의 영혼에게 먼저 양해를 구하는 게 도리라는 생각이 들었다.

태수가 최성식의 영혼에게 물었다.

'선배님, 얘기 들으셨는지 모르겠는데 이번 촬영 때 국내 언론은 물론이고 일본에서도 취재를 하고 싶다고 하는데, 선배님 괜찮으시겠어요?'

다행히 최성식이 모든 얘기를 다 들은 듯 대답했다. 마치 잠을 자다가 깬 것처럼 나른한 목소리였다.

―난 전혀 상관없네. 자네가 알아서 진행을 해 주게.

'예, 알겠습니다.'

태수가 창호에게 대답했다.

"형, 일단 그렇게 진행해도 괜찮다고 전해 주세요."

"그래, 이런 기회는 절대로 놓치면 안 되지."

창호가 환하게 웃고는 얼른 권 피디에게 전화를 걸었다.

"권 피디님, 그렇게 진행해 주세요. 태수도 괜찮대요. 예, 예."

전화를 끊은 창호가 권 피디가 보내 준 카톡 주소를 확인해서 태블릿으로 접속을 했다.

태블릿 화면을 보던 창호의 눈이 휘둥그레졌다.

창호가 흥분해서 발음까지 더듬으며 말했다.

"야, 태, 태수야. 이것 좀 봐 봐!"

"뭔데요?"

"여기!"

창호가 태블릿을 내밀었다.

태수가 태블릿을 받아 들고 보니 한국의 문화나 스포츠에 대한 해외 네티즌들의 반응을 번역해서 올리는 가재미닷컴이라는 사이트에 한 네티즌이 올린 글이었다.

최근 일본 야후재팬에 QBS〈영혼을 찾아서〉를 본 일본 네티즌들이 올린 반응을 번역해서 올립니다. 최근 한국에서도 QBS〈영혼을 찾아서〉 프로그램과 장태수 씨에 대한 관심이 폭발적인 걸로 알고 있는데요. 일본에서도 요즘 방송 동영상을 본 네티즌들이 상당히 많은 관심을 드러내고 있습니다. 특히 장태수 씨에 대한 호감이 최근 눈에 띄게 늘었네요. '영혼을 찾아서'와 '장태수' 이름으로 세워진 스레드가 상당히 많아요. 그 중에서 야후재팬에 세워진 스레드 중에서 재미있는 반응들을 번역해 봤습니다. 즐감하시길^^

스레드는 하나의 주제를 놓고 댓글을 달면서 토론하거나 수다를 떠는 온라인 공간을 말한다.

놀랍게도 야후재팬에 세워진 스레드에는 지금까지 태수가 방송한〈영혼을 찾아서〉첫 방송부터 지난주에 방송한 '귀신과 함께 사는 가족 편'까지 모든 방송의 동영상이 링크로 올라와 있었다.

심지어 동영상은 일본어로 번역되어 자막까지 들어가 있

었고, 방송을 감상한 일본 네티즌들의 반응들이 빼곡하게 올라와 있었다.

태수는 일본 사이트에 〈영혼을 찾아서〉 동영상이 올라가 있는 것도 신기했지만 일본 네티즌들이 방송을 보고 뭐라고 하는지 너무도 궁금했다.

태수가 가장 조회 수가 많은 첫 번째 방송인 흉가 '미친집' 편 아래에 달린 댓글들을 살펴봤다.

방송을 보면서 댓글을 단 모양인데, 방송 초반에는 국내와 마찬가지로 주작을 의심하면서 빈정대는 댓글들이 주를 이루고 있었다.

하지만 방송이 후반으로 가면서 분위기가 호기심을 불러일으키는 쪽으로 변해 갔고 마지막엔 연출이 아니고 진짜로 퇴마를 하는 것 같다며 흥미를 나타내는 반응들이 대부분이었다.

특히 방송 후반과 방송이 끝난 후에 태수의 잘생긴 외모에 대한 언급과 호감을 나타내는 댓글들이 급격하게 늘어나고 있었다.

–한국에도 이런 방송이 있었나? 일본처럼 사기 방송 아냐?

–뻔한 조작 방송. ㅋㅋ

–한국의 퇴마사면 음양사 같은 건가?

–저 퇴마사는 일본 퇴마사들하고 다르게 엄청 귀엽네. 카와이!

－저 도사, 머리 푸는 거 보고 빵 터짐. 코미디언 하면 잘할 것 같아
^O^

－지금 서로 누구 말이 맞는지 저 도사랑 퇴마사랑 내기한 건가? 꽤
흥미로운 상황이네.

－오호~ 스고이~ 부적이 허공에 떴어. 저건 조작이 아닌 것 같지 않
아?

－저거 진짜야? 누구 설명 좀…… 한국 언론에선 뭐라고 했어?

－우리 엄마가 장태수라는 사람보고 '저 사람 귀여운 얼굴이네'라고
했어. ㅋㅋㅋ

－장태수라는 사람 잘생겨서 호감이 가네. 배우처럼 생겼음.

－장태수라고 진짜 배우예요. 〈오늘도 연애〉라는 한국 드라마에서 인
기가 대단함.

태수가 얼떨떨한 표정으로 댓글들을 보고 있는데 옆에서
창호가 말했다.

"야, 이러다가 너 한류 스타 되는 거 아니냐? 큭큭."

태수가 여전히 믿기지 않는다는 표정으로 중얼거렸다.

"와, 진짜 뜻밖이네요. 일본에서 우리 프로그램을 보고 관
심을 가진다는 게."

"원래 퇴마는 일본 쪽에서 먼저 시작됐잖아. 예전에는 음
양사라고 불렸지. 현재 일본에는 퇴마사들이 엄청 많아, 퇴
마 방송도 많고. 개네들은 우리나라하고 다르게 이상한 사건

들이 정말 많거든. 악귀뿐만 아니라 요괴와 관련된 사건도 실제로 많대. 나중에 일본 가서 퇴마 방송하면 진짜 재미있을 것 같지 않냐? 한류 스타가 뭐 별거냐? 일본에서 인기만 끌면 되지."

태수는 한류 스타 같은 황당한 기대는 생각지도 않았다. 대신 일본에 가서 그곳의 악귀나 요괴를 퇴마하는 걸 방송으로 만들어 보고 싶은 욕심은 있었다.

일본의 퇴마사들과 경쟁도 한번 해 보고 싶고.

물론 아직은 꿈같은 일이지만, 만약 정말로 일본 민방에서 프로그램을 사 가고 그곳에서 인기가 많아지면 충분히 가능할 수도 있는 일이니까.

다음 날 태수는 모처럼 시간이 나서 다음 주 촬영할 영화 시나리오를 하루 종일 가다듬었다.

〈오늘도 연애〉는 김찬이 콘서트 때문에 일본에 가는 바람에 이번 주에 미리 몰아 찍기로 찍은 덕분에 일주일의 시간을 번 것이다.

시나리오 탈고는 이미 스토리 라인을 잡아 놓고 초고가 나온 상태라서 많은 시간이 걸리진 않았다.

제목은 '가족'이라는 공포물이다.

스토리라인은 부모와 딸로 구성된 화목한 세 식구를 위협하는 원혼의 이야기를 그릴 예정이다.

시나리오를 마무리 지은 후에 호철에게 메일로 보내서 동아리 회원들하고 회의를 해 달라고 당부했다. 태수가 프리프로덕션 단계까지 참여할 수가 없어서 대신 진행을 부탁한 것이다.

이번 영화는 소재가 욕심이 나서 러닝타임도 30분으로 잡았고, CG도 제법 들어가서 이전 단편영화에 비하면 예산도 꽤 들어갈 예정이었다.

저예산 공포 영화에서 가장 중요한 부분은 역시 공간이다.

세 가족이 살아갈 숲속의 집이 필요한데, 그런 음산한 분위기의 집을 구할 수만 있다면 상당히 근사한 공포 영화가 나올 것 같았다.

태수가 모처럼 영화 연출을 하겠다고 하자, 신호철이 활기찬 목소리로 그 부분은 자신이 책임질 테니 걱정하지 말라고 큰소리를 쳤다.

스케줄은 오디션 하루, 촬영 이틀로 잡았다.

태수는 신호철에게 시나리오를 보낸 후 혼자 옥상 평상에 앉아 모처럼 편안한 기분으로 캔 맥주를 홀짝이며 야경을 내려다봤다.

내일은 〈영혼탐정〉 생방송일이다.

일본의 민방까지 많은 언론들이 스튜디오에서 취재를 한다고 하니 긴장이 되기도 했지만, 아직까지 최성식의 첫사랑이던 한미경한테 연락이 없다는 게 아쉬웠다.

일단 제작진은 마지막까지 기다려 보고, 만약 끝까지 연락이 없다면 최성식의 추모 방송으로 프로그램을 대체하자는 쪽으로 의견을 모았다.

─아마 미경이는 나타나지 않을 걸세.

갑자기 옆에서 소리가 들려와서 태수가 놀라 돌아봤다.

언제 밖으로 나왔는지 최성식의 영혼이 옆에 앉아서 야경을 보고 있었다.

"선배님."

태수가 저도 모르게 자신이 들고 있던 캔 맥주를 뒤로 감추자 최성식이 웃으면서 말했다.

─괜찮네, 그냥 마시게. 물론 나도 술, 담배를 참 좋아하는 사람이었지. 근데 신기하게 영혼이 되고 며칠 지나서 그런지 술 생각도 나지 않고 담배 생각도 나지를 않네. 마음도 어느 때보다 편안하고.

"미경이라는 분을 만나는 일 말고 아쉬움이 남는다거나 하고 싶으신 일은 없으세요?"

최성식이 고개를 저었다.

─내가 뭐 아쉬운 게 있겠나? 난 오히려 너무 많은 걸 누린 사람이야. 그리고 수없이 많은 남의 인생도 살아 봤고. 미경이를 만나지 못한 것만 빼면 내게는 아쉬운 게 없네.

이승을 떠나는 영혼 중에서 이렇게 아쉬움이 없다고 말할 수 있는 영혼이 과연 몇이나 있을까.

최성식의 표정에는 정말로 아쉬움이 없어 보였다.

최성식이 말을 이어 갔다.

－만약 내일 미경이가 나타나지 않는다면 내가 어떻게 하면 되겠나? 비록 영혼이 되긴 했지만 방송이라고 하니까 혹시 나로 인해 뭐가 잘못될까 봐 겁이 나는군. 그래도 이승에서 팬들과의 마지막 만남인데 팬들 실망하지 않도록 방송을 무사히 잘 마쳐야지.

영혼이 되어서도 방송에 대해서 만큼은 진지한 자세를 보이는 최성식의 태도에 태수가 저도 모르게 숙연해졌다.

평소 〈영혼을 찾아서〉의 시청률은 〈흉가탐방〉이 〈영혼탐정〉의 두 배쯤 나왔고, 언론들의 기사도 비슷한 흐름을 보였다.

지난번 산장모텔에서 진희네 가족에게 달라붙은 무녀 혜월을 퇴마한 방송이나 그 전에 소음리 정신병원 편에서도 언론들은 온라인이 도배가 될 정도로 많은 기사를 쏟아 내고 엄청난 관심을 보였다.

반면 〈영혼탐정〉의 경우는 방송 다음 날에도 비교적 차분하고 조용한 편이었다.

근데 이번 〈영혼탐정〉 녹화는 달랐다.

방송이 시작되기도 전에 벌써부터 모든 언론에서 지대한 관심을 보였다.

최성식이라는 대배우의 영혼이 방송에 출연한다는 사실만

으로도 시청자들은 폭발적인 관심을 드러냈고 〈영혼탐정〉이라는 프로그램을 모르던 최성식의 팬들도 방송을 보려고 일부러 찾아보기까지 한다는 얘기가 들려왔다.

〈영혼탐정〉 녹화일.

태수가 창호의 차를 타고 QBS 방송국에 도착했다.

주차장에서 위로 올라오자 평소 조용하던 방송국 로비에 상당히 많은 취재진이 몰려 있는 모습이 보였다.

취재진은 방송국 출입을 위해 취재 신청 여부와 신분 확인 절차를 거치는 중이었다.

취재진의 시선이 로비를 가로지르는 태수를 향했다. 그렇다고 팬들처럼 카메라를 들이대거나 하지는 않았다. 어차피 스튜디오에서 취재를 할 예정이기에.

일본어가 적힌 카메라도 보였는데 그들이 어제 연락이 온 일본 민방 스태프인 모양이었다.

태수가 녹화장인 A 스튜디오로 들어섰다.

평소 〈영혼탐정〉은 〈흉가탐방〉과 달리 녹화로 조용하게 진행이 되는 분위기인데, 오늘은 스튜디오도 바쁘게 돌아가고 있었고 스태프의 수도 늘어나서 팽팽한 긴장감이 흐르고 있었다.

국내뿐만 아니라 일본의 방송사까지 방송 과정을 취재하기로 오는 이유도 있지만 그동안 녹화로만 진행이 되던 방송이 오늘은 생방으로 진행되기 때문이다.

덕분에 평소 내레이션으로만 등장하던 한석후 아나운서도 스튜디오에 모습을 드러냈다.

오늘 방송을 어떤 구성으로 진행할지에 대해서 태수와 제작진은 오랫동안 대화를 나눴다.

평소엔 태수와 전소민 기자가 VJ 팀과 함께 사연의 당사자를 찾아 외부로 나가서 촬영을 하고 그 영상을 내레이션을 곁들인 녹화 영상으로 방송을 내보냈다.

근데 오늘은 아직까지 최성식이 찾는 한미경한테 연락이 없는 데다 방송의 가장 중요한 주인공이 사람이 아닌 영혼이기 때문에 특별한 구성이 필요했던 것이다.

결국 논의 끝에 토크쇼와 같은 형식이 분위기를 가장 잘 전달할 수 있다는 쪽으로 합의를 봤고, 무대도 토크쇼의 형식으로 세팅을 했다.

덕분에 방청객들도 10명 정도 자리를 함께했다. 꽤 넓은 스튜디오인데도 취재진이 많아서 최소한의 방청객만 자리한 것이다.

아마도 오늘 방송은 영혼을 초대 손님으로 앉혀 놓고 토크쇼를 진행하는 세계 최초의 방송이 될 예정이었다.

무대 세팅은 한석후 아나운서가 가운데 앉고 좌측과 우측으로 각각 빈 소파가 두 개씩 놓였다. 우측 소파엔 한미경과 전소민 기자가 앉는 자리. 좌측 두 자리는 태수와 최성식이 앉는 자리였다.

　한미경이 나오지 않는다면 전소민의 옆자리는 비워 둔 채 방송을 진행할 예정이고 태수의 옆 빈 소파에는 최성식의 사진 패널이 놓여 있었다.

　스튜디오에 들어서자 최성식이 태수의 육신을 벗어나 외부로 나왔다.

　최성식이 마치 견학이라도 온 학생처럼 스튜디오를 여기저기 살피다가 자신의 사진 패널을 올려놓은 소파를 보고는 헛웃음을 터뜨리며 중얼거렸다.

　-세상에, 이건 생각지도 못했네. 그럼 영혼인 내가 게스트가 되는 건가?

　"네, 선배님."

　태수의 대답에 주위에 있던 스태프들이 화들짝 놀라서 주위를 돌아봤다.

　-이거 재밌네.

　최성식이 어린애처럼 소파에 앉아 보기도 하고 영체가 허공으로 떠오르기도 했다. 최성식의 영체가 지상 2, 3미터 높이까지 떠오르며 스튜디오의 천장을 살폈다.

　-스튜디오 위쪽이 이렇게 생겼구먼. 조명들하고 장치들이 생각보다 많네.

　태수는 그런 최성식의 모습을 시청자들에게 보여 주지 못하고 혼자만 봐야 한다는 게 너무나 안타까울 정도였다.

스태프들은 자신들의 머리 위에서 최성식의 영혼이 둥둥 떠다니고 있다는 사실은 꿈에도 모른 채 바쁘게 움직였고, 한석후만 태수의 시선을 쫓아다니며 뭔가 의미심장한 웃음을 지었다.

전소민 기자와 김영아 작가가 다가와서 속삭이듯 말했다.

"지금 어디 계셔?"

태수가 눈짓으로 최성식이 있는 스튜디오 천장을 가리키자 두 사람 모두 놀라서 눈이 천장을 올려다봤다.

비록 눈으로 볼 수는 없지만 이승을 떠나기 전 최성식의 영혼과 마지막을 함께 한다는 것만으로도 두 사람 모두 흥분되고 설레는 표정이었다.

잠시 후 취재진이 스튜디오 안으로 속속 들어오기 시작했다.

오늘 취재를 온 일본의 민방 팀도 스튜디오로 들어와서 자리를 잡았다.

김영아한테 듣기로는 일본 취재 팀은 호지 텔레비전이라고, 일본에서 가장 인기 있는 민간 상업방송사에서 나왔다고 했다.

호지 텔레비전은 일본에 대해 거의 아는 게 없는 태수도 들어 본 적이 있을 정도로 익숙한 이름이었다.

오늘 취재를 나온 호지 테레비 취재진은 주말 밤 10시에서 12시 사이에 방송하는 〈미스터리 정복〉이라는 다큐 예능 프로그램의 제작진이다.

〈미스터리 정복〉은 사람이든 현상이든 장소든 미스터리가 발생하는 곳이면 어디든지 찾아가서 미스터리를 풀어 보는 콘셉트로 진행되는 프로그램이다.

리포터와 길 도사 같은 고정 패널이 게스트를 데리고 함께 미스터리를 찾아간다는 점에서는 〈영혼을 찾아서〉와 구성이 유사한 부분이 있었다.

주말 밤 예능인 〈미스터리 정복〉은 평균 시청률이 12% 내외일 정도로 일본에서는 인기가 높은 프로그램이었다.

프로그램의 현장 피디인 마에다 겐토는 사뭇 흥미로운 표정으로 방송 준비 과정을 지켜봤다. 특히 겐토는 태수의 일거수일투족에서 눈을 떼지 못했다.

사실 겐토는 이곳에 올 때까지만 해도 의심의 눈길을 지우지 않았다.

근데 태수가 최성식의 영혼을 바라보는 시선이라든가 혼잣말처럼 누군가와 얘기를 나누는 모습을 보고 있으면 의심은커녕 너무 자연스러워서 소름이 돋을 지경이었다.

'정말로 장태수는 지금 최성식의 영혼을 보면서 대화를 나누고 있는 건가?'

이미 일본에서 동영상으로 그동안 방송된 분량을 모두 확인하고 넘어왔지만 아무래도 방송으로 보는 영상은 믿을 수가 없다. 워낙 기술이 정교하게 발달했고 조작이 많기 때문이다.

겐토는 자신의 프로그램을 제작할 때도 눈으로 직접 보기 전에는 믿지 않는다는 나름의 철칙을 가지고 있었다.

근데 실제 현장에 와서 태수를 보니까 그동안 수없이 봐 왔던 일본의 퇴마사나 영능력자하고는 전혀 다른 에너지와 자연스러움이 느껴져서 설레는 마음을 감출 수가 없었다.

일본에서도 영혼을 볼 수 있다고 주장하는 퇴마사나 영능력자들은 차고 넘칠 정도로 많았다. 근데 그중에서 정말 영능력자라고 생각되는 사람은 극소수였고, 그들조차도 지금 태수처럼 모든 걸 드러내고 자연스럽게 자신의 능력을 보여주는 사람은 없었다.

그들은 항상 일정한 조건하에서만 영능력을 발휘한다거나 컨디션이 좋아야만 한다는, 핑계나 제약이 따를 때가 많았기 때문이다.

근데 장태수는 터무니없다는 생각이 들 정도로 그 어떤 조건도 없이 보이지 않는 영혼과 자연스럽고 능숙하게 대화를 나누며 행동하는 모습을 취재진 앞에 모두 드러냈던 것이다.

마에다 겐토와 함께 프로그램을 제작하는 메인 작가 하세가와 나나미.

나나미는 겐토와는 또 다른 관점에서 소름이 돋았다.

태수가 가진 영능력은 둘째 치고 그저 바라보는 것만으로도 눈을 뗄 수 없을 만큼 마음을 빨아들이는 매력이 엄청났기 때문이다.

나나미는 작가지만 배우라고 해도 될 정도로 **빼어난 미인**이라서, 평소 일본의 연예인들은 물론이고 외국의 유명 스타들에게도 자주 데이트 신청을 받곤 한다.

하지만 나나미는 사람에 관한 한 익숙한 걸 좋아하기 때문에 아무리 잘생긴 외국의 유명 스타라고 해도 일본 남자 외에는 마음이 가지 않았다.

그녀는 영어는 물론이고 한국어까지도 수준급으로 하기 때문에 한국 남자도 꽤 많이 알고 있다. 하지만 지금까지 그녀의 마음을 설레게 한 한국 남자는 단 한 명도 없었다.

근데 태수는 보는 순간 마음을 빼앗겨 버렸다고 해도 과언이 아닐 정도로 순식간에 빠져들었다. 일본의 연예인한테도 지금처럼 대책 없이 넋이 나갔던 적은 없었다.

방송이 끝난 후 인터뷰를 어떻게 해야 할지 걱정이 될 정도로.

태수는 수많은 취재진이 지켜보는 가운데 자신의 일거수일투족이 그들의 시선을 잡아 끈다는 사실을 알고 있었다.

아마 배우로서 연기를 하지 않았다면 이런 순간 몹시 긴장됐을 테고 자연스럽게 행동하기도 쉽지 않았을 것 같았다.

최성식은 어느새 자신의 소파에 자리를 잡고 앉아서 가만히 눈을 감고 있었다.

아마도 한미경이 나타나지 않은 것에 대한 아쉬움과 이승에서의 마지막 시간을 음미하고 있다는 생각이 들었다.

이제 생방까지 남은 시간은 5분 남짓.

생방 시간이 다가오면서 권 피디가 초조하게 시간을 들여다봤지만 결국 한미경한테서는 연락이 오지 않았다.

어쩔 수 없이 권 피디가 방송 직전에 취재진 앞으로 나와서 오늘 최성식과 한미경의 만남은 이루어지기 어려울 것 같다고 말하자 방청객들 사이에서 탄식이 흘러나왔다.

하지만 가장 안타까운 사람은 소파에 앉아서 방송을 기다리는 최성식이었다.

최성식은 권 피디의 발표에 미간이 좁혀졌지만 별다른 미동이 없었다.

권 피디가 태수에게 다가와서 조용한 목소리로 물었다.

"지금 최성식 배우님 어디에 계셔?"

"아까부터 소파 자신의 자리에 앉아서 눈을 감고 계세요."

권 피디가 비어 있는 소파를 돌아보고는 고개를 끄덕였다.

김영아가 방송 직전 단체 채팅방을 오픈했고 수많은 네티즌들이 경쟁을 하듯 접속하며 쏟아져 들어왔다. 제한 인원 2천 명이 모두 차는 데 1분의 시간도 걸리지 않았다.

채팅 창에 제대로 읽을 수도 없을 정도로 많은 글들이 올라오기 시작했다. 대부분 최성식을 그리워하거나 추모하는 내용들이었다.

　－최성식 선생님, 오늘 정말 프로그램에 나오시는 건가요?
　－미친, 이거 말이 됨? 돌아가신 최성식 배우님이 출연을 한다고?
　－세계 최초네요. 영혼과의 토크쇼라니.
　－설마 오늘이 이승에서의 마지막 시간은 아니겠죠? 너무 그립습니다. 최성식 배우님.
　－최성식 씨, 당신은 이 시대 최고의 배우였어요. 사랑합니다.
　－부디 한을 풀고 좋은 곳으로 가시기를.

　권 피디가 말했다.
　"자, 게스트분들은 모두 자리에 앉아 주십시오. 한석후 씨도 자리해 주고."
　오늘은 토크쇼 형식이라서 다들 자리에 앉아서 방송을 시작할 예정이었다. 한석후 아나운서와 전소민이 자리에 앉았고 태수도 최성식의 영혼 옆자리에 앉았다.
　태수의 앞에는 무선 키보드가 놓여 있었다. 오늘 최성식의 모습을 키보드를 쳐서 문자로 설명을 하면 그 문자들이 화면에 뜰 예정이었다.
　일일이 말로 설명하는 것보다는 그 편이 훨씬 나을 것 같았던 것이다.
　권 피디가 취재진을 돌아보고 말했다.

"장태수 씨의 말에 의하면 최성식 배우님의 영혼은 아까부터 저쪽 장태수 씨 옆자리에 앉아서 방송 시간을 기다리고 계신다고 합니다."

이번에는 방청객과 취재진 모두에서 탄성이 흘러나왔다. 이어서 최성식의 사진 패널만 올려져 있는 소파를 향해 한꺼번에 카메라 플래시가 터지기 시작했다.

대부분의 취재진은 태수와 최성식의 사진 패널이 놓인 빈 소파를 하나의 앵글로 잡고 사진을 찍었다.

최성식이 태수를 돌아보고 말했다.

[패널 올려놓은 게 좀 유치하지 않아? 그냥 빈 소파로 가는 게 훨씬 좋을 것 같은데. 무슨 유치원생들 학예회 발표하는 것도 아니고.]

영혼이라도 최성식은 최성식이란 생각이 들었다. 사실 태수도 아까부터 그 부분이 마음에 들지 않았던 것이다.

"최성식 선배님이 여기 패널을 좀 치워 달라고 하시는데요?"

태수의 말에 취재진한테서 탄성이 흘러나왔다. 태수가 최성식과 관련된 얘기를 한마디씩 할 때마다 그야말로 스튜디오의 분위기가 출렁거렸다.

스태프가 얼른 달려와서 패널을 치웠다. 패널이 없어지니 빈 소파가 한결 분위기 있어 보였고 그 자리에 앉아 있는 최성식의 영혼이 진짜처럼 느껴졌다.

조연출이 소리쳤다.

"자, 방송 시작합니다!"

생방송이 시작됐다.

부조정실에서 한재성 피디가 큐 사인을 주자, 뒤쪽 벽면에 달려 있는 '영혼을 찾아서 흉가탐방'이라고 적힌 패널을 비추고 있던 카메라에 녹화 불이 들어왔다.

카메라가 줌아웃으로 뒤로 빠지더니 한석후 아나운서가 화면에 등장했다.

조연출이 사인을 주자 한석후가 멘트를 시작했다.

"〈영혼을 찾아서〉를 기다려 주신 시청자 여러분, 그동안 녹화방송으로 진행되던 저희 〈영혼탐정〉이 오늘은 예고해 드린 것처럼 특별 생방송으로 진행이 되고 있습니다. 안녕하십니까? 저는 한석후입니다."

이어서 화면이 커트된 후 여느 때처럼 프로그램 타이틀 음악과 화면이 브릿지 영상으로 나갔다. 그사이 한석후 아나운서가 빈 소파를 향해 인사를 했다.

"선배님, 예전에 한 번 뵙고 인사드렸는데 기억하시는지 모르겠네요. 아무튼 오늘 이렇게 선배님의 마지막 시간을 함께할 수 있어서 너무도 영광입니다."

다른 진행자라면 무척 어색했을 상황인데, 한석후 아나운서는 그동안 〈영혼을 찾아서〉 방송을 진행하면서 이런 상황에 많이 익숙해져서 꽤 자연스럽게 얘기를 했다.

최성식이 웃으며 말했다.

─당연히 기억하고 있네. 우리가 만난 게 자네가 한밤의 토크쇼 사회 볼 때였지, 아마?

태수가 최성식의 얘기를 앞에 놓인 키보드로 쳐서 화면에 자막으로 나타나자 한석후는 물론이고 취재진도 다들 놀라워하며 웅성거렸다.

지금까지 막연하게 태수의 말을 통해서만 최성식의 존재를 느끼다가, 한석후에게 대답하는 걸 보고는 비로소 최성식의 영혼이 빈 소파에 정말로 앉아 있다는 사실을 실감한 것이다.

겐토 피디가 무슨 일인지 나나미 작가에게 물었고 나나미가 통역으로 겐토에게 상황을 알려 줬다. 겐토는 물론 나나미도 태수와 최성식의 자연스러운 대화에 충격을 받은 표정이었다.

정말 어떠한 제한도 없이 사람을 대하듯 영혼과 저렇게 자연스럽게 대화를 나누는 사람을 일본은 물론 세계 어디서도 본 적이 없었던 것이다.

브릿지 영상이 끝나고 다시 카메라에 녹화 불이 들어오자 한석후가 활짝 웃는 얼굴로 멘트를 시작했다.

"그럼 오늘도 변함없이 저와 함께 프로그램을 이끌어 갈 진행자와 게스트분들을 소개해 드리겠습니다. 이분이 없으면 저희 프로그램도 없겠죠? 이젠 굳이 따로 소개할 필요가 없는 분이지만 오늘은 일본 방송국에서도 취재를 나오셨기 때문에 제가 제대로 소개를 하도록 하겠습니다. 요즘 방송가에서 가장 핫한 배우이자 영혼을 보는 남자, 장태수 씨 나오셨습니다."

태수가 앉은 자세로 인사를 했다.

"안녕하세요, 장태수입니다."

태수의 부드러운 목소리에 나나미가 저도 모르게 두 손을 가슴으로 가져갔다. 방송으로 들은 것보다 현장에서 들으니 마음을 울리는 목소리가 훨씬 듣기 좋았던 것이다.

한석후가 태수 앞에 놓인 키보드를 가리키며 말했다.

"오늘 장태수 씨는 최성식 배우님의 행동과 말을 여기 놓인 키보드를 이용해서 저희들한테 전할 예정입니다. 그리고 오늘도 변함없이 전소민 기자 나오셨습니다."

전소민에 대한 소개가 끝나자 한석후가 목소리를 가다듬고 말했다.

"그리고 오늘은 여기 스튜디오에 아주 특별한 분이 나오셨습니다. 여러분도 다 아시다시피 얼마 전 불의의 사고로 갑자기 우리들의 곁을 떠난 이 시대 최고의 배우……."

한석후가 감정이 벅찬지 잠시 호흡을 끊었다가 말을 이어나갔다.

"최성식 배우님의 영혼이 지금 여기 제 옆자리에 앉아 계십니다. 어서 오십시오, 배우님."

한석후가 인사를 했고 최성식도 생전의 모습과 전혀 다르지 않은 모습으로 마주 인사를 했다.

태수가 그런 최성식의 모습을 키보드로 쳤고 그 내용이 화면 하단으로 지나갔다.

　　방금 최성식 선배님이 여러분에게 인사를 했습니다.

단톡방 채팅 창에 글들이 쏟아졌다.

　－나 방금 소름 돋았음. 정말 저 소파에 최성식 배우님 영혼이 있는 거임?
　－최성식 배우님 어떻게 얼굴 한 번만 볼 수 없나?
　－영혼도 의자에 사람처럼 앉아 있을 수가 있나?
　－이 방송 진짜 대박이다.
　－오늘 이 방송 처음 보는 사람인데 장태수라는 사람이 정말로 영혼을 볼 수 있는 건가요?
　－그건 내가 보증함. 거짓말이면 내 손에 장을 지짐.

한석후가 말을 이어 나갔다.

"그동안 저희 프로그램을 보신 분들은 당연히 알고 계실 겁니다. 비록 저희는 이 자리에 앉아 계신 최성식 배우님을 볼 수가 없지만 장태수 씨는 배우님을 바라보면서 계속 소통을 하고 있습니다. 방송 내내 최성식 배우님의 이야기는 장태수 씨가 시청자 여러분들에게 전달해 드리도록 하겠습니다."

한석후가 태수를 돌아보고 말했다.

"자, 그럼 장태수 씨가 오늘 어떻게 이렇게 극적인 방송이 가능하게 됐는지 시청자분들에게 설명을 좀 부탁드립니다. 사실 오늘의 방송도 최성식 배우님의 영혼과 장태수 씨의 만남에서부터 시작된 방송이거든요."

태수가 시청자들에게 인사를 하고는 편안하게 말을 이어 나갔다.

"오늘 방송은 최성식 배우님이 젊은 시절 사랑했던 어떤 여성분을 찾기 위해서 기획이 됐습니다. 그 여성분의 이름은 미경이라는 분이고 성은 그분의 프라이버시를 고려해서 밝히지 않도록 하겠습니다. 미경 님은 최성식 배우님이 무명 시절 힘들게 배우의 생활을 이어 가고 있을 때 많은 도움을 주셨다고 합니다. 만약 그분의 도움이 없었다면 지금의 최성식 선배님도 없었을 거라고 하시네요. 안타깝게도 그분은 아직까지 저희 제작진에게 연락을 해 오지 않으셨습니다. 저희는 이 방송이 끝나는 순간까지 그분의 연락을 기다리도록 하겠습니다."

한석후가 말을 받았다.

"자, 그럼 오늘은 최성식 배우님을 마지막으로 떠나보내는 추모의 방송으로 저희가 꾸미려고 합니다. 최성식 배우님의 영혼이 있는 자리에서 추모의 방송이라고 하니까 무척 어색하긴 한데요. 먼저 시청자분들이 배우님에게 보낸 사연을 읽어 보도록 하겠습니다."

한석후가 시청자들이 보낸 사연을 읽었고 그동안 최성식은 마치 실제 토크쇼에 나와 있는 것처럼, 또한 카메라에 자신의 모습이 비치는 것처럼 반듯한 자세로 시청자들의 사연을 들었다.

태수는 키보드를 두들겨서 그런 최성식의 모습을 할 수 있는 한 자세하게 시청자들에게 전했다. 단순 자막이 아니라서 묘사와 문장력이 없으면 결코 쉽지 않은 일이었다.

사연을 다 읽은 한석후가 말했다.

"자, 그럼 이번에는 시청자들이 최성식 배우님에게 궁금한 점을 질문한 것에 대해 최성식 배우님이 답변을 갖는 시간을 가지겠습니다. 참고로 질문 중에서 배우님에 대한 질문이 아닌 영혼과 사후 세계에 대한 질문은 저희 제작진이 미리 걸러냈다는 말씀을 드리며 양해를 구합니다."

한석후가 시청자들의 질문을 한 가지씩 던졌고 최성식은 그 질문에 성실하게 답변을 했다.

태수는 마치 동시통역가라도 된 것처럼 최성식의 답변을 키보드를 두들겨 화면 하단에 자막으로 내보냈다.

처음엔 낯설고 놀라워하던 시청자들도 자막으로 보이지

않는 최성식의 영혼과 대화를 주고받으면서 최성식의 영혼이라는 존재에 익숙해져 갔다.

그렇게 프로그램이 마지막을 향해 달려갈 때 제작진으로부터 한석후에게 메모가 전해졌다.

메모를 본 한석후의 표정이 변했다.

"잠시 여기서 질의응답 시간을 멈춰야 할 것 같습니다. 방금 제작진한테서 메모가 도착했는데, 최성식 배우님이 찾고 있는 미경 씨 가족이라는 분한테서 전화가 와서 지금 연결이 되어 있다고 합니다."

취재진 사이에서 탄성이 흘러나왔고 최성식도 표정이 변했다.

태수는 이전까지 여유롭던 최성식의 눈빛이 눈에 띄게 흔들리는 모습을 봤고 그런 변화를 자막으로 쳐서 띄웠다.

한석후가 말했다.

"그럼 제가 전화를 연결해 보도록 하겠습니다."

순간 스튜디오에 있던 모든 사람들이 숨을 죽였다.

"여보세요?"

잠시 뜸을 들인 후 한 여자의 목소리가 스튜디오에 울려 퍼졌다.

-안녕하세요, 저는 한미경 씨의 조카 되는 한희정이라는 사람입니다.

"예. 안녕하세요, 희정 씨. 먼저 이렇게 연락을 주셔서 감사드립니다. 한미경 씨의 조카분이라고 하셨는데 왜 한미경 씨가 아니고 조카분이 전화를 주셨나요? 한미경 씨는 지금 저희가 통화를 할 수가 없나요?"

–네. 안타깝게도 저희 이모는 통화를 할 수가 없는 상황입니다.

한석후가 조심스럽게 물었다.

"혹시 통화를 못 하는 이유를 물어봐도 될까요?"

–그건 저희 이모가 이 세상 분이 아니기 때문입니다.

순간 스튜디오의 모든 사람들이 탄식을 쏟아 냈고, 희망을 품고 대화 내용을 듣고 있던 최성식은 참담한 표정으로 눈을 감았다.

"아…… 그렇군요. 사실 최성식 배우님이 말씀하시길 지금까지 한 번도 연락이 없었던 걸 보면 돌아가셨을 수도 있겠다고 말씀을 하셨다고 했는데……."

그러자 전화기에서 놀라운 얘기가 들려왔다.

–아뇨, 그런 건 아니고요. 저희 이모님이 돌아가신 건 바로 오늘입니다.

최성식이 눈을 번쩍 떴고, 태수도 깜짝 놀라서 권 피디를 돌아보고 자신이 직접 대화를 나누겠다는 의사를 전했다. 권 피디가 그렇게 하라고 사인을 줬다.

태수가 인사를 했다. 아무래도 한석후는 진행자에 불과해서 제대로 대화를 이끌어 내기가 어려울 것 같았던 것이다.

"안녕하세요. 저는 장태수라고 합니다."

－네. 안녕하세요. 방송 잘 보고 있습니다.

"오늘 돌아가셨다니 조금만 더 자세하게 말씀해 주시겠어요?"

－네. 사실은 저희 이모님은 한 달 전에 위암 말기 판정을 받으시고 투병 중이셨습니다. 이모님이 돌아가시기 전에 평소 최성식 선생님에 대한 얘기를 자주 하셨어요. 젊으실 때 잘 알던 사이였다고.

그때 최성식의 입에서 탄식이 흘러나왔다.

태수가 재차 물었다.

"근데 왜 진작 연락을 하지 않으셨나요?"

－혹시라도 최성식 선생님한테 부담이 될까 봐 연락을 못하겠다고 하셨어요. 그리고 우연의 일치인지 모르겠지만 지난주에 최성식 선생님 사고 소식을 들으신 후에 이모님도 상태가 악화되셨어요. 사실상 의식이 없어지셔서 지금까지 연명 치료만 해 오고 있었죠. 그러다가 며칠 전 방송을 보게 된 겁니다. 최성식 선생님의 영혼이 저희 이모를 만나고 싶어 한다는 방송을요.

"아……."

태수가 저도 모르게 탄식을 쏟아 냈다. 과연 이걸 우연이라고 할 수 있을지.

한미경의 조카가 잠시 말을 끊었다가 다시 이어 나갔다.

－그래서 저희가 어젯밤에 가족 회의를 했습니다. 잘은 모르지만 〈영혼을 찾아서〉라는 방송을 보면 이모도 돌아가시면 육신에서 영혼이 분리되겠구나. 이모는 젊을 때 사고를 당해서 평생 하반신 장애를 가지고

사셨어요. 근데 영혼이 되면 생전에 못 가 본 곳도 자유롭게 가실 수가 있겠구나. 의미 없는 연명 치료를 계속 하는 것보다 우리가 놓아드리면 혹시 이모의 영혼이 최성식 선생님을 뵈러 방송국을 찾아가지 않을까 하는 생각이 들더군요. 저희는 가족 회의 끝에 조금 전 연명 치료를 중단하고 이모의 산소 호흡기를 뗐습니다.

순간 스튜디오에 탄성이 이어졌고 최성식의 서러운 울음소리가 태수에게만 들려왔다. 태수는 그 부분은 굳이 자막으로 상황을 내보내지 않았다.

한석후도 감정이 벅찬지 잠시 숨을 돌린 후에 말을 이어 나갔다.

"정말 무슨 말씀을 드려야 할지 모르겠습니다. 어쨌든 이렇게 연락을 주셔서 정말 감사하고, 가족분들의 소망처럼 혹시라도 한미경 씨의 영혼이 저희 스튜디오를 찾아올 수도 있으니까 끝까지 저희 방송을 지켜봐 주시기 바랍니다."

—네, 감사합니다. 저희 이모의 영혼이 꼭 그곳으로 가서 최성식 선생님을 뵐 수 있었으면 좋겠습니다. 늘 입버릇처럼 최성식 선생님을 한 번 뵙고 죽고 싶다는 말을 하셨거든요.

한미경의 조카가 전화를 끊었고, 한석후가 태수를 돌아보고 물었다.

"아…… 지금 최성식 배우님은 어떻게 하고 계시나요?"

최성식은 계속해서 눈물을 흘리고 있었다.

태수가 이번에는 키보드를 두들기지 않고 숙연한 표정으

로 말했다.

"음…… 감정이 많이 격해지신 것 같습니다. 울고 계세요."

숙연한 가운데 다시 술렁이는 스튜디오.

한석후가 물었다.

"그럼 한미경이라는 분의 영혼이 저희 스튜디오로 찾아올 가능성이 있을까요?"

"그건 저도 잘 모르겠습니다."

솔직한 대답이었다.

영혼이라고 어디든 가고 싶은 곳을 쉽게 갈 수 있는 건 아니라고 알고 있다. 또한 최성식과 달리 마음의 한이 없다면 곧바로 하늘로 승천했을 수도 있고.

만약 한미경의 영혼이 이곳에 나타났다면 최성식이 제일 먼저 알아봤을 것이다. 같은 영혼끼리는 서로를 바라볼 수가 있으니까.

그래서인지 최성식도 혹시 한미경의 영혼이 오지 않았는지 이리저리 고개를 돌리며 이름을 불렀다.

─미경아…… 미경아, 여기 와 있니? 미경아!

최성식의 간절한 외침에도 한미경의 영혼은 나타나지 않았다.

최성식의 영혼은 결국 다시 울음을 터뜨렸다. 지켜보는 태수가 안타까울 정도로 서럽게 흐느꼈다.

시청자들이 지금 최성식이 뭐 하고 있냐고 질문을 쏟아 냈고 태수는 빠르게 키보드를 두들겼다.

채팅 창에 최성식을 위로하고 함께 안타까워하는 시청자들의 글이 연이어 올라왔다. 한미경 씨의 영혼이 이 방송을 보고 있다면 꼭 방송국에 와 줬으면 좋겠다는 바람도 끝없이 이어졌다.

태수가 혹시 몰라서 주문을 읊었다.

'귀기탐색.'

화르르르륵.

공기가 흔들리며 허공에 지도가 나타났다.

그리고…… 그 지도에 붉은 점 두 개가 표시되어 있었다.

태수가 저도 모르게 자리에서 벌떡 일어났다. 붉은 점이 두 개라는 건 최성식 외에 이 스튜디오에 또 한 명의 영혼이 있다는 소리였다.

최성식은 물론이고 스튜디오의 모든 사람들이 놀란 표정으로 태수의 행동을 지켜봤다. 지도상으로 붉은 점이 표시된 곳은 취재진의 뒤쪽이었다.

다시 주문을 읊었다.

'안명부.'

허공에 노란 부적이 떠올랐고 태수가 즉시 부적을 집어서 그 기운을 눈가에 문질렀다. 시야가 푸르게 변하며 취재진 사이에 섞여 있는 흐릿한 영혼의 모습이 보였다.

영혼의 얼굴을 본 순간 그녀가 바로 최성식이 찾고 있는 한미경이란 확신이 들었다.

숨어서 최성식을 지켜보고 있는 그녀의 눈에서 하염없이 눈물이 흐르고 있었고, 눈물이 공기에 닿는 순간 산화하며 아름답게 흩어지고 있었던 것이다.

태수가 한미경의 영혼을 향해 다가갔다.

취재진이 놀라서 길을 열어 줬고 한미경의 영혼이 다가오는 태수를 보며 당황하는 표정을 지었다.

태수가 웃으면서 말했다.

"어서 오세요, 한미경 씨."

태수의 말에 모든 취재진이 태수가 바라보는 허공을 향해 카메라를 돌렸다.

최성식도 자리에서 벌떡 일어났고 곧바로 한미경을 발견했다.

두 사람의 영혼이 서로를 발견했고 눈빛이 마주쳤다.

최성식이 입을 가리며 격한 감정을 억누르려고 했지만 쉽지가 않았다.

거의 30년이 지났지만 한미경은 예전의 모습을 고스란히 간직하고 있었다.

한미경 역시 울음을 멈추지 못했다. 그녀의 눈에서 흘러내린 눈물방울이 반짝이는 작은 물방울로 변해 공기 중으로 흩어졌다.

태수가 한미경의 영혼에게 말했다.

"저를 따라 앞으로 함께 나가시죠."

한미경의 영혼이 태수가 이끄는 대로 무대로 다가갔다. 최성식의 영혼이 앞으로 나와서 그런 한미경의 영혼을 맞이했다.

두 사람의 영혼이 무대 중앙에서 서로를 마주 바라봤다. 태수가 굳이 어떤 상황인지 중계를 하지 않아도 사람들은 각자의 상상력으로 두 사람의 모습을 머릿속에 떠올렸다.

한미경은 나이에 비해 무척 고운 얼굴을 하고 있었고, 생전에 하반신 장애가 있다던 다리도 지금은 전혀 문제가 없어 보였다.

두 사람이 흘린 눈물이 허공에서 만나 합쳐지더니 아름다운 별빛처럼 공기 중으로 산화하며 흩어졌다.

최성식이 벅찬 감정을 드러내며 한미경에게 물었다.

―그동안…… 잘 지냈소?

한미경이 흐느끼며 고개를 끄덕였고 태수는 자리에 앉아 빠르게 키보드를 두들겼다.

지금 두 분이 무대 중앙에서 마주 보며 눈물을 흘리고 있습니다.

태수는 단순히 두 사람의 모습을 묘사만 하는 게 아니라 자신의 해석도 달았다.

영혼의 눈물은 공기와 접촉하는 순간 작은 물방울로 변해서 공기 중으로 산화해 사라집니다. 지금 두 분의 얼굴에서 쉼 없이 눈물이 흐르고 있고 두 사람의 눈물이 서로 합쳐져서 산화하는 모습이 별빛이 반짝이는 것 같습니다. 지금까지 봤던 눈물 중에서 가장 아름다운 것 같습니다.

두 사람은 감정을 진정시킨 후 자리에 나란히 앉아서 그동안 못다 한 대화를 나눴다. 사회자도 필요 없었고 취재진의 눈치를 볼 필요도 없었다.

태수는 두 사람의 대화를 가능한 정확하게 시청자들에게 전달하기 위해 열심히 키보드를 두들겼다.

모든 사람들이 숨을 죽이고 모니터에 나타나는 자막에 온 신경을 집중했다.

덕분에 스튜디오에는 간간히 들려오는 탄성과 탄식 외에는 그 어떤 소음도 들려오지 않았다. 모르는 사람이 방송을 봤다면 무음의 방송 사고가 났다고 착각했을 수도 있을 정도였다.

호지 텔레비전의 겐토 피디와 나나미 작가도 최성식과 한미경의 모습을 상상하며 눈앞 모니터에 떠오른 자막에 몰입해서 취재할 생각조차 잊어버릴 지경이었다.

이런 식의 놀라운 사연과 프로그램 구성이라면 아마 일본 사람들은 몇 배는 더 흥분하고 엄청난 감동을 받을 게 거의 확실했다.

특히 나나미는 원래 이런 영혼들의 따스하고 감동적인 이야기를 좋아했기 때문에 흐르는 눈물을 주체할 수가 없었다.

'세상에, 어떻게 이런 놀라운 이야기와 방송이 있을 수가 있지?'

처음엔 〈흉가탐방〉이 훨씬 경쟁력 있는 코너라고 생각했는데, 지금 보니 〈영혼탐정〉이라는 코너 역시 충분히 매력적인 콘텐츠를 가지고 있었다.

나나미는 이 프로그램을 수입하는 건 물론이고 무슨 수를 써서라도 장태수를 일본으로 불러서, 그곳에서 직접 프로그램을 기획하고 제작하고 싶다는 욕심이 들었다.

겐토 피디 역시 입을 다물 수가 없었다. 겐토의 생각도 나나미와 별반 다르지 않았다.

일본 사람들은 〈흉가탐방〉처럼 호기심을 자극하는 미스터리한 이야기도 좋아하지만, 오히려 〈영혼탐정〉처럼 잔잔하고 감동적인 이야기를 훨씬 더 좋아한다.

단, 그 대상이 한국인이 아닌 일본인이어야만 한다. 그래야만 감동도 훨씬 크고 공감을 할 수가 있다.

그러기 위해서는 장태수가 일본에 직접 와서 일본인의 영혼을 대상으로 이런 프로그램을 만들어야만 한다. 만약 그런 일이 가능할 수만 있다면 시청률 30%도 꿈이 아닐 수 있다.

방송 시간이 거의 다 됐을 즈음 최성식이 카메라를 돌아보고 말했다.

오늘 이런 소중한 시간을 마련해 주신 시청자 여러분들과 방송 관계자분들, 저를 기억해 주시는 팬들에게 진심으로 감사의 인사를 전합니다. 하늘나라에 가서도 여러분들이 제게 보내 주신 사랑은 결코 잊지 않겠습니다.

태수가 열심히 키보드를 두들겼다.

최성식이 잠시 말을 끊었다가 태수를 돌아보고 말했다.

—그리고 마지막으로 장태수 군, 정말 고맙습니다. 태수 군이 아니었다면 난 저승에 가서도 아마 무거운 마음으로 생을 마무리했을 겁니다. 이 은혜 잊지 않을게요.

태수가 마지막 말은 키보드로 치지 않았다. 대신 일어나서 인사를 하면서 말했다.

"저도 잠시나마 선생님과 함께할 수 있어서 영광이었습니다."

고개를 끄덕인 최성식과 한미경이 함께 카메라를 돌아보고 인사를 했고, 하늘에서 흰빛이 쏟아져 내려왔다.

두 사람이 서 있는 무대 중앙을 비추던 카메라에 하얀 빛이 반사됐고 모니터가 잠시 뿌옇게 보이며 두 사람의 모습이 흐려졌다.

공기가 흔들리며 허공에 메시지가 나타났다.

최성식의 영혼이 한을 풀고 승천했습니다.
최성식의 영혼이 가지고 있던 특별한 능력을 흡수했습니다.

생방이 끝나고 호지 텔레비전과의 인터뷰가 있었다.

태수가 인터뷰 장소로 들어서자 ENG 카메라와 함께 일본 스태프들이 반갑게 맞이했다. 그러자 저절로 생기탐랑의 능이 작동하며 은은한 기운이 태수를 휘감았다.

태수도 마주 인사를 하며 통역을 찾아 두리번거리는데, 나나미가 다가와서 유창한 한국말로 말을 걸며 명함을 건넸다.

"안녕하세요, 메인 구성 작가 하세가와 나나미라고 합니다."

태수가 명함을 받으며 여유롭게 상대를 바라보며 말했다.

"안녕하세요, 장태수입니다. 일본분인데 한국말을 무척 잘하시네요."

"감사합니다. 오늘은 제가 통역을 맡아서 진행하겠습니다. 이쪽은 저희 〈미스터리 정복〉 프로그램의 마에다 겐토 피디님이세요."

나나미는 간신히 말을 이어 갔지만 너무 황홀해서 정신이 다 아득할 지경이었다.

그렇잖아도 태수가 인터뷰실에 들어서는 순간부터 심장이 쿵쿵거리고 얼굴이 달아올랐는데, 감미로운 눈빛과 목소리에 칭찬까지 듣고 보니 얼굴이 발갛게 달아올랐고 설레는 기분이었다.

'왜 이러지? 나보다 다섯 살이나 어린 연하남한테 이렇게나 마음이 흔들리다니.'

하지만 자신의 감정에 아무리 저항하려고 해도 흔들리는 마음을 진정시킬 수가 없었다. 눈앞에서 바라본 태수는 카리스마와 귀여운 느낌이 공존하는, 이 세상의 사람 같지가 않았다.

눈빛에는 힘이 있었지만 피부는 여자보다 더 고왔고 인상은 너무도 부드러워서 나나미는 저도 모르게 마음속으로 계속 '카와이(귀여워)'를 외쳐 댈 수밖에 없었다.

사실 방송으로 봤을 때 잘생겼다는 생각은 했지만, 막상 마주하고 보니 잘생긴 얼굴과 온몸에서 뿜어지는 은은한 기운에 눈이 부실 지경이었다.

나나미는 일본으로 돌아가는 즉시 〈오늘도 연애〉부터 찾아서 봐야겠다고 굳게 마음을 먹었다.

태수는 겐토하고도 인사를 나눴다.

일본 방송이라고 해서 살짝 긴장했는데 몇 마디 얘기를 나누고 나니 금방 여유로워졌다.

인터뷰가 시작되자 나나미가 통역을 맡아서 겐토와 미리

상의해서 준비한 질문을 던졌다. 태수는 성실하고 차분하게 답변을 했다.

질문은 개인적인 것부터 프로그램에 대한 것까지 무척 다양했다.

마지막으로 나나미가 물었다.

"혹시 일본에 와서 〈영혼을 찾아서〉와 같은 방송을 진행해 보실 생각은 없으신가요?"

태수가 잠시 고민하다가 대답했다.

"음…… 만약 여건이 된다면…… 해 보고 싶습니다."

생방과 인터뷰까지 모두 끝난 후에 태수는 제작진과 함께 다음 주 〈흉가탐방〉 아이템과 길 도사를 대신할 보조 퇴마사 선발 문제를 상의하기 위해 회의를 했다.

김영아가 골치가 아프다는 듯 머리를 싸매며 말했다.

"난 〈흉가탐방〉 아이템보다 보조 퇴마사 뽑는 일이 더 골치가 아파요. 보조 퇴마사를 어떻게 뽑아요?"

권 피디도 머리가 아프긴 마찬가지였다.

길재중이 방송에 적응하면서 고정 게스트로 자리를 잡기까지 6개월이 넘게 걸렸다.

그동안 방송을 거쳐 간 게스트만 몇 명인지 헤아리기도 어렵고, 그 과정에서 시청자들한테 연출이네 주작이네 하는 비판을 들어야만 했다.

태수가 말했다.

"이렇게 하면 어떨까요?"

모두의 시선이 태수에게 쏠렸다.

"이번 주 〈흉가탐방〉 코너에서 보조 퇴마사를 선발하는 거예요."

처음에는 다들 무슨 소리인지 몰라서 고개를 갸웃했다.

태수가 좀 더 자세하게 설명했다.

"방송으로 보조 퇴마사를 구한다는 예고를 미리 내보내는 거죠. 그럼 전국에서 별의별 사람들이 다 모일 거 아니에요? 그럼 그중에서 예선을 거치고 최종적으로 올라온 다섯 명을 뽑아서, 일요일 생방 시간에 그들이 정말로 영능력을 가지고 있는지 흉가에 데리고 가서 직접 검증을 해 보는 거죠."

김영아가 얘기를 듣자마자 꺅꺅거리며 박수를 쳤다.

"그거 너무 괜찮은 아이디어다. 보조 퇴마사도 뽑고 방송 분량도 채우고. 어때요, 피디님?"

권 피디도 잠시 생각을 해 보다가 이내 밝은 얼굴로 말했다.

"아예 방송으로 보조 퇴마사를 구한다는 공지를 내보내고 예선과 결선으로 뽑는다? 요즘 아이돌 선발하는 서바이벌 프로그램처럼?"

"그렇죠. 그렇게 되면 아무래도 시청자들 입장에서는 보조 퇴마사가 예선부터 올라오는 모습을 볼 수가 있고 자연스럽게 친근감을 느끼지 않을까요?"

가만히 듣고 있던 전소민도 동의했다.

"제 생각에도 아주 영리한 방법인 것 같아요. 그리고 그렇게 대대적으로 모집을 하다 보면 전국에서 수많은 도사니 보살이니 하는 사람들이 몰려들 테고, 그중에 진짜 영능력자가 있을 수도 있잖아요. 전 그것만 지켜봐도 재미있을 것 같은데."

권 피디가 고개를 끄덕였다.

"그러게, 재미있겠네. 예선을 통과해서 결선에 오르는 과정도 촬영을 하고. 그럼 선발 방법은 어떻게 할 거야?

"그건 아무래도 태수가 직접 해야 하지 않을까요? 지원자가 영능력이 있는지 없는지 알 수 있는 사람은 태수밖에 없잖아요."

"태수는 이번 주에 단편영화 연출한다고 하지 않았어? 시간이 되나?"

권 피디의 말에 태수가 대답했다.

"저는 시간이 안 될 것 같고, 대신 방법이 있어요."

태수와 김영아, 권 피디가 함께 경기도 양주에 있는 흉가를 찾았다. 그곳은 예전에 〈흉가탐방〉 방송을 위해 흉가를 찾아다닐 때 거론되던 후보지 중에 한 곳이었다.

그 집에는 사람의 영혼은 없었고 큰 지네의 영이 한 마리 살고 있었는데, 당시에는 시간도 없었고 지네의 영이 굳이 제령을 할 정도로 귀기가 강한 것도 아니어서 그냥 지나쳤었다.

산속이나 흉가에는 그렇게 짐승의 영이나 벌레의 영들이 귀기를 발산하면서 있는 경우가 상당히 많았다. 개중에는 드물게 수령이 오래되어 위험한 경우도 있지만 대부분은 인간에게 해를 끼치지 않기 때문에 무시해도 좋을 수준이었다.

태수가 다시 흉가로 들어가서 귀기를 탐색해 보니 머리 위 천장의 같은 위치에 지네의 영이 똬리를 틀고 있는 게 느껴졌다.

아마 길 도사처럼 귀기가 예민하거나 더 나아가 영능력이 있는 사람이라면 지네의 영을 금방 알아볼 수 있을 것이다.

태수는 권 피디와 김영아에게 지네의 영이 천장에 있다고 말해 주고, 후보자들을 흉가로 들여보낸 후 귀기가 느껴지는 위치와 귀기의 종류에 대해서 제대로 대답하는 사람을 결선으로 올리라고 당부했다.

더불어 최종으로 선발된 세 사람은 국내 5대 흉가 중 한 곳인 강원도 목촌리 마을 회관에 가서 결선을 치르기로 했다.

서운중학교 3학년 2반 교실.

-현준아…… 현준아…….

음산한 귀기를 뿜어내며 속삭이는 목소리가 현준의 귀에 들려왔다.

한창 몰입해서 기말고사 영어 시험을 보고 있던 현준이 소리가 나는 방향으로 고개를 돌리자 온몸이 피로 물든 원혼이 눈앞에서 현준을 노려보고 있었다.

현준이 원혼이 보이지 않는 것처럼 재빨리 시선을 시험지로 돌려서 다시 문제 풀이에 집중하려고 안간힘을 썼다.

하지만 원혼은 그런 현준의 의도를 다 알고 있는 것처럼 집요하게 귀에 대고 속삭였다.

-현준아…… 네가 날 볼 수 있다는 거 알아…… 그러니까 내 말 좀 들어 줘…… 현준아…… 현준아…….

참다못한 현준이 시험지에 글자를 적었다.

나 지금 시험 보잖아. 제발 좀 저리 가.

원혼이 조금도 물러날 생각이 없다는 듯 말했다.

-싫어, 네가 내 원한을 풀어 주기 전에는 절대로 물러나지 않을 거야.

원혼의 이름은 박상호.

불과 한 달 전까지만 해도 현준과 함께 학교를 다니던 같은 반의 친구였다. 상호는 학교 일진인 박영우 패거리의 괴롭힘을 견디다 못해 지난달에 스스로 학교 옥상에서 투신해서 자살했다.

당시 경찰에서 조사를 나오고 언론에서도 취재를 하며 학교가 발칵 뒤집혔지만 자살의 원인을 밝혀내지 못했다.

현준도 처음엔 상호가 왜 자살했는지 알지 못했다.

근데 자살한 상호의 원혼이 현준의 눈앞에 나타난 것이다.

상호의 원혼은 밤낮으로 현준의 앞에 나타나서 자신이 박영우 패거리한테 괴롭힘을 당해서 자살했으며 자신이 써 놓은 유서도 박영우 패거리가 몰래 없앴으니 도와달라고 애원했다.

현준이 자신은 도울 수 있는 힘이 없다고 거절을 했다. 현준이야말로 박영우 패거리한테 매일 괴롭힘을 당하는 처지였기 때문이다.

아니, 현준은 상호 패거리뿐만 아니라 전교생들로부터 따돌림을 당하는 전따 신세였다.

그런 자신이 무슨 수로 상호의 원혼을 도와줄 수가 있단 말인가.

게다가 사람들은 살아 있을 때는 자신을 '귀신 붙은 재수 없는 놈'이라고 놀리다가 꼭 죽고 나면 자신을 찾아와서 도와달라고 애원을 하곤 했다.

상호의 원혼이 옆에서 계속 칭얼댔다.

─제발 도와줘…… 현준아…… 도와줘…….

퇴마하는
톱스타

현준이 저도 모르게 낮은 목소리로 속삭였다.

"저리 가라고 했지?"

그러자 앞에서 시험 감독을 하던 선생님이 그런 현준을 보고 앞으로 불러냈다.

"하현준, 너 앞으로 나와!"

현준은 또 시작이라는 생각에 눈을 질끈 감았다가 떴다.

뒤늦게 상호의 원혼이 말했다.

ㅡ미안해, 현준아…….

귀신을 보는 사시

    이제 중학교 3학년인 하현준은 학교에서 돌아오자마자 방에 가방을 던져 놓고 이불을 뒤집어썼다.

    상호의 원혼 때문에 선생님한테 부정행위를 했다는 의심을 받았고, 학교 친구들한테는 '귀신 붙은 재수 없는 놈'이라며 놀림과 괴롭힘을 당했던 것이다.

    원인은 상호의 원혼 때문이었지만 그런 이유가 아니라도 현준에겐 매일 지겹게 반복되는 일상이었다. 자살하고 싶은 사람은 상호가 아니라 오히려 자신이었다.

    그런 현준의 방으로 할머니가 들어왔다.

    현준은 어릴 때 부모님이 돌아가셔서 일찍부터 할머니 손에서 키워졌다.

할머니가 물었다.

"현준아, 무슨 일이야. 오늘 또 무슨 일이 있었던 게야?"

현준이 할머니한테 울고 있다는 걸 들키지 않으려고 이불 속에서 이를 악물고 말했다.

"아니야, 할머니. 그냥 머리가 아파서 그래."

"그럼 할머니가 약이라도 사다 줄까?"

"응. 두통약 좀 사다 줘."

현준은 머리가 아픈 게 아니라 마음이 아팠지만 할머니가 옆에 있으면 울 수가 없기 때문에 그렇게 거짓말을 했던 것이다.

"그려, 알았어."

할머니가 끙 소리를 내며 방을 나가고, 잠시 후 이불 속에서 현준의 흐느낌이 흘러나왔다. 흐느낌은 이내 통곡에 가까운 울음소리로 변했다.

놀림을 받은 것도 화가 나지만 기말 시험을 망친 게 더욱 억울했던 것이다. 시험을 잘 봐서 할머니를 기쁘게 해 드리고 싶었는데.

현준이 아무리 부정행위를 하지 않았다고 해도 선생님은 막무가내였다.

오늘처럼 안 좋은 일이 겹친 날은 이렇게 실컷 울기라도 해야 마음이 조금이라도 후련해졌다.

현준은 어릴 때부터 남들이 보지 못하는 것을 보곤 했다.

흔히 말하는 귀신이라는 존재를.

처음 영적인 존재들이 보이기 시작한 건 현준이 열 살이 되던 해였다.

현준은 왜 자신의 눈에만 그런 게 보이는지 알지 못했다. 부모님들은 현준이 열 살이 되기 전에 돌아가셔서 그 이유를 물어볼 수가 없었던 것이다.

그러다가 최근에 할머니를 통해서 자신의 출생의 비밀을 듣고 그런 이상한 능력이 생긴 이유를 막연하게나마 추측할 수가 있었다.

현준은 어린 시절을 일본에서 살았다. 현준의 아버지가 일 때문에 일본에 갔다가 그곳에서 일본 여인을 만나 결혼을 했기 때문이다.

그 여인의 이름은 이시이 미오.

근데 현준의 어머니인 이시이 미오는 현준이 여덟 살이 되던 해에 알 수 없는 병으로 죽었다. 현준은 최근에야 자신의 어머니인 이시이 미오가 평범한 여자가 아니었다는 얘기를 할머니한테 들었다.

현준의 어머니인 이시이 미오는 일본의 신녀(神女) 출신이었다.

일본의 신녀는 신사의 일을 돕고 신들의 흥을 돋우는, 흔히 '미코'라고 불렸다. 이들은 한국의 무녀처럼 영능력을 가지기보다는 신사의 일을 보조적으로 돕는 역할을 하는 존재들이었다.

그런데 그런 신녀 중에서 극소수지만 '유타'라고 불리는 오키나와 지방의 신녀가 있다.

유타라고 불리는 신녀는 미코와 달리 우리나라의 강신무와 같은 영능력을 지닌 여성 무속인으로 신령, 생령, 사령을 불러내는 영능력을 지니고 있었다.

현준의 어머니 이시이 미오가 바로 그 유타였으며 그녀의 집안은 대대로 신을 모시는 강신무 집안이었다.

할머니는 나중에 현준이 그런 어머니의 영능력을 물려받은 것 같다고 말을 해 주었다.

신기한 건 현준이 남들은 다 무서워하는 귀신을 무서워하지도 않을 뿐만 아니라 그 귀신들을 물리칠 힘도 가지고 있다는 것이다.

딱히 주술이나 퇴마술을 배운 적도 없는데.

현준은 자신의 배꼽 아래 단전이라는 곳에 이상한 기운 같은 게 들어 있다는 걸 알고 있었다. 가끔 그곳에서 아랫배를 간질거리는 따뜻한 기운이 올라왔는데, 그럴 때 손을 보면 푸르스름한 기운이 맺히곤 했다.

처음엔 그게 뭔지 몰랐는데 그 푸르스름한 기운이 손에 맺히면 주위에서 괴롭히던 귀신들이 슬금슬금 도망을 간다는 걸 알게 됐다.

게다가 현준의 근처를 맴돌며 괴롭히던 귀신들을 맨주먹

이나 몽둥이로 때리면 그저 허공을 통과해서 아무런 효과가
없는데 푸르스름한 기운이 맺힌 손이나 물건으로 때리면 귀
신이 혼비백산해서 도망을 간다는 것도 알게 됐다.

어릴 때는 아무것도 모르고 그 얘길 자랑 삼아 친구들한테
했던 것인데 어느새 현준은 귀신을 달고 다니는 재수 없는
아이가 되고 만 것이다.

항상 현준의 곁에 가면 귀신이 붙어 있다는 소문이 돌면서
그 누구도 가까이 오려고 하지 않았던 것이다.

그렇잖아도 어릴 때 부모님이 돌아가셔서 할머니 밑에서
자라 항상 외로움을 많이 타는 현준인데, 친구들한테까지 따
돌림을 당하니 너무도 서러웠던 것이다.

"휴우."

실컷 울고 나니 그래도 마음이 좀 후련해졌다.

현준이 이불 밖으로 나오자 상호의 원혼이 미안한 표정으
로 앉아 있었다. 상호의 원혼이 다시 말했다.

ー미안해, 현준아…… 정말 미안해…… 내가 잘못했어.

"괜찮아, 됐어."

사실 마음만 먹으면 상호의 원혼을 푸르스름한 기운이 맺
힌 주먹으로 때려서 물리칠 수도 있었지만, 현준은 그렇게
하지 않았다.

억울한 마음이 얼마나 클지 이해가 됐기 때문이다.

현준도 자신한테 힘만 있었다면 학교에서 온갖 못된 짓을

저지르는 박영우 패거리를 혼내 주고 싶은 욕망이 항상 마음 속에서 꿈틀거렸으니까.

현준이 휴대폰을 켰다.

요즘 현준이 우울할 때마다 열심히 보는 프로그램이 있었다.

바로 〈영혼을 찾아서〉라는 프로그램이었다.

거기 나오는 장태수라는 형은 자신처럼 귀신을 보는데 놀림을 받기보다는 오히려 모든 사람들의 선망의 대상이 되고 현준의 눈에도 너무 멋진 모습으로 비춰졌던 것이다.

자신도 영혼을 볼 수가 있고 귀신을 쫓을 수 있는데 왜 그 형처럼 되지 못할까 늘 안타까웠던 것이다.

근데 이번 주 방송에서 현준의 눈이 번쩍 뜨이게 만드는 광고가 있었다.

[저희 〈영혼을 찾아서〉에서는 장태수를 도와 함께 프로그램을 이끌어 갈 보조 퇴마사를 찾고 있습니다. 본인이 영혼을 본다거나 영능력 혹은 영적인 기감이 발달했다고 생각한다면 아래 연락처로 연락을 주시기 바랍니다.]

현준은 마치 뭔가에 홀린 것처럼 광고에 나와 있는 번호로 전화를 걸어 참가 신청을 했다.

태수는 미스터리클럽 회원들과 다음 주에 촬영할 영화 시나리오에 대한 회의를 위해서 학교를 찾았다.

이번에는 창호 없이 자신의 카니발을 몰고 가서 주차장에 내리자 캠퍼스가 술렁거렸다. 어김없이 꺅꺅거리는 여학생들의 비명이 들려왔고 여기저기서 휴대폰을 꺼내 사진을 찍는 학생들이 보였다.

몇몇 학생들은 다가와서 사인을 부탁하거나 사진을 찍어 줄 수 있는지 부탁했다.

이전에는 태수를 알아보는 몇몇 학생들만 그런 반응을 보였다면 지금은 캠퍼스 전체 학생들이 태수가 걸어가는 방향으로 우르르 몰려들 정도였다.

그야말로 진짜 톱스타 연예인이 학교에 왔을 때와 거의 흡사한 분위기였다.

"선배님, 멋있어요!"

"강혁, 사랑해요!"

"항상 응원할게요."

"선배님 덕분에 드림대학 다니는 게 자랑스러워요!"

정말 캠퍼스가 들썩거릴 정도로 요란한 환영을 받으며 학생회관에 들어섰다.

학생회관에서도 별반 다르지 않았다. 2층에 있는 동아리실까지 가는 동안 몇 번이나 환호성이 울려 퍼졌다.

태수가 간신히 동아리실에 들어서자 동생들이 모두 환호

성을 질렀다.

태수의 모습이 이전보다 훨씬 잘생겨 보였던 것이다.

그동안 드라마에 출연하면서 점점 더 강혁처럼 외모가 닮아 간 데다 늘 분장을 하고 옷도 세련되게 입다 보니 어떻게 보면 당연한 현상이었다.

소영은 믿기지 않는다는 듯 눈을 휘둥그레 떴다.

"내가 아는 선배가 아닌 것 같아요."

지민도 황홀한 표정으로 중얼거렸다.

"와, 빛이 나네, 빛이 나."

태수가 어색해하며 말했다.

"야, 너희들까지 왜 이래? 쑥스럽게."

미경이 감동한 듯 말했다.

"선배, 이전에는 몰랐는데 지금은 정말 연예인 같아요. 정말로 동아리실이 환하게 빛이 나는 것 같아요."

용만이 보다 못해 소리를 빽 질렀다.

"야, 그만해라. 응? 너무 그렇게 띄워 주면 태수 형 불안해해. 저 형이 지금은 저렇게 연예인처럼 보여도 속은 엄청 촌스러워. 그쵸 형? 헤헤헤."

처음엔 다들 조금씩 어색해했지만 조금 시간이 흐르자 금방 익숙한 분위기로 돌아왔다. 자신이 다른 사람이 된 것도 아니고 그렇다고 그동안 성격이 바뀐 것도 아니니까.

용만이 말했다.

"참, 형, 그동안 우리 오싹한 이야기 채널 안 들어가 봤지?"

"어, 진짜 정신이 없어서."

"내가 그럴 줄 알았어. 여기 봐 봐, 조회 수."

태수가 오싹한 이야기 채널에 들어가서 보니 〈앞집녀〉는 조회 수가 자그마치 70만을 넘어섰고 〈집착〉은 50만을 넘어 있었다.

보통 재미있는 동영상이나 음악 관련 동영상들은 상상을 초월하는 조회 수가 나오곤 하지만, 단편이라도 영화의 경우는 저 정도로도 놀라운 조회 수였다.

용만이 댓글을 쭈욱 훑더니 말했다.

"그리고 형, 여기 봐 봐. 댓글 단 사람 누군지."

"뭐야, 이거? 피터 제이슨?"

피터 제이슨은 말레이시아의 제임스 완 감독처럼 B급 공포 영화를 주로 만드는 할리우드의 제작사 호러스토리 대표이자 감독으로 유명한 사람이었다.

항상 좋은 영화를 만드는 건 아니지만 꾸준히 공포 영화를 만들어 오고 있고, 개중에는 세계 영화 중에서 제작비 대비 흥행 수익으로 역대 톱 10 안에 드는 〈블랙 소울〉이라는 훼이크 다큐 영화도 호러스토리의 작품이었다.

그런 거물이 태수의 10분짜리 〈집착〉을 보고 동영상에 댓글까지 달아 준 것이다.

그레잇! 계속 지켜보고 싶은 감독이네요. 혹시 다른 작품 있으면 보고 싶네요. 다음 작품도 기대할게요.

현기증이 일어날 만큼 흥분이 됐다.

"와, 너네 이거 보고 나한테 왜 얘기 안 했어?"

미경이 얄밉게 웃으면서 말했다.

"선배가 영화 연출은 안 하고 연기만 하니까 얘기를 안 했죠. 헤헤."

용만이 말했다.

"형, 다음 주에 대학생영화제에서 본선에 오른 작품 공개하면 그때 꼭 알려 줘. 그건 단편 아니고 30분짜리니까. 혹시 알아? 피터 제이슨이 형한테 연출해 달라고 할지. 그럼 곧바로 할리우드하고 손잡을 수도 있는 거잖아. 제임스 완처럼. 제임스 완은 10분짜리 쏘우 단편 하나로 할리우드에서 바로 연출 제의 받았는데."

"야, 말이 되는 소리를 해라. 그런 일이 그렇게 흔할 리가 있냐?"

미경이 말했다.

"흔한 게 아니라 충분히 가능성이 있어요. 왜냐하면 호러기 때문이에요. 제임스 완 말고도 호러 단편으로 할리우드에 입성한 감독들 많아요."

틀린 말은 아니었다. 국내에서는 공포 영화가 투자받는 것

퇴마하는 톱스타

도 어렵고 제작을 해도 흥행하는 것도 어렵지만, 할리우드에서는 단편영화라도 아이디어가 좋고 연출력이 있으면 바로 입봉을 하기도 한다.

미경이 재촉했다.

"그러니까 얼른 다음 영화 제작 회의나 해요. 시간도 없다면서."

동생들 표정을 보니 다들 영화를 만들고 싶어서 근질근질한 표정들.

"호철이 형은? 호철이 형이 와야 회의를 하지."

그때 동아리실 문이 확 열리며 신호철과 카메라 담당 김동수가 함께 뛰어 들어왔다.

신호철이 태수를 보자마자 반갑게 말했다.

"내일 올 줄 알았는데 마침 잘 왔어. 이거 좀 봐 봐."

호철이 다짜고짜 가방에서 카메라를 꺼내 사진과 동영상 파일들을 노트북으로 옮긴 후에 보여 줬다.

노트북 화면에 숲속에 위치한 음산한 집 한 채가 떠올랐다.

"어? 이 집?"

태수가 저도 모르게 화면 가까이 얼굴을 가져갔다. 노트북 화면에 나타난 집이 이번 영화를 구상하면서 머릿속에 그렸던 바로 그런 집이었던 것이다.

태수가 사진과 동영상을 보면서 감탄하며 말했다.

"이거 내가 딱 찾던 집인데? 형, 이런 집을 어떻게 찾은 거야? 설마 여기서 촬영도 할 수 있는 거야?"

"촬영 못 할 집이면 뭐 하러 가서 이렇게 찍어 왔겠냐? 당근 촬영 가능해."

"대박! 어떻게 이런 집이 정말로 있지?"

동생들도 다들 시나리오를 읽어 봤기에 한마디씩 감탄사를 쏟아 냈다.

"진짜 딱이네. 이렇게 세트 지으려고 해도 못 짓겠다."

호철이 말했다.

"맞아, 세트야."

"세트라고?"

태수의 물음에 호철이 고개를 끄덕이며 말했다.

"작년에 〈인질〉이라고 스릴러 영화 기억나?"

"아, 가족을 인질로 잡은 연쇄살인범과 가족을 구하려는 아빠가 대결하는 이야기 말야?"

"그래, 맞아. 그 영화 찍느라고 세트로 지은 집인데 아직 철거를 안 했더라고. 그래서 아주 저렴한 비용으로 사용하기로 했지. 청소만 하면 충분히 사용할 수 있겠더라고. 안에 가구며 식기까지 그대로 다 있어."

마음 같아서는 와락 끌어안아 주고 싶을 정도로 호철이 고마웠다.

"정말 고마워, 형. 이 영화 잘 나오면 절반은 형 덕분이다."

태수는 집에서 그려 온 콘티를 동생들에게 나눠 줬다. 이젠 콘티 그리는 실력도 제법 늘어서 콘티 작가 못지않은 그림을 그릴 수가 있었다.

"오디션은 어떻게 할까? 시간이 워낙 없어서 공개 오디션은 어려울 것 같고."

호철이 다 알아서 하겠다고 했지만 아직 어떻게 하겠다는 건지 방법을 듣지는 못했다.

이번에도 호철이 가방에서 서류를 잔뜩 꺼내서 테이블에 올려놓았다.

가만 보니 모두 배우 프로필이었다. 근데 대부분의 배우들이 대중들이 익히 알고 있는 유명 배우들이었다.

개중에는 당장 상업 영화의 주연을 맡아도 이상하지 않을 정도의 배우도 있었다.

"이게 다 뭐야?"

"이번 우리 영화 〈가족〉에 출연하고 싶어 하는 배우들이야."

태수는 물론 동생들도 놀란 표정으로 호철을 바라봤다.

미경이 물었다.

"여기 김우성하고 정나라가 우리 영화에 출연하고 싶어 한다고요?"

"그렇다니까."

"말도 안 돼."

김우성도 그렇고 정나라도 그렇고 둘 다 상업 영화의 주연급으로 출연할 수 있는 배우들이었다.

태수가 황당하다는 듯 물었다.

"형, 대체 어떻게 된 거야? 김우성하고 정나라가 우리 영화에 출연하고 싶어 한다니?"

"사실은 그동안 내가 아는 기획사 대표들 통해서 다음에 우리가 단편영화 제작하면 출연하고 싶다고 의사를 밝혀 온 배우들이 엄청 많았어. 아무래도 태수 네가 유명해진 데다 그동안 만든 영화들이 호평을 받아서 더 그랬던 것 같아."

호철이 늘어놓은 프로필들을 보며 소영이 행복한 비명을 질렀다.

"그럼 여기 있는 이 배우들 중에서 우리가 마음대로 고르면 되는 거야?"

"그렇지."

"진짜 대박이다."

호철의 말이 사실이라면 굳이 오디션을 진행할 필요가 없었다. 지금 테이블 위에 놓인 배우 프로필로 출연진을 꾸미면 웬만한 상업 영화도 한 편 만들 수 있을 정도니까.

이번 영화에 출연진은.

아빠와 엄마, 딸로 구성된 세 사람의 가족과 그 가족이 사는 숲속의 집에 우연히 들어가게 되는 남자까지 모두 네 명이었다.

〈가족〉의 등장인물은 박호성(아빠/40대 초반), 김영애(엄마/30대 후반), 박미림(딸/10세)이고 우연히 가족의 집을 찾게 되는 남자는 강석호(20대 후반)다.

미스터리클럽 동생들은 아빠, 엄마 역할에 김우성과 정나라를 캐스팅하자고 주장했다. 누가 봐도 당연한 주장이었다.

하지만 태수는 그 선택이 왠지 내키지가 않았다.

장편 독립 영화도 아니고 30분짜리 중편 공포 영화인데 그런 유명 배우들이 출연한다면 왠지 맞지 않는 옷을 입은 것처럼 오히려 관객들이 몰입하는 데 방해가 될 것 같았던 것이다.

공포 영화의 경우 얼굴이 알려지지 않은 배우들이 출연해서 실화처럼 몰입하게 만드는 장점이 분명히 있기 때문이다.

그리고 무엇보다 연출을 하는 태수 자신이 불편할 것 같기도 했고.

출연료도 거의 자원봉사 수준으로 주는데 그런 레벨의 배우들을 데리고 촬영을 하면 아무래도 연출자인 자신이 눈치를 볼 수밖에 없고, 마음 놓고 디렉팅을 하기도 어려울 테니까.

그리고 그렇게 인지도 있는 배우들과 작업을 하게 되면 저도 모르게 자꾸 욕심이 생겨서 부담 없는 단편 공포 영화를 자주, 많이 만들겠다는 애초의 취지도 잃어버릴 것 같았다.

태수는 나중에 장편영화 감독으로 데뷔를 하더라도 단편
영화를 계속 만들 생각이었다. 때로는 장편을 만들기 전에
미리 테스트해 보는 형태가 될 수도 있고.

'그럼 누구를 선택하지?'

태수가 고민을 하면서 프로필을 보는데 공기가 흔들리며
허공에 메시지가 나타났다.

그동안의 퇴마 업적과 확보한 귀기의 양으로 제1성인 생기탐랑의 능
과 제6성인 개양성의 능에 이어 제7성인 예지파군의 능이 자동으로 작
동됩니다. 자동으로 작동되는 능은 귀기의 소모가 최소화됩니다. 단, 자
동으로 작동하는 예지파군의 능에서 먼 미래의 중요한 예지를 보는 경
우는 예외입니다.

태수가 눈을 빛내며 허공의 메시지를 읽었다.

예전에 예지파군의 능을 사용하면 귀기의 소모가 엄청나
게 많았다. 근데 메시지에 나타난 것처럼 이루어진다면 생기
탐랑의 능처럼 앞으로 예지파군의 능도 귀기를 거의 소모하
지 않고 수시로 작동을 한다는 얘기였다.

'예지파군의 능은 어떻게 작동을 한다는 얘기일까?'

마치 태수의 의문에 답을 해 주는 것처럼 공기가 흔들리더
니 허공에 메시지가 나타났다.

제7성인 파군성의 예지파군의 능이 작동합니다.

화르르르륵.

그러고는 허공에 환상처럼 배우들의 모습이 나타났다.

'가만 저 배우들은 구본수 씨하고 전미순 씨 같은데?'

그리고 그들의 옆에 있는 아역 배우는 조금 전 프로필에서 사진을 본 기억이 있다.

'그렇다면 지금 예지파군의 능이 이번 영화의 캐스팅을 미리 보여 주는 건가? 근데 왜 강석호 역할의 배우는 보이질 않는 거지?'

태수가 궁금해하자 뒤늦게 배우의 얼굴이 나타났다. 너무도 잘 아는 얼굴이었다.

'저건 안연수잖아?'

두 번째 단편영화 〈집착〉에서 진우 역할로 뛰어난 연기를 보여 줬던 안연수였다.

당시 연극을 오랫동안 해서 카메라에 적응하지 못해 애를 먹는 걸 태수가 직접 연기 지도를 해 줬던 기억이 지금도 생생했다.

그리고 안연수는 지금까지 태수가 연출한 작품 중에서 가장 뛰어난 연기를 보여 준 배우로 평가받고 있기도 하다.

왜 진작 안연수를 떠올리지 못했을까.

생각해 보면 강석호라는 캐릭터에 안연수만큼 잘 어울리

는 배우가 있을까 싶었다.

눈앞에 떠 있던 환상이 저절로 사라졌고 태수는 비로소 예지파군의 능이 어떤 식으로 작동하는지 알 것 같았다. 예지파군의 능은 단순히 미래의 일을 보여 주기만 하는 능이 아니라 현재 선택을 할 수 있는 여러 가능성 중에서 가장 최선을 보여 주는 모양이었다.

예지파군의 능이 이렇게 작동해 준다면 앞으로 영화 연출은 물론이고 퇴마 방송을 할 때도 정말 많은 도움을 얻을 수가 있을 것 같았다.

당장 지난번 진희네 가족을 퇴마할 때 만약 예지파군의 능이 작동했다면 결계로 인해 전자 기기의 오작동이 일어난다는 것도 미리 알았을 테고, 길 도사한테 결계를 깨트리도록 맡기지도 않았을 것이다.

그랬다면 진희네 가족을 위험에 빠트리게 하지도 않았을 테고.

태수는 환상에서 본 아역의 프로필을 찾아봤다.

아역 배우의 이름은 염혜랑.

예지파군의 능이 선정해 준 배우들이라면 의심할 여지가 없다.

이제 이 배우들과 면접을 봐서 다른 문제만 없다면 캐스팅을 완료하고 촬영에 들어갈 수가 있다. 예지파군의 능은 배우들 스케줄까지도 모두 고려했을 테니까.

태수가 각 역할별로 자신이 생각하는 배우들의 이름을 말하자 동생들이 처음에는 고개를 갸웃하다가 설명을 듣고는 다들 고개를 끄덕였다.

그리고 안연수의 이름이 나왔을 때는 다들 탄성을 내질렀다. 너무 잘 어울리겠다면서, 안연수의 연기를 다시 보고 싶다고 다들 이구동성으로 말했다.

호철이 배우들과 최대한 빨리 미팅 스케줄을 잡겠다며 바로 휴대폰을 꺼내 들었다.

태수는 제작 회의 이틀 후 호철이 배우들과 면접 일정을 잡았다는 연락을 받고 학교로 향했다.

이번에는 연영과 연습실에서 배우와 단둘이 면접을 보기로 했다. 다들 연기력에 대해서는 굳이 말이 필요 없는 배우들이었다.

태수는 배우들이 이 영화에 얼마나 열의를 가지고 임할지 또 왜 이 영화를 하고 싶어 하는지에 대해서만 물어볼 생각이었다.

먼저 구본수는 예전 청춘스타로 정말 인기가 많았던 배우였는데 어느 날 갑자기 사라졌다가 최근 예능 프로그램을 통해 컴백했다.

커다란 키의 구본수가 사람 좋은 얼굴로 연습실에 들어섰다.

서로 간단하게 인사를 나눈 후에 구본수가 물었다.

"감독님 연배를 보니까 제가 활동하던 시기는 잘 모르실 것 같은데, 어떻게 절 캐스팅하셨어요?"

사실 구본수의 얼굴은 알고 있었지만 그가 연기하는 드라마는 본 적이 없어서 뒤늦게 인터넷을 뒤져서 기사와 드라마를 찾아봤다.

예전에 드라마는 주로 중장년층을 타깃으로 제작했는데, 90년대 초반에 미니시리즈라는 형식의 드라마가 등장하면서 젊은 청춘들의 드라마가 폭발적인 인기를 끌기 시작했다.

바로 그 중심에 구본수가 있었다. 구본수는 미니시리즈인 의학 드라마와 농구 드라마를 통해 일약 스타로 떠올랐던 것이다.

물론 예지파군의 능이 결정적인 영향을 미치긴 했지만 당시 드라마를 찾아본 태수도 구본수의 순박하면서도 날카로운, 이중적인 느낌이 〈가족〉의 박호성 역할에 잘 어울리겠다는 생각을 했다.

구본수는 젊을 때는 얼떨결에 스타가 돼서 연기라는 게 뭔지도 모른 채 그 시절을 그냥 흘려보냈다고 했다.

그러다가 개인 사정으로 오랫동안 연예계를 떠나 있었는데 최근 연기에 대한 갈증이 다시 간절해졌다고 한다. 지금은 장편이든 단편이든, 주연이든 조연이든 가리지 않고 좋은 작품이 있다면 단 1분이라도 출연을 하고 싶다고 했다.

태수가 딱 바라던 대답이었다.

구본수는 얼마 전 주변 사람의 권유로 우연히 유튜브에서 태수의 단편을 봤는데 작품이 너무 좋았다고 했다.

"그때 〈앞집녀〉와 〈집착〉이라는 작품을 보고, 이 감독이 다시 영화를 연출한다면 초심으로 돌아간다는 마음으로 꼭 출연을 해야지 마음을 먹고 있었는데 연락이 와서 너무 기쁘더라고요. 예전에 미니시리즈 주인공 맡았을 때보다 더 기뻤어요, 하하하."

연습실로 들어서던 전미순이 태수를 보고는 화들짝 놀라며 말했다.

"어? 장태수 감독님……?"

태수가 웃으면서 대답했다.

"네, 맞아요. 제가 장태수 감독인데요."

전미순이 믿어지지 않는다는 듯 말했다.

"말도 안 돼. 〈영혼을 찾아서〉에 나오는 퇴마사 장태수 님이 단편영화 연출한 장태수 감독……? 그러네, 두 사람이 이름이 똑같네. 난 왜 그걸 몰랐지?"

전미순은 사전에 그런 정보를 전혀 모르고 왔는지 마치 귀신이라도 본 것 같은 표정이었다.

"죄송해요, 정말로."

"아니에요. 그럴 수도 있죠. 어서 앉으세요."

자리에 앉는 전미순은 평소 텔레비전이나 스크린으로 봤던 차분한 이미지 그대로였다. 분위기도 차분했지만 목소리도 한 톤 가라앉은, 여자치고는 저음이라서 김영애 역할에 딱 맞겠다는 생각이 들었다.

　　특히 밝은 이미지보다는 어두운 이미지의 연기가 잘 어울려서 역할에 딱 맞겠다는 생각이 들었다.

　　전미순이 태수를 보고 뒤늦게 쑥스러운 듯 말했다.

　　"감독님이 배우보다 더 잘생겨서 어떡해요? 요즘 〈영혼을 찾아서〉 너무 재미있게 보고 있어요. 저는 진짜로 아무 정보 없이 와서 너무 당황했네요."

　　태수가 웃으면서 전미순에게 물었다.

　　"근데 어떻게 이런 단편영화에 출연을 하기로 하셨어요?"

　　전미순이 금방 웃음기를 지우고 차분한 목소리로 대답했다.

　　"제가 항상 조연의 이미지가 강해서 조연을 많이 맡았는데, 보통 조연들은 역할을 다양하게 맡잖아요. 근데 전 이상하게 항상 비슷한 역할만 들어와서 너무 아쉬운 거예요. 그래서 제가 소속사에 공포 영화를 꼭 해 보고 싶다고 말을 했더니 그동안 몇 편 소개를 해 줬는데, 시나리오가 다 마음에 들지 않았어요. 그러다가 이번에 〈가족〉 시나리오를 받아 보고는 그 자리에서 바로 결정을 했죠. 시나리오도 짧아서 그 자리에서 금방 다 읽었거든요."

퇴마하는
톱스타

이번 영화에서 가장 중요한 역할인 딸 박미림 역할로는 염혜랑을 캐스팅했다. 이제 초등학교 5학년인 혜랑이는 연기 경력은 많지 않았지만 정말 연기 천재라는 말이 실감이 날 정도로 타고난 재능이 있는 아이였다.

이미 아이가 연기한 비디오도 봤지만 직접 눈앞에서 박미림 역할을 연기하는 모습을 보니 놀라움을 금치 못할 정도였다.

연기가 끝나고 태수가 혜랑에게 물었다.

"공포 영화 무섭지 않니?"

아무리 연기를 잘해도 공포를 싫어하면 배역을 맡았다가 나중에 가위에 눌리고 악몽을 꾸는 배우들이 있다고 들었다. 혜랑이는 어린 데다 거의 주연급이라서 더더욱 신경이 쓰였던 것이다.

혜랑이 고개를 저으며 말했다.

"아뇨, 전 재미있어요. 전부 가짜라는 걸 다 아니까."

안연수는 태수의 전화를 받자마자 뛸 듯이 좋아했다.

안연수는 그동안 영화에 단역이나 서브 조연 정도의 역할을 맡으며 꾸준히 연기 활동을 하고 있다고 했다.

그러면서 그런 기회를 잡을 수 있었던 게 모두 다 태수 덕분이라고 고마움을 감추지 않았다. 오디션 때마다 프로필을 제출하는데, 그때마다 〈집착〉을 가장 위에 써서 내면 감독

들이 모두 집착의 진우 역할을 보고 캐스팅을 해 줬다는 것
이다.

안연수는 워낙 잘 아니까 따로 만나서 면접을 볼 필요도
없었다.

아마 이번 강석호 역할도 집착의 진우 역할 못지않게 잘해
낼 것 같은 예감이 들었다.

현준은 〈영혼을 찾아서〉에서 장태수의 보조 퇴마사를 구
한다는 공고를 보자마자 참가 신청을 했다. 현준은 학교도
가지 않고 QBS 방송국을 찾아갔다.

항상 친구들한테 놀림만 받는 학교는 더 이상 다니고 싶은
마음이 들지 않았다. 지금 당장 학교를 그만둔다고 해도 후
회하지 않을 자신이 있었다.

다만 현준이 학교를 다니는 유일한 이유는 할머니 때문이
었다. 할머니 소원이 현준이 학교를 졸업해서 좋은 대학을
가는 것이기 때문이었다.

현준이 방송국 안으로 들어서서 주위를 기웃거렸다.

보조 퇴마사에 도전하려는 참가자는 오후 3시까지 QBS
방송국 로비에 모이라고 공고에 나와 있었던 것이다.

"저기가 로비인가?"

퇴마하는
톱스타

로비에는 대략 30여 명의 사람들이 모여 있었는데 현준처럼 어린 학생은 단 한 명도 보이질 않았다. 다들 연령대도 다양하고 입고 있는 옷도 이상하고 생긴 모습도 제각각인 어른들 뿐이었다.

심지어는 무녀 복장을 입은 여자들과 길재중처럼 머리를 길게 기른 남자의 모습도 보였다. 겉모습만 봐서는 다들 예사롭지 않은 기운을 풍기고 있었다.

현준이 다가가자 모여 있던 사람들이 힐끗거리며 바라봤다.

"여기가 보조 퇴마사 모집하는 곳인가요?"

현준의 물음에 모여 있던 거의 모든 사람들이 고개를 돌렸다. 몇몇은 어이가 없다는 듯 웃기도 하고 몇몇은 흥미로운 표정으로 현준을 바라봤다.

길재중처럼 긴 머리를 묶고 개량 한복을 입은 50대 남자가 다가와서 물었다.

"아그야, 너도 보조 퇴마사 시험 받으러 왔냐?"

"네."

"학교는 어떡하고 이 시간에 여길 왔어?"

현준이 대답을 하지 못하자 옆에 있던 하얀 양복을 빼입은 또 다른 남자가 빈정대듯 말했다.

"이노무 자슥이 가만 보니까 학교 가기 싫어서 왔구먼."

현준이 그게 아니라고 말하고 싶었지만, 다들 험악한 어른들이라서 점점 주눅이 들면서 괜히 온 게 아닌지 후회가 되기 시작했다.

처음 이곳을 찾아올 때만 해도 영능력을 가진 사람이 별로 없을 줄 알았는데, 너무나 많은 사람들이 모여 있어서 놀랐던 것이다.

영능력을 가진 사람들이 이렇게나 많은데 설마 자신 같은 어린 학생을 뽑아 줄 리가 없을 것이란 생각이 들었다.

'하긴 나 같은 찌질이한테 있는 능력이 그렇게 대단할 리가 없지. 장태수 형은 부적이라든가 주술 같은 것도 자유롭게 사용하고 얼굴도 엄청 잘생겼으니까 텔레비전에도 나오고 사람들이 좋아하는 거야.'

현준이 실망한 얼굴로 고개를 숙인 채 돌아서는데 뒤에서 누가 부르는 소리가 들려왔다.

"학생, 학생 이름이 하현준이야?"

현준이 돌아보자 어떤 누나가 인원 체크를 하는 종이를 들고 자신을 바라보고 있었다.

"네, 제가 하현준이에요."

누나가 물었다.

"오늘 참가 신청한 거 맞지?"

로비에 있던 모든 어른들의 시선이 다시 현준에게 쏠렸다.

현준이 목을 움츠리며 간신히 고개를 끄덕였다.

누나가 현준을 보고 손짓하며 말했다.

"이리 와."

현준이 다가가자 누나가 친절한 목소리로 말했다.

"우리가 지금 다 함께 버스를 타고 경기도 양주까지 갈 거야. 거기서 어떤 시험 같은 걸 볼 거거든. 정말로 영능력이 있는지, 없는지."

경기도 양주라는 말에 현준이 더럭 겁을 먹고 말했다. 혹시라도 오늘 서울에 오지 못하면 할머니가 엄청 걱정을 하실 게 뻔하기 때문이었다.

"그 시험이라는 게 끝나면 다시 서울로 데려다주나요?"

"그럼, 여기 이 자리로 다시 데려다줄 거야. 근데 너 부모님한테 여기 온다고 말씀은 드렸니?"

현준은 어떻게 할지 고민하다가 고개를 끄덕였다. 거짓말을 하는 게 양심에 찔리긴 했지만 시험에 참여하기 위해서는 어쩔 수가 없었다.

게다가 현준에게는 부모님이 없었기 때문에 엄격히 말하면 거짓말을 한 건 아니었다. 하늘나라에 계신 부모님에겐 이미 마음속으로 말씀을 드렸으니까.

그러자 누나가 말했다.

"그럼 여기 전부 어른들이니까 넌 이 누나 옆에 꼭 붙어서 다녀. 버스도 누나 옆자리에 앉아서 타고 가고. 알았지?"

"네."

"아 참, 누나는 〈영혼을 찾아서〉 프로그램 대본을 쓰는 작가야. 이름은 김영아고."

현준은 선망의 눈길로 김영아를 바라봤다. 이런 대단한 프로그램의 대본을 쓴다고 하니 김영아가 너무도 대단해 보였다.

'나는 어떻게 해야만 이런 대단한 사람들과 방송국에서 일도 하고 텔레비전에도 나올 수 있을까. 그렇게만 된다면 친구들도 더 이상 나를 놀리지 않고 할머니도 좋아하실 텐데.'

김영아가 로비에 모인 참가자들에게 소리를 질렀다.

"자, 오늘 시험에 참가하실 분들은 방송국 앞에 있는 버스에 모두 올라타 주세요!"

사람들이 버스에 올라타기 시작하자 김영아가 현준의 어깨를 잡으며 말했다.

"우리도 타자."

"네, 누나."

현준은 김영아를 만나서 너무나 다행이라고 생각했다.

현준은 부모님이 돌아가신, 후 집안이 어려워서 잘 먹지를 못했다. 그래서 키만 크고 몸이 나무젓가락처럼 말라서, 늘 아이들한테 좀비라는 놀림까지 받아 자존감도 낮은 편이었다.

덕분에 사람들 앞에 나서면 늘 긴장이 되고 주눅이 들었다.

아마도 김영아의 따스한 배려가 없었다면 그대로 집으로

발길을 돌렸을 가능성이 높았다.

현준은 김영아와 나란히 앉았다.

현준은 혹시라도 김영아가 말을 걸어올까 봐 양주까지 가는 동안 단 한마디도 하지 않고 계속 창밖만 바라봤다.

뭘 물어봐도 대답하기가 괴로울 것 같았기 때문이다.

김영아는 옆자리에 앉은 현준을 힐끗거리고 훔쳐보며 대체 얘가 무슨 생각으로 여기까지 온 건지 자못 궁금했다. 정말로 영능력이 있어서 참가한 것 같지는 않고.

이제 중학교 3학년이라고 하는데, 겉모습만 봐서는 얼굴도 창백하고 어디 아픈 게 아닐까 싶을 정도로 깡마른 아이였다.

다만 아이의 눈빛이 신기하다 싶을 정도로 초롱초롱 빛이 났고 요즘 중학생답지 않게 순박한 얼굴을 하고 있어서 괜히 잘해 주고 싶은 마음이 들었다.

버스가 양주 흉가 앞에 도착했고, 따로 방송국 차량을 타고 이동했던 권 피디가 VJ 두 명과 함께 버스에 올라왔다. VJ들이 촬영을 시작했고 권 피디는 참가자들에게 인사를 했다.

"안녕하세요, 이렇게 프로그램에 관심을 가지고 참여해 주셔서 감사드립니다. 저는 〈영혼을 찾아서〉 연출을 맡고 있는 권창훈 피디라고 합니다. 이곳 양주에는 여러분의 영능력을 시험할 수 있는 흉가가 있습니다. 지금 창밖으로 보이는 길 건너 흉가가 보이시나요?"

다들 창밖을 내다봤고 버스가 서 있는 길 건너에 금방이라도 허물어질 것 같은 폐가에 가까운 2층 주택이 보였다.

참가자 중에서 머리를 길게 기른 길재중처럼 생긴 남자가 잘난 체를 하며 말했다.

"양주 흉가는 내가 예전에도 몇 번이나 다녀갔던 곳이라서 잘 알지."

그러자 다른 참가자들도 자존심 싸움이라도 하듯 여기저기서 한마디씩 했다.

"저 흉가 1층 건넌방에 지박령이 있는데, 그 지박령 찾는 게 시험인 건가?"

"지박령이 아니라 처녀귀신이에요."

"무슨 소리야? 거기 잡귀가 한두 마린 줄 알아? 그 집에는 온갖 잡귀가 우글거린다고."

다들 큰 소리로 자신의 얘기를 떠들어 대는 걸 보고 현준은 역시나 괜히 왔다는 생각이 들었다.

자신은 저런 곳이 있는지도 몰랐는데, 얘기를 들어 보니 다른 사람들은 모두 여러 번 와 봐서 그곳에 뭐가 있는지도 다 아는 것처럼 얘기를 했던 것이다.

권 피디가 말했다.

"예, 다들 조용히 해 주시고 제 얘기에 귀를 기울여 주십시오. 이제 저 흉가에 다섯 명씩 짝을 지어서 들어갈 겁니다. 흉가에 들어가면 영혼이 몇 명이 있고 어디에 있는지, 귀기는 어디서 강하게 느껴지는지 각자 느끼신 점들을 저희 스태프들한테 말씀을 해 주시면 됩니다. 그리고 이미 말씀드린 것처럼 여기서부터는 저희 제작진이 여러분의 일거수일투족을 촬영해서 추후에 방송에 내보내게 된다는 점도 미리 말씀 드립니다."

한 참가자가 손을 들고 말했다.

"근데 제작진은 저기 뭐가 있는지 어떻게 압니까? 우리가 얘기해도 확인할 방법이 없잖아요."

권 피디가 고개를 끄덕이고는 말했다.

"예, 저희는 확인할 방법이 없죠. 하지만 그제 저희 프로그램을 이끌어 가는 장태수 씨가 여길 이미 다녀갔습니다. 장태수 씨가 여기서 뭘 봤는지 저희한테 이미 얘기를 해 줬기 때문에 여러분이 봤다는 것과 비교를 할 수가 있습니다."

태수가 다녀갔다는 소리에 시끄럽던 버스 안이 순식간에 조용해졌다.

권 피디가 김영아를 보고 말했다.

"김 작가, 그럼 1조부터 시작할까?"

김영아가 참가자별로 다섯 명씩 묶은 조를 차례로 호명했고, 첫 번째 조 다섯 명이 버스에서 내려 VJ들과 함께 흉가로 들어갔다.

흉가를 다녀온 사람들은 김영아에게 어디서 뭘 봤는지 얘기를 한 후에 다시 버스에 올라탔다.

버스에 타기 전에는 자신이 본 걸 얘기하지 않겠다는 서약도 해야만 했다.

조별로 묶인 참가자들이 다섯 명씩 계속 해서 흉가에 들어갔다가 나왔고, 김영아에게 본 것을 얘기하는 과정이 이어졌다.

김영아는 그들이 말한 내용들을 그대로 차트에 옮겨 적었다.

현준은 늦게 도착을 해서 맨 마지막 조에 속해 있었다.

권 피디가 김영아에게 다가가서 물었다.

"어떻게, 맞힌 참가자가 있어?"

김영아가 고개를 저으며 말했다.

"아직까지 정확하게 맞힌 사람은 없고 천장에서 귀기가 느껴진다고 한 사람이 두 명이 있었어요. 근데 둘 다 거기서 누가 목을 매달고 죽어서 귀기가 강한 것 같다고 하네요."

권 피디가 한숨을 내쉬며 말했다.

"딱 보니까 전부 대충 찍은 것 같은데."

"저도 그런 것 같아요. 그리고 나머지 사람들은 얼마나 황당한 얘기를 많이들 하는지, 심지어는 저 흉가가 있는 자리가 예전에 공동묘지라서 잡귀들이 헤아릴 수도 없이 많다고 우기는 무당도 있었어요. 어찌나 실감나게 얘기를 하는지 듣고 있으면 깜빡 속는다니까요."

"에휴, 왠지 길 도사만 한 사람도 못 구할 것 같은 예감이

든다. 장태수 씨한테 연락해서 일요일 생방송하기로 한 거 다시 생각해 봐야 하는 거 아냐? 괜히 비웃음만 당하고 프로그램 신뢰도만 떨어질 것 같아. 이제 몇 명이나 남았어?"

"네 명요."

김영아가 웃으면서 말했다.

"근데 여기 중학교 3학년 학생도 있어요."

"진짜야?"

"저하고 같이 버스 타고 왔는데, 솔직히 영능력이 있는 것 같지는 않고, 왜 왔는지, 뭘 봤다고 할지 너무 궁금해요."

"호기심에 그냥 참가한 거 아냐?"

"그럴 수도 있는데, 옆에서 지켜보니까 엄청 차분하고 진지해 보여서 다른 어른들보다 오히려 신뢰는 가던데요?"

"그래? 제발 한 명이라도 좀 비슷한 사람이 나왔으면 좋겠네."

김영아가 버스에 올라가서 마지막 조의 이름을 불렀다. 물론 현준의 이름도 호명이 됐다.

긴장된 얼굴로 마음을 졸이고 있던 현준이 자리에서 일어나 버스를 내렸다.

VJ 다섯 명이 달라붙어서 네 사람을 밀착 마크하며 촬영을 했다.

현준은 그렇잖아도 긴장이 되고 주눅이 드는 판에 카메라로 촬영을 하자 눈길을 어디에 둬야 할지조차 알 수가 없었다.

현준과 함께 흉가에 들어갈 어른들은 모두 세 명이었다.

한 사람은 짙은 화장에 무녀의 복장을 하고 있었고 또 한 사람은 로비에서 현준에게 말을 걸었던 머리가 긴 도사 같은 남자, 마지막 사람은 역시 로비에서 현준을 놀리던 하얀 양복을 빼입은 남자였다.

하얀 양복이 현준에게 말했다.

"야 인마, 내 뒤에 바짝 붙어서 따라와. 괜히 호기심 때문에 온 모양인데, 저런 데 잘못 들어가면 귀신 달라붙어서 밤에 오줌 싸는 수가 있어."

긴 머리의 도사처럼 생긴 남자가 낄낄거렸고 무녀는 흉가를 들어가기도 전에 벌써부터 뭔가 대단한 걸 느끼는 것처럼 무섭게 눈을 치켜뜨고 주변을 두리번거렸다.

네 사람이 길을 건너 흉가 안으로 들어섰다.

부서진 현관문이 반쯤 걸쳐진 1층으로 들어서자 찢어진 소파와 부서진 가구 등 온갖 생활 쓰레기들이 바닥을 뒹굴고 있었으며 벽에는 흉측한 낙서들이 가득했다.

무녀와 도사, 하얀 양복은 저마다 자신만의 방식으로 귀기를 탐색하느라 초집중을 하며 집 안을 샅샅이 훑었다. VJ들도 참가자들의 표정이나 주변을 훑으며 촬영을 했다.

하지만 현준을 촬영하는 VJ는 딱히 별다른 촬영을 할 만한 게 없었다. 현준이 뭘 어떻게 해야 할지 판단이 서지 않아

그저 멍하니 거실 한가운데 서 있었기 때문이었다.

평소에 현준은 귀기가 느껴지면 온몸이 따가운 느낌이 들고 그 느낌을 따라가면 그곳에 영이 있었다. 근데 이곳에서는 그런 느낌을 전혀 받을 수가 없었다.

반면에 어른들은 이 집에서 영들의 기운을 느끼는 모양이었다.

가장 먼저 도사가 욕실 쪽에서 소리쳤다.

"여기…… 여기에 악귀가 있네! 악귀가 피를 흘리며 서서…… 아이구야, 흉측하게도 생겼다. 이보셔, 여기 왜 이러고 있어?"

VJ가 도사와 도사가 바라보는 허공을 번갈아 가며 촬영을 했다.

이번에는 2층에서 무녀의 방울 소리가 들려왔다. 물론 무녀한테도 VJ가 달라붙어 있었다.

무녀가 무령을 흔들어 대며 소리를 질렀다.

"오늘은 운이 좋은 줄 알어! 내가 네놈을 없애러 온 게 아니라서 그냥 지나가는 거니까."

반면에 하얀 양복은 안방 쪽에서 고래고래 소리를 질러 댔다.

"왜 사람들을 현혹하고 그래. 네 갈 길을 가! 그래, 그만 한을 풀고 가란 말이야. 그렇지."

현준은 거실 한가운데 우두커니 서서 아무리 정신을 집중

해도 느껴지는 기운이 없었다.

'이상하네. 왜 나는 아무것도 느낄 수가 없는 거지? 이런 곳에 있는 귀신들은 내가 찾아낼 수 없는 영들인가?'

다들 여기저기서 영을 찾고 얘기도 나누는 것 같은데, 자신은 영을 하나도 찾을 수가 없으니 실망감이 이만저만이 아니었다.

비록 아이들한테 놀림을 받긴 했지만, 유일하게 엄마가 물려준 영능력이라고 생각해서 자신을 특별한 존재라고 생각해 왔는데, 지금 보니 아이들한테 놀림감만 될 뿐 그리 쓸모 있는 능력은 아닌 모양이었다.

더 이상 의미 없이 흉가 안에 머물고 싶지 않았다.

현준은 실망으로 상처받은 마음을 곱씹으며 제일 먼저 흉가를 나왔다. 고개를 푹 숙인 채 터덜터덜 걸어오는 현준을 김영아가 기다리고 있었다.

"현준이 벌써 나왔어? 안에서 뭘 봤는데?"

현준이 힘없이 고개를 흔들었다.

"죄송해요, 전 아무것도 못 봤어요. 평소엔 잘 보였는데 저 집에서는 이상하게 아무것도 느껴지는 게 없었어요."

김영아도 그럴 줄 알았다는 듯 현준에게 위로의 말을 건넸다.

"그래, 너무 실망하지 마. 사실은 다른 사람들도 저 안에 뭐가 있는지 정확하게 맞힌 사람은 없으니까."

퇴마하는 토스타

"정말요? 다들 뭔가를 봤다고 얘기를 하시던데?"

"그 사람들이 하는 말은 전부 다 틀렸어. 정확한 정답은 아직까지 하나도 나오지 않았어."

현준은 그제야 조금 마음이 놓였다. 자신만 틀린 게 아니라 다른 사람도 모두 틀릴 정도로 찾아내기가 힘든 영적인 존재라는 생각이 들었기 때문이다.

그래도 그 영적인 존재가 무엇인지 궁금하긴 했다.

"그럼 오늘 정답을 알려 주시나요?"

"응. 마지막 참가자들이 모두 나와서 버스에 오르면 정답을 알려 줄 거야."

현준이 힘없이 대답했다.

"네, 알겠어요."

버스에 오르려던 현준이 김영아를 돌아보고 물었다.

"혹시…… 벌레 같은 건 정답 아니죠?"

김영아가 눈을 부릅뜨고 현준을 다시 불렀다.

"너 방금 뭐라고 했어?"

"저 집에서 찾는 게 사람의 영만 찾는 거죠?"

"아니, 아니야. 사람의 영이 아니라도 상관없어. 뭐든 귀기를 뿜어내는 영이 있다면 누나한테 얘기하면 돼."

현준이 잠시 망설이다가 조심스럽게 입을 열었다. 괜히 얘기를 했다가 웃음거리만 되는 게 아닌지 걱정을 하면서.

"사실은 저는 저 흉가에서 벌레의 영을 찾았어요."

김영아의 눈이 휘둥그레졌다.

"버, 벌레? 어떤 벌레?"

"천장에 지네처럼 생긴 벌레의 영이 있었어요. 귀기가 작아서 사람한테 해를 끼치진 않을 것 같긴 했는데. 그런 건 안 되는 거죠?"

김영아가 너무 놀라서 입을 반쯤 벌린 채 현준을 바라보다가 말했다.

"혀, 현준아, 너 여기 잠깐만 있어."

김영아가 스태프들과 회의를 하고 있는 권 피디한테 달려갔다.

"피디님, 피디님!"

"왜 이렇게 난리야? 무슨 일 있어?"

김영아가 고개를 끄덕이고는 참가자들이 본 걸 적어 내는 차트를 보여 줬다.

"여기 보세요, 하현준이라고 적힌 참가자."

차트를 들여다보던 권 피디의 입에서 감탄이 흘러나왔다.

"지네의 영을 찾았다고?"

"네, 정확해요. 천장에 있는 지네의 영이라고 했어요. 게다가 귀기가 적어서 사람에게 해를 끼치지 않는다는 소리까지 했어요. 그 정도면 태수하고 거의 비슷한 능력 아니에요?"

권 피디가 흥분한 표정으로 물었다.

"대체 하현준이 누구야?"

김영아가 버스 앞에 뻘쭘하게 서 있는 현준을 가리키며 말했다.

"저기 저 친구요. 저하고 같이 버스 타고 왔던 중학생."

중학생이란 소리에 권 피디의 동공이 더욱 팽창했다.

권 피디가 말했다.

"저 아이 집 주소하고 연락처 잘 받아 놔. 그리고 일요일 생방송에 출연해야 하니까 부모님하고 반드시 연락하고."

"알았어요."

김영아가 현준에게 다가와서 말했다.

"너네 집 주소하고 부모님 연락처 좀 알려 줄래?"

현준이 살짝 겁먹은 표정으로 물었다.

"왜, 왜?"

"그냥 좋은 일이니까 걱정하지 말고."

현준이 어쩔 수 없이 할머니 휴대폰 번호를 알려 줬다.

"그래, 됐어. 일단 버스에 타고 기다려."

현준에 버스에 올라갔고 흉가에 들어갔던 나머지 세 사람이 한참 뒤에 밖으로 나왔다.

다들 엄청 심각한 표정을 지으면서 각자가 봤다는 것들을 장황하게 김영아에게 설명을 했다. 김영아는 그들의 얘기를 듣는 둥 마는 둥 하며 형식적으로 적는 척을 했다.

이윽고 모든 참가자들이 검증을 마치고 버스에 올라탔다.

권 피디가 결과를 발표하기 위해 버스에 올랐다.

"자, 그럼 오늘 결과를 발표하겠습니다."

순간 버스 안이 조용해졌다.

"일단 합격한 사람은 모두 세 사람입니다. 강만수 씨? 어디 계신가요?"

수염이 덥수룩한 40대 남자가 의기양양하게 손을 들며 말했다.

"전데요."

"합격입니다."

버스 안이 잠시 술렁거렸고 강만수가 근엄하게 헛기침을 했다.

"다음은 금미란 씨?"

짙은 화장을 한 무녀 복장의 여자가 손을 들고 설레는 목소리로 대답했다.

"여기 저예요."

"네, 합격입니다."

금미란이 무령을 흔들며 자신이 모시는 신에게 감사의 기도를 올렸다.

"그리고 마지막으로…… 사실 앞의 두 분은 귀기의 위치는 맞히셨는데 정답이 정확하진 않았습니다. 두 분 모두 천장에 목을 매달고 죽은 지박령이 있다고 말씀하셨는데, 그 집에 사람의 영은 없었습니다."

사람의 영이 없었다는 권 피디의 말에 참가자들이 술렁거렸다. 만약 태수가 직접 와서 검증을 하고 돌아갔다는 권 피디의 얘기가 없었다면 분명 불만을 제기하며 흥분한 참가자가 한둘쯤 나왔을 분위기였다.

권 피디가 말했다.

"제가 지금 호명하는 합격자가 가장 정확하게 정답을 맞힌 참가자입니다. 하현준 군."

버스 안의 모든 참가자들이 현준이 누구인지 찾느라고 고개를 두리번거렸다. 맨 앞자리에 앉아 있던 현준이 자신 없는 목소리로 대답했다.

"네, 전데요?"

버스 안이 순간 놀람으로 술렁거렸다.

권 피디가 환한 표정으로 말했다.

"흉가 안에 있던 영은 사람이 아니라 천장에 있던 지네의 영이었습니다. 이곳의 참가자들 중에서 천장 위에 있던 지네의 영을 정확하게 맞힌 참가자는 하현준 군이 유일합니다. 지금 호명한 세 사람은 오는 일요일 저희 방송국에서 장태수 씨와 함께 생방송 〈흉가탐방〉 코너에 출연해서 최종 합격자를 선정하게 됩니다. 참가해 주신 모든 분들에게 감사의 말씀을 드립니다."

<가족> 크랙크십 (1)

밤 9시가 넘은 늦은 시각.

버스가 방송국 앞에 도착했고 참가자들이 하나둘 내려서 집으로 돌아갔다.

예선을 통과한 합격자인 금미란과 강만수는 김영아에게 일요일 방송에 대한 간단한 안내를 듣고 집으로 돌아갔다.

김영아는 현준에게 따로 남으라고 한 뒤 부모님과 통화를 하고 싶다고 했다. 미성년자인 만큼 방송에 출연하는 문제를 부모님에게 허락받을 필요가 있었기 때문이다.

"네가 부모님 중 한 분한테 전화를 해서 누나하고 통화할 수 있도록 해 줄래?"

현준이 불안한 표정으로 머뭇거리자 김영아가 물었다.

"왜, 무슨 문제 있니?"

"저는 부모님이 어릴 때 일찍 돌아가셔서 할머니하고 같이 살아요."

김영아가 살짝 놀란 표정을 짓다가 이내 말했다.

"그렇구나. 그럼 할머니하고 통화를 할 수 있을까?"

현준이 풀이 죽은 목소리로 물었다.

"그냥 말 안 하고 방송에 나가면 안 돼요?"

"응, 안 돼. 문제가 있으면 누나한테 솔직하게 말해야 해. 나중에 방송이 나간 다음에 곤란한 일이 생기면 모두 힘들어지니까."

"아마 할머니는 방송에 나가지 못하게 할 거예요."

"왜?"

"할머니는 제가 영능력을 가지고 있다는 걸 사람들이 알게 되는 걸 싫어하세요."

"음……."

김영아는 충분히 그럴 수 있겠다는 생각이 들었다. 태수도 자신의 능력을 커밍아웃하기까지 많은 고민을 했다는 얘기를 한 적이 있었다.

김영아는 아무래도 현준의 할머니를 자신이 직접 만나 보는 게 좋겠다는 생각이 들었다. 방송도 중요하지만 현준의 미래도 중요하니까. 그래도 어떻게든 방송에 출연시키고 싶은 마음이 절대적이었다.

방송에 출연하면 지금보다 훨씬 좋은 일이 많이 생길 것 같고, 현준이 태수와 짝을 이룬다면 정말 환상적인 팀이 될 것 같았던 것이다. 김영아는 현준을 데려다줄 겸해서 자신의 차를 타고 지금 당장 현준의 집으로 향했다.

"저기예요."

현준이 가리킨 곳은 한눈에 봐도 경제적으로 무척 어려울 것 같은 골목길 안쪽이었다.

"제가 먼저 들어가서 할머니한테 말씀드릴게요."

김영아는 아래쪽 마트에서 산 과일 바구니를 든 채 골목입구에 차를 세워 놓고 기다렸다.

'현준이가 방송 출연을 하게 되면 경제적으로도 도움이 많이 될 텐데.'

잠시 후 현준이 나와서 말했다.

"누나, 들어오세요."

김영아가 현준을 따라서 집 안으로 들어갔다.

"안녕하세요?"

김영아가 싹싹하게 인사를 했고 허리가 구부정한 현준의 할머니가 불안한 표정으로 그녀를 맞았다. 김영아는 현준의 얘기에 덧붙여서 프로그램에 대한 설명을 했다.

"요즘은 중고생들도 일찌감치 방송 출연을 하는 경우가 많아요, 할머니. 방송에 나가면 친구들 사이에서 인기도 좋고 방송 쪽으로 진출할 수도 있고요. 현준이가 가지고 있는 능력 정도면 그냥 집에서 썩히기엔 너무 아까워요."

할머니가 굳은 표정으로 말했다.

"친구들이 너무 괴롭혀서 안 돼. 맨날 귀신 붙은 아이라고 놀려서 학교만 갔다 오면 울고 들어왔어. 그리고 난 우리 현준이가 그런 흉한 것들을 보는 게 싫어. 현준이 애비가 일본 여자하고 결혼할 때부터 난 싫었어."

현준이가 상처받을까 봐 한 번도 하지 않았던 현준 엄마에 대한 속내를 할머니가 털어놓은 것이다.

"현준이 어머니가 일본분이세요?"

할머니가 고개를 끄덕이고는 말했다.

"우리 현준이는 열 살이 될 때까지 일본에서 살았어. 그래서 일본말도 곧잘 허지."

김영아는 현준이를 보면 볼수록 묘하게 호기심을 자극하는 아이라는 생각이 들었고, 그럴수록 더더욱 방송에 출연시키고 싶었다.

방송에 출연하면 현준을 놀리던 아이들의 태도도 분명 바뀔 것이란 생각이 들었고, 만약 현준가 계속 힘들어한다면 태수한테 상의를 해서 도움을 줄 수도 있을 것 같았다.

태수의 성격상 현준의 어려운 사정을 듣는다면 분명 적극적으로 나서서 도와줄 테니까. 지금의 태수는 충분히 그런 도움을 줄 수 있는 위치에 있는 스타 중의 스타였다.

"할머니, 현준이는 저희가 어떻게든 보호를 해 줄게요. 그

퇴마하는 톱스타

리고 여기 이 영상 좀 보세요."

김영아는 이번 주 〈영혼탐정〉에서 최성식 편을 할머니에게 보여 주며 말했다.

"여기 진행하는 잘생긴 친구 보이시죠? 장태수라고 하는데 이 친구도 현준이처럼 귀신을 볼 수가 있어요. 그리고 그 능력 덕분에 이렇게 방송에 나왔고 지금은 대한민국에서 모르는 사람이 없을 정도로 유명한 스타예요. 현준이도 충분히 이렇게 될 수가 있다고 생각해요. 현준이가 저희 방송에 나오도록 허락해 주세요. 저희는 이번 한 번이 아니고 앞으로도 현준이가 계속 방송에 나오도록 할 거예요. 방송하는 날짜가 휴일이라서 학교를 빠지지 않아도 되고."

영상을 보던 할머니가 눈시울이 촉촉해져서 손자를 돌아보고 물었다.

"방송에 나가고 싶어?"

현준 역시도 눈물이 글썽거리는 얼굴로 고개를 끄덕였다. 할머니가 손자의 볼을 쓰다듬으며 말했다.

"그려, 나가. 넌 항상 남들 앞에 나가서 주목을 받고 싶다고 했지? 이 아가씨 얘기 들어 보니까 귀신을 보는 게 나쁜 게 아닌가 보네. 이번에 나가서 네가 가진 능력을 사람들에게 마음껏 자랑혀. 아까 그 형처럼 멋있는 사람도 되고."

김영아가 기쁘게 말했다.

"감사해요, 할머니. 현준이는 방송 출연만으로 끝나는 게 아니라 앞으로도 잘되도록 저희가 물심양면으로 도울게요."

⁂

학교 앞 새벽 6시.

미스터리클럽 동생들과 연영과에서 자원한 스태프들까지 모두 20여 명의 인원이 카니발과 미니버스에 나눠 타고 촬영 장소로 출발했다.

배우로는 유일하게 안연수가 함께 합류했다. 구본수와 전미순은 촬영지로 직접 자신의 차를 몰고 오기로 했고 아역인 염혜랑은 엄마가 직접 촬영장으로 데려다주기로 했다.

안연수는 그동안 태수에게 연락하고 싶을 때가 많았지만 태수가 워낙 유명인이 되어 연락할 엄두가 나지 않았다.

태수의 성격상 연락을 하면 어떻게든 시간을 내 주긴 하겠지만, 평생의 은인한테 그런 부담을 주고 싶지 않았던 것이다.

근데 이번에 다시 자신한테 배역을 맡겨 주니 뭐라고 고마운 마음을 표현해야 할지 모를 정도였다.

안연수는 〈집착〉에서의 연기 덕분에 영화나 드라마 등에서 서브 조연 등의 역할을 맡으며 한창 얼굴을 알려 가는 중이다. 다음 달에는 영화에서 꽤 괜찮은 조연 역할도 제안을 받은 상태.

그럼에도 불구하고 단편영화에 이토록 출연하려는 이유는

태수의 디렉팅을 받고 싶기 때문이었다.

다른 영화에서 맡는 역할은 자신이 기존에 가지고 있던 이미지를 반복하며 소모하는 느낌이 들 때가 많은데, 태수는 자신도 알지 못했던 자신의 새로운 이미지를 찾아내 주기 때문이다.

지금까지 태수가 연출한 영화들을 보면 배우들의 기존 이미지를 반복시킨 경우가 단 한 번도 없었다.

실제로 이번 시나리오 〈가족〉의 강석호 역할도 〈집착〉의 진우와는 완전히 다른 느낌의 역할이었다. 비밀을 많이 간직한 캐릭터로, 대본만 읽어 봐도 너무나 기대감이 들게 만드는 부분이 많았다.

한편 호철은 이번에 스태프 모집에 너무 많은 지원자가 몰려 선정하는 데 애를 먹었다.

연영과 학생들은 물론이고 타 과의 학생들까지, 허드렛일이라도 좋으니까 무슨 일이든 시켜 달라고 막무가내로 매달리는 사람이 너무 많았던 것이다. 그리고 그들 중에는 태수가 보고 싶어서 지원한 여학생들도 많았다.

태수는 이제 배우보다 유명한 감독이 되어 있었다. 단편영화의 촬영 현장을 취재하고 싶다는 언론사도 세 군데나 연락이 왔었다.

이젠 어딜 가도 사람들이 태수를 알아봐서 오픈된 공간에서는 촬영이 어려울 것 같았다. 그런 의미에서는 이번 촬영

장소가 숲속이라서 얼마나 다행인지 몰랐다.

오늘도 촬영 현장으로 가는 중간에 국도 옆에 있는 유명한 국밥집에 들러서 아침을 해결했다.

단편영화는 촬영 일수가 대부분 하루나 이틀이라서 아침 일찍부터 촬영을 시작하기에 촬영장을 가는 중간에 아침을 먹어야만 한다.

이번엔 특수 효과와 CG 업체 스태프뿐만 아니라 스턴트맨까지 스태프들의 수가 20명이 넘을 정도로 많아서, 식당 하나를 통째로 전세를 낸 것 같았다.

식사를 마치고 촬영 현장에 도착했을 때는 아침 8시가 조금 넘은 시각. 오전이라서 그런지 안개가 자욱한 숲속 비포장길을 한참 들어가자, 극 중 미림의 집으로 설정된 2층 전원주택이 안개 속에서 모습을 드러냈다.

안개가 자욱한 탓이어서 그런지 몰라도 그제 잠깐 답사를 왔을 때보다 음산한 분위기가 훨씬 강해 다들 오싹한 느낌을 받을 정도였다. 물론 미술 팀이 지난 이틀 동안 따로 이곳에 와서 작업을 한 덕도 있고.

미림의 집 앞에 구본수와 전미순, 염혜랑이 모두 도착해 있었다.

그사이에 아역인 염혜랑은 극 중 부모 역할을 맡게 될 구본수, 전미순과 벌써 친해져서 장난까지 치는 중이었다. 좋은 배우가 되려면 현장에서 저렇게 편안해져야 한다.

퇴마하는 톱스타

스태프들이 장비를 내리는 동안 태수는 배우들과 '미림집'이라고 이름 붙인 전원주택 안으로 들어갔다.

구본수와 전미순도 집에서 풍기는 음산한 분위기에 압도되어 어떻게 이런 집을 찾았냐고 놀라워하자, 태수가 다른 영화에서 세트로 사용한 집이라고 설명을 해 줬다.

전미순이 그제야 고개를 끄덕이며 말했다.

"어쩐지. 일부러 이렇게 음산한 집을 짓고 사는 사람이 누가 있겠어?"

그러자 염혜랑이 눈을 반짝이며 말했다.

"저는 이런 집 좋은데."

안연수가 놀리는 것처럼 말했다.

"무섭지 않아? 무서운 귀신 나오면 어떡하려고?"

"아뇨, 전 귀신 안 무서워요. 저한테 귀신 보이면 친구할 것 같아요."

놀란 구본수가 장난처럼 말했다.

"이러다가 혜랑이 공포 영화 전문 배우 되는 거 아냐?"

요즘 초등학교 5학년이면 예전의 중학생 못지않게 성숙해 보인다고 한다.

반면 염혜랑은 초등학교 5학년인데도 대여섯 살 어린아이의 순진무구한 표정을 얼굴에 그대로 간직하고 있었다. 물론 그 표정이 전부가 아니기에 이번 영화에 캐스팅됐지만.

태수는 스태프들이 준비를 하는 동안 배우들과 시나리오

에 대해 얘기를 나눴다.

　이번 영화는 복선도 많고 반전도 있어서, 배우들과 관객이 심리 게임을 하는 느낌으로 연기를 해야 하기 때문에 캐릭터를 잡기가 쉽지 않았다.

　구본수와 전미순은 꽤 많은 영화와 드라마를 했던 기성 배우지만 공포 영화나 장르 영화에 대한 이해는 부족한 편이라서 태수의 독특한 스토리텔링 방식을 이해하는 데 다소 애를 먹었다.

　실제로 구본수와 전미순은 시나리오상에서 자신들이 맡은 박호성과 김영애 역할에 대해 왜 이 지점에서 이렇게 연기를 하고 이런 대사를 하는지 혼란을 겪기도 했다.

　태수가 한참 동안 설명을 한 후에야 두 사람 모두 뒤늦게 이해하고 고개를 끄덕인 장면이 제법 많았던 것이다. 그나마 두 배우를 쉽게 이해시킬 수 있었던 건 태수가 배우를 해 봤기 때문이었다.

　또한 이번 영화에서는 나이트 씬이 많아서, 새벽까지 촬영을 한 후 인근 모텔에서 잠을 자고 내일 촬영을 이어 가기로 계획을 잡았다.

　그동안 계속 배우의 입장으로 촬영에 임하다가 감독의 자리에 앉으니 기분이 사뭇 새로웠다.

　배우들은 이미 대본을 보며 각자의 캐릭터에 몰입해 있었다. 안연수도 기성 배우들에게 지지 않으려고 대본에 빈틈을 찾아볼 수 없을 정도로 빼곡하게 메모를 해 놓았다.

호철이 소리쳤다.

"원혼 왔어요!"

호철의 외침에 전미순이 어깨를 움츠리며 물었다.

"이게 무슨 소리예요? 원혼이 오다니?"

태수가 웃으면서 말했다.

"저희 영화에 숨겨진 배역이에요."

태수가 돌아보니 막 차 한 대가 마당으로 들어섰고 원혼 역할을 맡은 김정화가 차에서 내렸다.

김정화는 조진호 대표가 소개를 해 준 배우였다.

김정화는 주로 거리 행위 예술을 하는 무용가인데, 몸이 워낙 마르고 왜소해서 언뜻 보면 염혜랑과 체형이 비슷했고, 실제로 밖에서 얼굴을 보지 않으면 초등학생으로 오해를 많이 받는다고 했다.

이번 영화에서 김정화가 숨겨진 원혼의 역할을 맡은 이유는 그녀가 무용과 요가를 전공해서 몸의 변형이 자유자재로 이루어지기 때문이다.

심지어 공포 영화의 전설인 엑소시스트에서 명장면으로 지금까지 회자되는, 원혼에 사로잡힌 주인공이 두 손과 두 발로 뒤집어져서 계단을 거꾸로 내려오는 괴기스러운 자세까지도 김정화는 소화가 가능했다.

특히 김정화는 이번 영화에 출연하는 배우들 중에서 출연료가 가장 비쌌다.

다른 배우들은 자신의 커리어라든가 여러 가지 이유로 자진해서 출연을 했고 그만큼 얻어 가는 것들이 있지만 김정화에게는 이번 영화도 자신이 하는 행위 예술의 연장일 뿐이었다.

그런 김정화의 출연료를 깎는 일이야말로 또 다른 갑질이 될 수가 있었다.

김정화는 이미 원혼 역할에 몰입을 한 듯 다른 배우들하고 일체 대화를 나누지 않은 채 눈빛에서도 음산하고도 날카로운 기운을 뿜어내고 있었다.

분장 팀이 김정화에게 달라붙어 원혼 분장을 시작하자 여기저기서 놀라는 감탄사가 들려왔다. 분장 과정을 보는 것만으로도 진짜 원혼이 현실에 나타난 것 같은 오싹한 기분이 들었던 것이다.

김정화 외에도 단역에 가까운 몇몇 배우들이 있다. 그들은 모두 신호철이 오디션을 봤고 그 오디션 영상을 태수한테 보내 줬다.

태수는 영상을 본 후 신호철의 의견을 물어서 최종 캐스팅을 했다. 단역배우들은 자신들의 촬영 시간에 맞춰서 오후에 올 예정이었다.

다음 권으로 이어집니다

퇴마하는 톱스타